浙江文献集成

主　编　刘正伟　薛玉琴
本卷主编　樊亚琪　杨　璐

夏丏尊全集

第八卷　翻译（文艺）

浙江大学出版社
ZHEJIANG UNIVERSITY PRESS

译作《写真贴》刊《白阳》诞生号（1913）

译作《爱》刊《教育潮》（1920）

译作《女难》刊《小说月报》（1921）

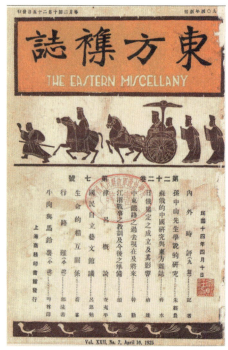

译作《牛肉与马铃薯》刊《东方杂志》（1925）

译作《绵被》由商务印书馆出版
（1927）

译作《国木田独步集》由开明书店
出版（1927）

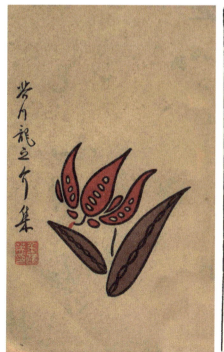

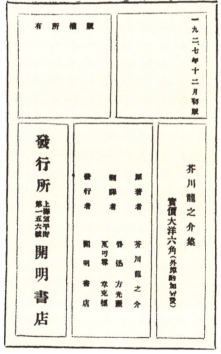

与鲁迅、方光焘合译的《芥川龙之介集》由开明书店出版（1927）

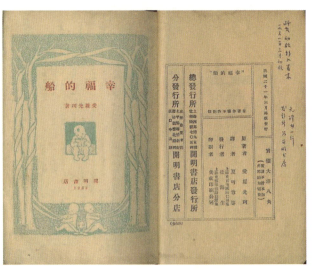

致舒新城信手迹（1931）　　译作《幸福的船》由开明书店出版（1932）

与内山完造等聚会（左三为夏丏尊）（1944）

本卷说明

　　本卷收录夏丏尊翻译的各类文艺作品，包括日本自然主义文学、新理智派小说、白桦派小说及文艺评论，以及从日文转译的法国莫泊桑短篇小说、俄国文学作品及文艺评论、德国歌德的自传。上起 1913 年，下迄 1943 年。所选录的文章按照发表的时间顺序编排。

目　　录

1913

 写真帖 ……………………………………… ［俄］契哀荷(3)

1920

 爱 ………………………………………………… ［法］莫泊三(7)

1921

 缺陷的美 ……………………………………… ［日］厨川白村(15)

 俄国底诗坛……………………………………… ［日］白鸟省吾(18)

 俄国底童话文学………………………………… ［日］西川勉(24)

 阿蒲罗摩夫主义 ……………………………… ［俄］克鲁泡特金(29)

 女　难…………………………………………… ［日］国木田独步(33)

1922

 幸福的船………………………………………… ［俄］爱罗先珂(57)

 恩宠的滥费……………………………………… ［俄］爱罗先珂(72)

 贺川丰彦氏在中国的印象……………………… ［日］贺川丰彦(80)

  到了支那 ………………………………………… (80)

  胡适氏与我底问答 ……………………………… (81)

 月夜底美感……………………………………… ［日］高山樗牛(82)

 夫　妇 ………………………………………… ［日］国木田独步(92)

1925

 牛肉与马铃薯…………………………………… ［日］国木田独步(113)

1926

 绵被 …………………………………………… ［日］田山花袋(133)

芥川龙之介氏的中国观 ……………………〔日〕芥川龙之介(179)

秋 …………………………………………〔日〕芥川龙之介(205)

疲　劳 ……………………………………〔日〕国木田独步(216)

1927

第三者 ……………………………………〔日〕国木田独步(223)

湖南的扇子 ………………………………〔日〕芥川龙之介(243)

南京的基督 ………………………………〔日〕芥川龙之介(253)

1932

歌德的少年时代 ……………………………………〔德〕歌　德(265)

1934

新教师的第一堂课 …………………………〔日〕田山花袋(277)

1943

弘一律师 …………………………………〔日〕内山完造(283)

读《缘缘堂随笔》…………………………〔日〕谷崎润一郎(287)

1913

写真帖

［俄］契哀荷著　丏尊译

　　契哀荷为短篇小说大家，喜作寻常之事实，深刻描写，是篇尤为得意之作。氏生于一八六〇年，死于一九〇四年。

　　细长瘦削之判任官克拉戴乐夫趋进于健伊阿之前，曰："阁下！吾属官等感铭阁下多年在职之功劳，及爱吾等如子之感情……"赛古辛又从旁挽言曰："十余年间！十余年间吾等奉职于阁下之部下，阁下实为吾等之……今日吾等欲表示对于阁下之最大尊敬及感谢，特集合吾等属官全体之写真，装璜此帖奉献，左右亘阁下以后为国尽力之贵重生涯……亘阁下仁者寿世之期间望勿弃吾等……"赛古辛至此复拭其颜汗而续言曰："愿忠义正直之阁下赐吾等以如父之教训，且望阁下之旗帜长高扬于天才勤劳及自觉之战场。"其措辞之巧，一若早费思索也者。

　　闻此之健伊阿乃不觉垂泪于其多皱之左颊，颤声而言曰："诸君！鄙人曾不料有此。对于鄙人不充分之勤务，诸君全体竟赐如斯莫大之祝贺，意外！……唯有感愧而已。实则此瞬间之荣誉，虽入墓亦不能忘，且以诚意言之诸君！诸君乞信吾一言！世间望诸君之幸福无如鄙人之深切者，无论如何皆当为诸君之利益……"

　　勅任官之健伊阿乃与克拉戴乐夫接吻。

　　克拉戴乐夫初不意有此荣誉，狂喜之余面转苍白，长官唯自摇其手，一若胸中有语而口不能达，几欲啜泣。既而渐复常态，恰似已付讫此高贵写真帖之代价者，乃复述一二极感动之语言，而与诸人握手于欢呼拍手声中,徐下阶段,受群众之趋送入马车而去。

彼独坐马车之中,更复垂泪,觉受一种感情之打击不可有说。

自宅中尚别有家族朋友知己等为欢迎之预备,彼于是不觉承认自己曾与国家以莫大之利益,因思此世设无己以维持之,则国家之不利当如之何耶!

欢迎之晚餐经过于祝词演说接吻欢泪之间,一言以尽之,健伊阿实不自知己之功绩能使人感动如此。

彼乃向群众而言曰:"诸君!凡勤义务者必当遭遇许多之困难,吾于二时间前已尽得此困难之报酬。从来吾对于任务常抱唯一之主义,即谓人民非为吾等而有,吾等实为人民而设,然今日吾已得满足之报酬!吾之属官全体赠吾以写真帖,此即是也!吾之感激实非诸君所得想像。"

群众之颜乃齐集于写真帖而循序传观。

其幼女阿利亚言曰:"美哉,此帖!此当值五十圆。吾父!请以此赐吾,吾当珍重藏之。"

阿利亚俟晚餐毕,即携此写真帖返己室,置之抽屉且加以锁。

次日,彼乃复出此写真帖,拔其中之写真弃之于地,而以己友之写真补其空,冠冕堂皇之官吏乃让席于白披肩之女学生矣。

于是,阿利亚之弟高利亚,乃拾集官吏之写真于地,以赤墨水涂其制服,遇无须者则以青色画之;无髯者则以绿色补之,涂抹既尽,乃更剪其外围之余纸,使成人形之肖像,嫌其目无孔,则刺之以针。于克拉戴乐夫写真尤加工镂削,使立于火柴空盒中。

高利亚持此至父之书斋,谓父曰:"吾父观之!此纪念碑也!"

健伊阿见此大笑,上下其颐而赞许之,赞许之不足,且吻其颊曰:"此作不恶可更使汝母观之。"

(原载《白阳》诞生号,1913 年 5 月)

1920

爱

［法］莫泊三著

莫泊三（Guy de Maupassant，1850—1893）是近代自然主义文学的代表者。他的著作很多，短篇尤有名。这篇是从日本前田晁的译本转译的。

今天新闻上登了一则恋爱的悲剧，说是男子杀了女子，并且自杀。这个男子，必定是爱女子的。男子究竟是什么样一个人，女子究竟是那一个，这种我都不管；于我有关系的，就是他们的恋爱。也并不是说他们恋爱使我感动，使我惊疑，使我安慰，使我思索。不过引起了我在青年时代的记忆罢了。就是那一天打猎的光景。那天恋爱在我心里显现，好像初期基督教徒看见十字架的样子。

我一向感觉本能都同上古人一样，不过因了文明人的议论，感情稍为缓和了一点，非常欢喜打猎，看见鸟类的鲜血染着他的羽毛或一滴一滴的滴在我的手上，那时我心里的兴奋，差不多像鼓动要绝止似的！

有一年，天气从秋末起，就突然冷起来。我的从兄弟卞尔尔约我等天将明的时候同到湖边去打野鸭。

从兄弟是四十岁光景的人，他的性情狠快活，他的身体很肥满，有赤色的须发，境遇也过得去，而且富于法兰西人特有的机智，可以算得乡下的绅士。他的住宅，在沿河低平原，是半农家半别庄式的房子。两面小山上有许多森林，其中也有几百年的老树，实在是难得的好猎地。他常时在这个地方，打着老鹰，大树上面每日有各种鸟来住宿，这种几百年来的大树,好像留着为他们过短促的应用的!

前面有一块狠大的草地,河水完了的地方,就是一个大湖。这个湖是我所看见的猎场当中最好的猎场,从兄弟看守这个湖,如同公园一样,繁盛的芦草碰着风,就飒飒的相擦。芦草当中有一条通船的小路,将平底的小船,用篙一推,死一样的水上也无声响,那船就拨开芦草向前进去。鱼看见船来,立刻逃入杂草,水鸟也隐到水里面,他们的黑头颈,一霎时就不见了。

我向来非常欢喜水的,水的当中,海呢,觉得太渺茫,太活动,河自然是美的,但是他日夜流得不息,湖的当中有世界上不晓得的动物,在那里游动,实在是地球上独立的世界!他有他自己的生命和一定的住民,旅客,有他的声音,还有他的神秘!而且有几种时候,觉得世界上再没有骚扰不安凄惨像湖的。这是什么缘故呢?难道因为这种凄怆的意象直接从水底漂起来么?因为芦草飒飒的响发出不可捉摸的声音么?因为常时有磷火照着么?因为到了静夜有无限不可知的沈默锁他么?因为奇怪的烟雾,像轻纱的罩着芦草么?还是因为他平常不大作响,有时用来比大炮天雷还大的势力,不使人家看见,暗暗的将水和泥直进出来,使人看了这种湖水,当作梦想的——藏着不可测度危险的秘密——国么?

不是不是!这许多以外,还有再深远再严肃的神秘,恐怕连创造自身的神秘,也漂在这个浓雾里面!生命的萌芽,不是从那情愿沈在湿地不被太阳晒干的泥中膨胀起来的么?

我在傍晚,到了从兄弟的家里,那是石头也要冻裂似的冷天。

食堂的架上壁上,都放着剥制的鸟类,也有开着翼翅的,也有用钉钉脚上的。从兄弟着了海豹皮的上衣,完全像寒国里动物。晚餐的时候,就商量今夜种种的准备。

据从兄弟说:我们夜间三时半出发,四时半必须到达那里。——就是从兄弟预先发见的猎地。那里有冰块叠成的小屋,我们可以在此略微避避后半夜的冷风——这个风的寒冷,说是同针刺刀削一样的!

从兄弟擦擦他的两手说："这样冷气，真是少有，现在还不过下午六时，已经零下十二度了。"

晚餐完了以后，我就进卧室，在火光融融的火炉边睡着了。

三点钟的时候，从兄弟叫我起来，我着了羊皮，从兄弟着了熊皮，大家呷了两杯火热的咖啡，喷香的白兰地，就带了一个用人和薄隆穷、碧罗两只狗出去了。

一出了门外，我就觉得寒冷澈骨，大地冻得来好像死的一样，风也一点都没有，空气一点不动的沈淀在空中，来刺人，枯草，杀虫，小鸟冻僵了从树上落下，就当场硬死了。

缺了四分之三的月亮，像极疲劳的样子，斜挂在一方。好像他已经连西沈的气力都没有，寒气硬捉住他叫他悬空留在空中似的。他所放的光苍白凄凉，就是每次月亮复活的末日所常有的光。

卞尔尔和我并行，我们大家缩了头颈，曲了背脊。两手藏入袋里。将枪夹在腋下。我们的长靴，应为要冰滑用毛皮包过的，走起来一点没有声响。我走的时候，看见狗吐出来的气息，像雪白的烟雾。

没有多少时候，我们就到了湖的旁边，进了森林前面的小路，路傍都是枯苇，身体挨着飒飒的作响，我在这个瞬间，引起了一种强大的不可思议的感情；但是一路向枯苇中行去，被冷气所迫，不觉的也忘记去了。

小路的转角上，就看见从兄弟所说的冰屋，我就进去躲躲。我想到鸟出来的时候，还有一小时。就用了粗毡毯包住身体取些暖气。一面看着形状很不好看的月亮。那月亮透过冰壁，好像有四个尖头的样子。

这个时候，外界的冷气愈加利害，夹着冰壁的寒冷。我一时挡不住，就咳嗽起来。从兄弟卞尔尔很耽心的说道：

"今日的猎，不晓得结果如何，你若因此伤风，那就不得了了，弄点火来靠靠罢。"

他一面命用人割枯苇，大家就将枯草搬入冰屋，装起火来。屋顶有一个可以通烟的小孔，红色的火焰，向上直透，四面的冰壁，就像石壁出汗的样子渐渐的发出湿气来。

卞尔尔本来在外，他忽对我说：——

"你出来看看。"

我出了冰屋,看那圆锥形的小屋,映入湖底,好像一个大金刚石。里面还有两颗黑点,就是卧在火边的两只狗。

忽然头上掠过奇怪的叫声。火影通知我们这个是鸟,当严冬天没有亮以前,忽然听见灰暗的天空发出方向不定的声音,没有人不有一种感动的。我听了这第一声的叫声,觉得好像是灵的叹息!

卞尔尔对用人说:——

"歇了火! 天就要亮了!"

果然天就一点一点的白起来,野鸭在空中已隐约现出狠长的行列,突然一条火光冲破鱼肚色的天空,卞尔尔已在那里开枪了。

从此以后,我同卞尔尔看见枯苇上有飞来的黑影,就彼此轮番的放枪。薄罗穷和碧罗也大家高高兴兴气喘喘的跑来跑去,将血淋的鸟衔了回来。里面有几只,还在那里睁开眼睛,向我们凝视!

太阳出了,是非常的好天气。我们将要回来,忽然空中有两只鸟伸着项颈急急的向我们头上飞过。我开了一枪,那一只就翻落到我的脚边,——正是一只胸脯雪白的雌野鸭。在空中的一只,只管在那里叫,他的叫声,真是带着无限的悲哀,我抬头一看,那只从漏网里逃出的小动物,对着在我手中的一个死朋友,只管在那里回旋!

卞尔尔屈着膝,将枪柄抵在肩上,一心的等他飞到弹线里来。他说:——

"你把雌的打下了。所以那只雄的不能走开。"

果然那只雄的,只管在我们头上飞叫,世界上苦痛的呻吟虽多,但是像这种——悲鸣求友——的悲音,最足使我伤心!

他觉着我们有枪,有时也像要想逃遁,但是总是觉得没有这个决心。明明像飞去的时候,忽然又飞到它的死朋友那里来了。

卞尔尔说:——

"你将那只雌的放在地上,他就当即来了。"

果然他只管来顾着他死的朋友,忘了自己的危险,飞到我们近傍来了。卞尔尔开了一枪,他就落了下来,扑的一声,跌入枯苇当中。碧罗就赶了过去,用口咬了回来,交代我们。

　　我们将他们——他们已经冷了——装入盛鸟的袋里,就回到巴里来了。

　　　　　　　　　　（原载《教育潮》第 1 卷第 6 期,1920 年 1 月）

1921

缺陷的美

［日］厨川白村著　　丏尊译

摘自日本厨川白村氏底《出象牙之塔》十三页至二十五页。

在华丽的跳舞会或有戏剧歌剧的晚上，大群凝妆巧笑的女子底脸上点着的黑痣，触引人们底眼睛。在西洋有黑痣的人，原不甚多，伊们不但颊红边有黑点，就是舞蹈装的半裸体的颈上也有黑点。全场之中，这里那里，这样的女子很多。这是东方还没有过的化装法，好像古来女子用黛的样子，故意地用黑色来作人工的黑痣的。名字狠漂亮，叫做"美人痣"（Beauty Spot）。

据美学者说：将白的东西摆在黑的旁边，于悲剧中搀入喜剧的分子，调子就格外来得强，能够增加效力。悲剧"马克倍斯"（Macbeth）门役一场，就是好例。在天生皙白的白色人种底皮肤上，加了脂粉，再点上了浓黑的"美人痣"，这和糍团中用少许的盐，来增加甜味，可谓异曲同功。

虽然有"浑然如玉"的话，其实无论是谁，性格上必定是有缺点的。一般人们，假设了或理想化了一个全无缺点的人格，名叫做"神"；但是所谓"神"的东西，在人们底侪伴里，好像是没有的。还有：人底境遇上，也必定有多少的缺陷。财旺的身弱，身健的贫困。这一面赚钱，别面却有损失。人间底一切，没有无缺的。一般人们，又假想了一个具足圆满的境地，试建筑"天国"或"极乐"，但是这种境界，地上也是没有的。

这种缺陷，在爱好人生、把人生享乐玩味、彻底于人生趣味的艺术家，不是就是一种的"美人痣"吗？

性格、境遇、社会中,有种种的缺陷。缺陷所在,必现出两种不相容的势力底冲突或葛藤。将这冲突或葛藤,从纵横前后各方面看了把彼来描写的,就是戏曲、小说。如果没有这种缺陷,人生自然太平无事,可是趣味也没有,生存底价值也没有了罢!因为有黑的影,才显得出明的光。

有种社会改良论者,有种道德家,有种宗教家,是讨厌的东西。因为他们只晓得痛恨缺陷,咀咒罪恶,不想到缺陷和罪恶如何地使人生有趣味,在人生有如何的必要。他们不晓得糍团中入盐的滋味。

酸素和水素成功的纯一无杂的水,只要是有生命的自然界,无论何处,都是不存在的。这种从科学者底试验管中造成的水,我们不想吃。

水底所以有甘露样的、神液样的好味,不是因为含有着许多微菌或不纯物吗?不晓得缺陷或罪恶底美的先生们,甚至于用了无理的方法,要想硬卖毫无味道的蒸溜水给我们,要想从人生中夺去所谓趣味的一种东西。可咒呀!可恶呀!他们!

听说:急速发达的新都会,刑事案件最多。这是跳跃的生命强烈发动着的缘故。我,如果安眠在天下太平的死乡,还是情愿生在罪乡。月有云,花有风,才有花,月底趣味。从伤云、叹月之中,人生底兴味涌现,诗也发生出来。

竭力地要想不碰着罪恶或缺陷,偷偷儿地与罪恶或缺陷避道而行的消极主义、禁欲主义、保守思想等,所以是人生生活法中最卑怯、最无聊的态度,就因为这个缘故。因为要伤风,就不出门,这样半病人的生活,不是谁都不愿过的吗?

正因为人间是充满缺陷的永久的未成品,所以可贵。看见那种小成自守的"贤人",有时反使我们引起反感。千结的褴褛,比无缝的大衣,不晓得要有趣多少!

"你们谁得投石于这犯过奸淫的女人",说这话的基督,是了解活着的。真的人间的诗人,是艺术家,是可以做百代师表的大思想家。比之于那种因为女教员犯了私通,就好像教育界堕落了的样子来喧扰的伪善者,实在伟大得多。

人间是生物,因为生着,所以是不完全,所以有缺陷。一到完全的地方，就没有生命了。说"创作的进化"的现代哲学者这样说，诗人勃罗宁 Browning 也曾把这意思反复地歌咏过。

善恶是相对的名词，有恶才有善，有缺陷才有发达。因为有恶，所以善可贵，没有善恶底冲突，哪里有进化？哪里有向上？"现在底生活，是我们底终局呢？还是攀、爬底出发点？眼前有各种障碍，在由低跳高，把踬石来做阶梯的人，罪恶和障碍，不足畏惧（勃罗宁作《环与书》第十卷《法王篇》四〇七行以下）。"有黑暗所以有光明；有夜所以有昼；有恶所以有善。没有破坏，也就没有建设。现在底缺陷或不完全，在这意味上，确是人生底光荣"，勃罗宁这样想。将人生底事实看作动的不看作静的人，信认流动无碍的生命现象，勇猛精进的人，所到着的结论，不应该如是吗？

光愈强，影愈暗。美貌上底"美人痣"，也不宜用淡墨，非用比漆还黑的不可。人性强于善，所以也强于恶。我们底生命，通过了这善恶明暗之境，不断地进转着。

厨川白村底《出象牙之塔》，是我近来爱读书底一种。这里所译的是他第四节和第五节中底一部分，不是全译。将来得暇，还想再来拔粹介绍。

近来底社会现象，很劳有志者底烦闷。厨川氏所说的话，大可做我们底教训，不但是文艺上的意见。

一九二一·七·六·在杭州

（原载《民国日报·觉悟》，1921 年 7 月 10 日）

俄国底诗坛

[日]白鸟省吾著　丏尊译

一

　　培林斯奇以后,文学趣重社会的目的;主观的文学,因此显著地衰退了。文学如果太趣于功利,带着以读者为标准的倾向的时候,就有时会背离文学底本质。俄国底五十年代,六十年代,不,就是在七十年代,抒情诗人极为少数。这当中还只有一个人是有几分的人望的。纯艺术的化斯,扑连斯奇,买可甫等,虽也为人崇赞,算得是相当的人们,但有人望的唯一者,是现在诗人耐克拉查甫。在五十年代,诗有时仅在杂志底角隅,当作补白,或有时竟断绝形影。不过无论那一时代,并不是全然没有有才能的诗人;诗底不盛,是时代不好的原故。诸抒情诗人中最古的是乞契甫,他用了他有诗情的天分,作了比普希金和瑞普斯奇还要好的爱国抒情诗。他为一般人所知,是一八五四年以后的事。他底祖先从伊大利迁来,和托尔斯泰家底来自德国相似。他住在外国多年,文学的教养,也从此得来。离了故国,有他自身底自由的美的自然的世界,他底诗也以此超越时间和空间。近代的悲哀,遮掩着他底诗。诗材虽然限于主观的和显著的抒情的,却有突入于"实在"底秘密的奔放情趣。底下他的一诗:

　　　　雷霆里,火焰里,
　　　　自然所流着的争斗底奔腾的波涛里,
　　　　诗,从天飞到地底子的我们,

带了凝视的空色底光辉。

暴风雨的荒海上，

诗，注洒平和的圣油。

他咏歌自然底秘密的作品颇多。长大雪山底永远的壮美，夺去日光天帐的夜底恐怖，暴风雨中的海底荒象，闪铄的电光雷霆中，聋哑的恶魔们怎样地群集了在那里问答？不能表示的怀慕，梦中底无形的世界：这种都是乞契甫底诗题。还有人生底悲哀，他也时常歌咏的。

和乞契甫正反对而得人望的是耐克拉查甫。耐克拉查甫作充满了新闻式的讽刺骂詈的诗。他底功利的短诗，足使纯艺术品减色，脍炙人口。并且被议论家当作好的武器来引用。

他底抨击社会的痛快的章句，在二十年以后，还被青年爱读他底写都市底悲惨的诗，显出小民底叫唤。他骂倒了现代，讴歌过去底光荣，讴歌过去的俄国妇人和"十二月党"人们底妻。

能够使昂奋的心情沈静的是做我们底母的"自然"。却是耐克拉查甫底和自然交涉，只在当作农民底背景的时候，这是和他的抒情诗人不同的地方。他虽把奇异的田园图画展开给我们看，但是也和托尔斯泰一样，在自然中描着人间独立的情态。

这样，圣彼得堡底诗人耐克拉查甫做了农民之友了。他以社会诗人的地位，着眼到与俄国相终始的千万的人们和"农民帝国"底基础，并且当时还是农奴解放正刺激人心的时代。

耐克拉查甫在诗人中是最重要底农民的先驱者，一直到着现在。

耐克拉查甫明明有两个倾向，一是主观的，骂詈的，性急的，嘲弄的要素。别方面却描写着不当作客观的目的意味的农民，把他们底悲哀，欢喜理想化了收得高尚的艺术的效果。

他费了十年（一八六六——一八七六）的功夫，作充满了嘲笑的民众叙事诗《谁在俄国寻出好的生活》。他的死（一八七七年十二月二十七日）使这杰作不能完成。

这诗非常地受人欢迎，短的诗句，巧妙的说法，有着俄国民特有的绝望中的乐天情味。

二

此外的抒情诗人中,没有能和耐克拉查甫比敌的人。或者他们不愿意和他比敌,也说不定。他们一反耐克拉查甫底辛辣,粗放,讽刺和民众的色彩,归依于纯艺术。当时曾被苛刻的评判,好像屠盖涅夫曾屡次忠告他们的样子,是和大多数的民众无交涉的,至少是与和譬赛来甫底社会改造运动共鸣而排斥诗与美学的青年没交涉的。

他们没有像耐克拉查甫一样的好恶分明的热情的性格。耐克拉查甫虽是豪农底后裔,他因为不入军人学校,想入大学,曾和父母脱离,数年间尝过有知识底贫民底饥寒。他有深刻的性格,在学生时代,也曾反抗过先生。

其他诗人,无社会的特性,他们排斥时代底反诗的风潮,坚守自己底径路,不以和民众没交涉为虑。他们没有和乞契甫一样的为无限的恐怖所动,从感觉世界涌出的诗的天才。和乞契甫正反对的耐克拉查甫全然立脚于大地,和托尔斯泰一样的是现实主义。他反抗了时代,在艺术底形式中,把理想的题目来安放。

买可甫、化斯、扑连斯奇等诸诗人,不犯耐克拉查甫底粗率。他们以纯艺术主张者以地位,要想完成诗形;他们差不多五十(年)间竭力地扶植高踏派,他们真是俄国底高踏派。

就中最有异彩的是亚巴隆·买可甫,他以先的四代,都于美术文学方面有过名的。他本来也想和父亲一样做个美术家,后来因为在诗的一方面成功,就少了和别的艺术亲近的机会了。他于一八四一年出版他底处女诗集,是华美的亚那克列翁(Anacreon)风的诗。他一生把住古典的世界,又在伊大利和宗教的争斗等感得魅力,欢喜古代。

他底最大的著作,是费了三十年才成的抒情的悲剧《两个世界或两个罗马》,作中流着五十年后显克微兹在《何往》中所含有的同样的精神。把罗马皇帝与基督教底对比,道德底颓废,和物质主义与理想主义底比较,用了雕刻的丰富程度表出着。此外有名的是以西内卡(生于西班牙后居罗马的修词家）为一人物的《三个底死》，在此可窥见他底绚烂的作风。

"生不是梦，不是梦的幻影，实是天地宇宙底神光照着我们的时候。死不是这生存自我底自己消灭，实是向着较高的存在底世界重新进步高翔的事情。"

他这样说。

化斯和扑连斯奇，是一对很好对照的诗人。化斯主以俄国为题材，扑连斯奇却取材于伊大利和东方诸国。化斯在有形式的异彩上，优于扑连斯奇。他底《夜底影》。

> 莺用了颤音幽咽着，
> 白银似的像睡去的小河，
> 流着无限的影，
> 影的夜，夜的光，
> 像朋友面上无限变动的蛊惑，
> 天空和泪接吻的上头，
> 笼蔷薇色紫烟的云，
> 拖他琥珀的光。
> 这样，天明了，天明了！

他要想在雕琢的纯简的诗句中，捕捉倏忽在人间灵魂上飞行的自然底影子。

扑连斯奇比化斯思想胜点，音律的变化多点。他有时试作社会的诗，想创造民众的伟大的东西，却是没有成功。化斯底诗中，可以看出感觉的新鲜，至于一八八八年前后的作品，使人联想到亚那克列翁（他是一八二〇年生的）。其中有墓的歌，同时还有温柔的恋歌。

"我憧憬了歌，你听了歌，老人底韵律中住着少年的心，这样，少年的歌底里面，老的街唱者也在那里歌着。"

扑连斯奇底诗，以思想和题材底丰富占优，他底诗不住地把高尚而有魅力的人格来告诉我们。

当六十年代，七十年代社会的现实的时代中，这许多诗人都用了不屈的努力,望着诗底重新复兴。

三

抒情诗人中,从民众出来加入的是倪奇清和枯利可夫。两人都贫寒不曾好好地受过教育。比较年青的枯利可夫虽出自农家,却是幽婉的抒情诗人,并且也是物语诗人。倪奇清底名作是《出汗的人》,叙述着主人公利奇契怎样地使其女儿与不相爱的人结婚,结婚式以后,利奇契怎样地穷困,怎样地奔走乞怜于冷酷的富者。把未开化人们的道德,可怜的不幸和压迫描写着。

倪奇清底作品中,有很好的自然描写。表现着水车,冬夜,田中的少年,村落,落日,森林,原野中的自然生活。

倪奇清要想在诗上和民众接触。他在枯利弥野战争的时候,作爱国诗,大为世人所知,至于《出汗的人》,更为人所赞美。

在非诗的时代而能表现诗底本质的,是六十年代的斯拉乞蒲斯奇和亚夫克清两诗人。亚夫克清底诗,形式修整,含着冷静的光景,他底物语却有趣。斯拉乞蒲斯奇是个诗人哲学者,和他不同,为一般所欢迎,至于晚年的十年间(他死于一九〇四年),差不多被人称为"当代诗人底王"。他虽是抒情诗人,在物语诗却也成功。

乞契甫,化斯,耐克拉查甫等,因了翻译有人晓得他,斯拉乞蒲斯奇底诗,还没有被外国晓得。

到了八十年代,起了新的反动,时代显著地适于审美的倾向,郁勃的抒情的风潮,好像补偿过去三十年的衰退。新诗人陆续辈出,化斯,扑连斯奇底名氏,只在这大波中勉强支持着他底余喘罢了。

在这时代中,最通俗,最有贡献于新诗底机运的著名诗人是那特崧。他在二十四岁的时候就有盛名。天性蕴藉敏感,是厌世的,忧郁的人物。却是同时有着情爱,有着高尚,并且诚实纯粹,在表现上得着均整。

　　　　我的美神死了,

　　　　她底光不再照我寂寞的路。

花凋落了，火消灭了，

一无所见的夜，暗得像墓场一样。

失望，怀疑，捉住了他底心。由宇宙底争斗和摇动的结果所得的平和，在他不过是"无"的世界，没有和永久的苦痛相反的永远的乐园，乐园也还是可怜的，平凡的，无希望的土地。这青年诗人底诗，数年间重（印）了好几版，他底诗实开划了一个新的抒情的时代。他底特色在形式的完成和对于自然雕刻的描写。幻想底里面，有着破坏的怀疑，和高踏派底诗很相类似，却是也有含着极端欢喜感谢情绪的诗。

此外还有与其说他是诗人不如说他是哲学者的乌拉奇弥尔，梭罗伊友甫和做勇敢诗物语诗的高利尼斯乞夫、枯兹淑夫等，这几人和最近的颓废派（Decadent）诗人弥里士科夫斯奇，梭罗枯勃，巴尔芒脱等，常被人相提并论。俄国或者不是适于养育抒情诗的土地，也不可知。

闺秀中好像没有可以特记的诗人，柴道斯奇夫人是哀歌的忧郁的自然观察者，能讴歌往昔，其他如洛斯托伯清伯爵夫人，配开托甫夫人，梭罗伊友甫夫人等都是为人所知的。

（原载《小说月报》第 12 卷号外"俄国文学研究"，1921 年 9 月）

俄国底童话文学

［日］西川勉著 丏尊译

俄国底童话中,现实的分子,似多于空想的分子。追求梦幻,恋慕无限,像这样情味的童话,殊不多见。惟普希金和梭罗古勃底作品,像个空想的倾向多于现实的倾向,此外无论特米托利哀夫,枯来洛夫,托尔斯泰大都统是用动物的譬喻,把人间心理底某点来具象化了给人看的东西。有含着社会的讽刺的,有强烈地表示对于自由的要求的,也有描写动物底性格的。这诸种倾向,各有各底特色,究竟那一种倾向最好,不能漫然决定,不过作者如果真是艺术家,预先不存何等的观念,不把教育两个字放在念头,专为儿童而创作的时候,觉得总须作普希金和梭罗古勃一流的作品。儿童在这样的作品上所得的是无限的诗味,可以作羽育心灵的最好的力。在用动物寓言的形式,指摘人间心理底某点,或含着社会讽刺的作品上,儿童能得着的是现实批评的精神。自然,并不说就能造成明确地批评现实的能力,因了年龄底长大,遭遇种种的经验,一时不能捕捉世相意味的时候,忽然幼时读过的童话,在记忆上苏甦,有时因此遂能为明快的批评的。这就不能说他不能培养现实批评的精神了。至于强烈地表示对于自由的要求的童话,更不知道养成了多少改革家底胚胎,在帝制时代,并且像在十八世纪初叶以来非常地抑压言论的俄国,把对于专制政治和官僚底私欲行为的讽刺或对于自由的要求,用动物寓言的形式来表出,实在是大有意味的事。从这种方面灌注一种思想于国民底血管,这事于俄国底革命,功效也着实不小罢!

枯来洛夫底动物寓言

听说：彼得洛枯拉特地方叫做“夏园”的公园中，立着枯来洛夫底铜像，铜像底旁边，每日有许多的儿童，成了群，耽读着他底童话。革命后的现在怎样，不得而知，以前据说的确是这样的。他实在是俄国童话底父——是开祖！

他底童话，大凡可分为三个种类，一是用动物寓言的形式，来表出人间心理底诸相的；二是用动物寓言的形式，来讽刺社会的；三是描写动物底性格的，全体觉得很受着伊索普（Easop）底影响，不过比伊索普少空想的分子，多有现实的倾向。自然，这并不是就童话底形式说，是就童话底精神说的。他底童话，形式虽然是动物的寓言，却有深刻的现实批评的精神，很巧妙地把人心底某点来譬喻化的作品很多。他底作品，觉得各种倾向都含有着，而许多作品中，特别地使我们感触的，就是对于无智者的悲哀，或者，这就是使他采取平明的寓言形式底动机，也不可知，恐防大概是如此的罢。这在《豚与樫树》和《猿与眼镜》《仙人与熊》等篇里，特别地很明显地表示着。《豚与樫树》中，描写无智的暴虐；《猿与眼镜》是说因为无智，连效用也无效用。最后的《仙人与熊》是表示无智的善底可怕。读着这几篇的作品，再联想到俄国大多数民众底蒙昧，无教育，无智，枯来洛夫底在这里抱着多少的悲哀，觉得也可想像窥见了！以上三种，是捕捉人心底某点，在作品上表现着的，还有含着社会讽刺的，像《管守蜜蜂的熊》一类就是，这篇底梗概是：“群兽选择了熊，叫他去管守蜜蜂，熊把蜜统统运到自己底洞里去了。群兽公同审判，宣告免熊底职，并且罚他一冬间不得出洞。熊住在自己底洞里，把蜜蘸在掌上舔着，静待时机底到来。”当时的俄国政府，对于官吏社会底收贿或权力滥用等，也曾取过严格的手段，却竟毫无结果。这篇童话，说是讽刺当时底现象的。这不过是简单的一例。在言论压迫苛刻的时代，从这种方面去求发泄思想感情的出路，是自然的事。诸君大概总还记去年底一月间，河上肇氏在《朝日新闻》上所发表的讽刺文吧。当时政府底对思想策还未决定，不能直谈极端的社会主义的见解，所以有这样的讽刺文。顺便地把彼说说，就是这样："现在有一个要用彻底的手术的病人。如果听任了他，是必死的，就是行了彻底的手术，能不能存活，也不可确定，不过总是活的希望来得多。因此我想还是行手术好，无如亲戚友人都说姑息的闲话，于是只好听其自然，暂时坐看着！"那时我读了，以为讽刺文要盛行呢？后来政府底政策，比较的宽容，于是率直的议论一方，倒多起来了。闲话休谈，——最后描写动物底性格的，有《好奇的熊》，《狼与鹤》，《狐与野鼠》等诸篇，是描写熊，狼，狐等底性格——典型的兽性的。此外也有宿命的，滑稽的，或教训的种种作品。不过就大体说，枯来洛夫底童话，多数是用了动物寓言的形式，把人间心理底诸相来具象化或含带社会讽刺的。还有一种，就是描写某动物底典型兽性——在人间，就是所谓类型或性格一类的东西——的。曾记得相马泰三氏有一次说：

"童话就是儿童不懂，也不要紧，尽可到要父母，保母，中间人说明的程度。在作者一面，也可不拘着于事件或兴味中心的法式，不妨用创作的态度去做，并且还须做表示种种性格的。"

这恐防是受了枯来洛夫底第三种倾向的作品和以儿童为主题的乞诃甫底作品的暗示的结论罢。童话在现在，不再使儿童快乐或含道德的教训，第一要是艺术的创作。

特米托利哀夫底童话

特米托利哀夫和枯来洛夫底童话，在样子上无甚不同，两人中间，没有特别的异点可说。不过特米托利哀夫底作品中，有些是表示高夸矜持的。《鹫与蛇》《白鸟与鹫》等篇，都把天才者底自己高待不为群众所污的特质，用譬喻表现着，虽然不深，很能使人感得高度的矜持。他好像和枯来洛夫不同，直接把社会问题来譬喻化的作品少点。

普希金底五篇故事诗

普希金小的时候，受爱讲故事的保姆亚里那亚大刘那底保育。后年从可卡赛斯的贬谪放免归来,蛰居他母亲底庄园的时候,也常常从这位保姆底口中听取种种国民的故事。他把这些故事用童话的形式来讴歌,有《渔夫与金色鱼底故事》,《萨尔腾王底故事》,《僧侣与其仆底故事》,《死王女与七勇士底故事》,《金色鸡底故事》等篇,都是用百行乃至三百行,用诗的形式做着的。《渔夫与金色鱼底故事》的梗概是:"一个极善良的渔夫,有一天网了一尾黄金色的鱼。鱼发出人的声音,来说:'放了我,谢你很大的代价。'渔夫说:'不要什么代价。'就把鱼放了,回去了。到了家里和渔婆说起这事,大受婆子底埋怨。婆子先叫渔夫到金色鱼那里去讨新的盥盘来,第二次说要木造小屋,第三次说要想做贵族底夫人,第四次说要做女王。这些要求,都圆满答应了。后来又要想做了王,叫金色鱼来做侍从,到了这里,他们底地方,依旧变了小土舍了。"篇中描写善良渔夫底好心,私欲成魔的婆子底欲心,再夹入五回变化的海的描写,是诗趣很深的作品。

其他四篇,也是很有诗趣的,不过这里没有再把梗概来介绍的余裕了。

托尔斯泰和乞诃甫

"天国在你们底里面","人要多少土地?"就是不含这样的短语,托尔斯泰底童话,大都也是以教儿童为善的态度做的。利用了俚谚,作像《两个农夫》的时候也有,作了像《恶底出处》来说教的时候也有,也有像《谷仓底鼠》《蛇底头与尾》一类可怜而且滑稽,不含直接的教训的。此外还有像《盲人与象》一类把印度故事来翻案的。

乞诃甫的童话,与其说是为儿童的童话,不如说是以儿童为主人公的真的创作。像《渴睡的头》等,就是这个好例。这篇的大意:"管小孩的女仆,终夜要摇着摇篮,不得睡眼,日间又有种种的使役,她因为非常要睡了,便把小孩缢杀,在旁睡倒。"还有《烟草》一篇,比这篇比较地适于儿童的诵读。内容是这样:"在裁判所里行走的律师,要想矫正小儿底烟癖,讲种种的道理给小儿听。小儿终不领悟。他就用了故事的形式,说

'某国底王子,吸烟成癖,因此患肺病死了! 死了以后,变成树不开花,鸟也不叫的世界了!'小儿听了,就说'再不吸烟了!'"虽然说这篇适于儿童,决不是儿童直接能够晓得的,也是为教育成人而作的东西。

梭罗古勃

俄国现存的作家中,最工于童话的是福特尔·梭罗古勃。在他的童话中,我所爱好的是比较地短的一种,觉得他底一页至二页半光景的作品,很多有趣味的。长的像《发好香的名字》等类也好。其他像表示对于无限的怀慕的《翼》,梦幻的《蜡烛》或有趣的《蛙》等篇,也是我所欢喜的。《蛙》底内容:"两只蛙碰着了,年老的一只向着年青的一只说:'你能够变了样式叫吗?'年青的说:'我用法兰西式来叫给你看。'年青的叫了叫不像,于是说:'俄国底蛙,还是用俄国式来叫的好。'"是这样轻快的作品!却是他底特色,不在这种表示国粹主义的感情的作品上,觉得还是像《翼》《蜡烛》等有无限丰富的诗味的来得好。

（原载《小说月报》第 12 卷号外"俄国文学研究",1921 年 9 月）

阿蒲罗摩夫主义

〔俄〕克鲁泡特金著　丐尊译

凡是有教育的俄国人，都读阿蒲罗摩夫，谈"阿蒲罗摩夫主义"。各人在阿蒲罗摩夫中，看出自己底一部分，觉得脉管中有和他一样的病。

阿蒲罗摩夫在共且洛甫（Gontsharov）底小说中，传诵最广。和屠盖涅夫底《父与子》，托尔斯太底《战争与平和》（现多译为《战争与和平》——编者注），《复活》等，同为过去半世纪产物中最有兴味的一种。性质完全是俄国式的，——非俄国人不能全然玩味似的俄国式的。却是，同时也出了不亚于哈姆列脱（Hamlet）或同几呵台的世界的人物。从这点看又是世界的。

这小说底主人公伊里野·伊里契斯·阿蒲罗摩夫，是个有六七百人农奴的贵族阶级底儿子。他底幼年时代，几乎全过在别人底手上，自己是什么事情都不曾动过手的。在俄国山原的广大的领地，华额河岸底美景中，那时火车底声音，还未曾威胁族长制度底平和，民众底胸里，并未发生何等的疑问。阿蒲罗摩夫为乳母，仆从所围绕，受着脚不落地的养育。"我不晓得从小的时候，有没有自己着过袜子？"他自己也疑怪着！午膳的预备，是家内上午的大问题。午膳以后的几时间，从主人的房间起一直到从仆们的房间，睡眠都满张着他底翼子。

阿蒲罗摩夫做了这样家庭中底人了！后来到首都入大学的时候，旧日的从仆，一样地跟随着，故乡底阿蒲罗摩夫家底弛缓倦惰的空气，也带了来了！大学底讲义，青年学友底谈论，对于理想的追慕，有时也沸腾他青春的血。却是习染成性的阿蒲罗摩夫家底空气，忽然就把这样壮盛的感情消灭了！别的学生或者热中于谈论，或结集会社，阿蒲罗摩夫总是旁观，觉得"这种做他做甚么"。阿蒲罗摩夫底青年时代，是这样地过的！

小说从圣彼得堡旅馆中朝间的光景开始。太阳高了，阿蒲罗摩夫还在床上。这个以前，他也曾经几次坐起想把脚去穿到袜里，念头一变，又回到被窝里去了！从小抱着阿蒲罗摩夫走的忠仆寨哈尔端了茶进来，在床前立着。友人来了，要想拉阿蒲罗摩夫大家出去，他很不容易答应。

"甚么！这样麻烦做甚么！"阿蒲罗摩夫这样说了，不肯起来。

阿蒲罗摩夫所最怕的，就是旅馆主人要他迁屋子。这间屋子很阴气，灰尘也多，住了原不十分爽快。却是在他，迁居是无上的难问题，总要想尽一切的方法来避去这个困难。

阿蒲罗摩夫因为受了良好的教育，有着高尚的趣味，在艺术上也有着很好的眼识。恶劣的事，无论哪种，都是嫌恶。所以不正的行为是决不干，或者恐防要干也干不来的。他又抱着当时最高的理想，以自己是农奴底所有者为耻，在心里怀着一种的计画。——这计画如果成就，农夫底状态，自然改良，结果他们就自由了。

人类底不幸，他并不漠视，他有时对于人生底忧愁，也从心坎中哭着。他感到不可名状的悲苦，要想率性走到远的地方去，那时温泪就流到他底颊上。有时他对于人类底不德，欺诈和一切的恶事，了不得地嫌恶，要想把这世间底病揭给人看。种种的念头沸上心中，太平洋底波涛似的来往包卷着他。……他被道德力所动，时常在床上辗转反复，张了眼，坐起来，动着手，用感动的眼光，周视他底周围。……这感动好像要实现为成功勇猛的行为。如果真是实现的时候，这是何等的好事！却是，等到过了午，夕暮袭来的时候，阿蒲罗摩夫底紧张的力，跟着渐渐地向着休息。心里底暴风雨平静了，厌恶的念头消失了，脉管的血已静静地回环了！——阿蒲罗摩夫睡个翻身，隔窗望视天空，很悲哀地目送着向邻家屋背下沈的太阳。——他不晓得有几次送过这样的落日！

共且洛甫这样地把阿蒲罗摩夫三十五岁时候的生活描写着，真是乡下地主特有的懒惰生活底活画！

这个时候，阿蒲罗摩夫因亲友西托利兹底介绍，才和本篇女主人公阿梨牙相识。这位女性，是俄国小说上所表示的女性中最美的一个，西托利兹对阿梨牙讲阿蒲罗摩夫底种种事情，——无论是关于他底才能力量的，关于他底生活状态的。并且说："这样下去，必定误尽一生。"妇女时常欢喜当救济的职务，阿梨牙也要想从无气力的植物的生活中救出阿蒲罗摩夫。阿梨牙用美声唱歌，欢喜音乐的阿蒲罗摩夫很为她底歌动心。

阿梨牙和阿蒲罗摩夫底交际，次第密切了。阿梨牙努力地设法想矫正他底惰癖，引起他对于人生的兴味，劝他一定实行数年来所考察的改良农奴的大计划，还用了种种的方法，想鼓舞（他）底文艺的兴趣。阿梨牙底苦心居然不空，在最初的时候，像个能够一点一点地引阿蒲罗摩夫回到人生的路上来。阿蒲罗摩夫从床上出来踏到人生的路，阿梨牙对于阿蒲罗摩夫的爱情，也日日地加长，第二个问题——结婚的问题——也近了。却是，在阿蒲罗摩夫结婚是一件不容易的事。要结婚，非大奋发不可，非回到领地去不可，非破除怠惰单调的生活不可。这都是阿蒲罗摩夫所苦痛的。他用了他姑息的念头，一天一天地过着，不久仍旧完全回复他底懒癖。阿蒲罗摩夫所犯的，是不治的病，阿梨牙所想做的，竟是不可能的事情！她原想用了自己底爱情和气质来救济他，到了这里，觉悟自己没有救他的能力，除弃了他走以外，她已没有别法了！共且洛甫把两人别离的一场，很好地描写着。

别离以后忽然大病的阿梨牙，等病好旅行外国，在巴里遇着西托利兹，两人就结了婚，阿蒲罗摩夫后来，迁了居。与那个旅馆的女主人结婚，以平凡无为的生活，了他底一生。

这小说出世的时候——一八三九年——"阿蒲罗摩夫主义"的名词，差不多一时指示俄国状态的流行语。俄国底历史上，都有着这种疾病底痕迹，当时称为"农奴制度底悲哀的产物"。现在农奴时代虽早过了，阿蒲罗摩夫在我们里面还没有绝迹。这样看来，农奴制度并不是造成阿蒲罗摩夫式人物底唯一的原因。富者底生涯，文明的生活，不能不也说是造成阿蒲罗摩夫的东西。

又有人说："阿蒲罗摩夫主义"是俄国人特有的人种的特色。这大概也是正当的议论。不喜奋斗,自己管自己,缺乏进取的气象,无抵抗的被动:这种态度,大部分是俄国人底特质。这种人物能够因了俄国作家完全表出,理由也就在此。却是因此不能就说阿蒲罗摩夫式的人物限定只有俄国有的。这样的人物,实在还是世界的典型,——是因了现在底文明,在富裕,满足的生活中养成的典型,是一种的保守的典型。所谓保守,并不是政治上的意味,是单指对于幸福的保守主义的。凡是到达了某程度的幸福的,或得着祖先余泽的人们,已经不肯再做新的事情。因为一动,眼前平静无事的生活,就要添出不愉快的烦扰。从这里,他们就停滞在缺乏实生活的真刺激的生活上,因为一触着这刺激,他们底植物的生活底平安,就有摇动之忧了。

这样观察起来,"阿蒲罗摩夫主义"的确不是俄国人特有的人种的疾病,也存在于两大陆,也存在于一切纬度的地方。这些里面于共且洛甫所巧妙地描写的用了阿梨牙底能力仍旧无效的"阿蒲罗摩夫主义"以外,还有绅士的"阿蒲罗摩夫主义",官吏的"阿蒲罗摩夫主义",科学者的"阿蒲罗摩夫主义"!其中还有家族生活的"阿蒲罗摩夫主义"!

(原载《小说月报》第 12 卷号外"俄国文学研究",1921 年 9 月)

女　难

[日]国木田独步著　丏尊译

一

　　这是四年前的事情,(一个人开场说)我因事到银座,看见十字路边,有一个人在那里吹着洞箫,前面立着七八个人;我也不觉停住了脚,加在听众里面。

　　那时是春末五月的时候,太阳西下,西侧街屋底影,已到了东侧街屋底基础石以上二三尺了。吹箫者自腰以上,都被鲜明的夕阳照着。

　　黄昏近了,街上特别地杂沓,铁道马车(Tetsudobashia)底往来,人力车东西通过的声音,以及街上行人匆忙的足音,真是四面骚然。在这骚扰场所正在骚扰的时候,他却悠然地吹着洞箫。因此,在我眼中,连他半身照着的夕阳,看去也好像清静平稳;觉得他箫声所及的范围内,都成了悠悠的世界了。

　　我一面听着他吹出的一高一低,欲绝不绝的哀调,一面却尽管看着他底状貌。

　　他是个盲人。年纪大约三十二三,他底面孔被日光晒黑,充满了垢污,差不多也认不定他底年龄;他不但垢污,并且看去很憔悴,大概因为他日里受了街上的飞尘,夜里在小客栈底角上盖了龌龊的棉被罢。面状算是长形,鼻子也高,眉毛也浓;额角虽然一半被那不加过梳的蓬蓬的头发遮住,看去却也饱满,不像那下等人常有的露出骨头非常凸起的额角。

声音底势力,是不可思议的。无论怎样下等的人在那里吹弹,在听的人,总觉得连吹弹的人也可亲爱。特别的是这个盲人,他于龌龊的状貌中,说不出地反映着高尚的人品,更能使我动心;恐怕其他听着的人们也有同感罢。好像他底哀曲,正诉述他薄命生涯底旧乐今悲的样子,使人们感动,少有白听他的,多数都于要走的时候,摆一二个铜子在他底手中。

二

这年夏天,我带了家眷到镰仓去避暑,借了近山的一所小屋住着,有一夜,月色特别好,我就独自散步着,到了海边。

海边,日里是热闹的,这时候月色虽然很好,却少有人迹。我立在小河入海的汀上,看着被海波所碎的银色月光;不知那里来的箫声,微微地飞到耳边,仔细一辨别,是从西边离我不多远的有许多渔船搁起的地方来的。

走过去一看,果然有一只小船拖上在离水二三丈的滩上,十几个男女四面围着,有的坐在船沿上,有的蹲在沙滩,有的立着,中间一个男人靠着船沿在那里吹箫。

我离开人群听着。月光朦胧地照着这一群的人,都一声不响地倾耳听着。好像一曲已完,听众中有三四人去了。其余的人们,还想等他再吹;吹箫的却把箫拄着膝踝,垂头不动。这样过了四五分钟,又走了三四个人。于是乎我就走到船边。

一看,只有三个人留在那里:一个是海边的小孩;两个是村中的少年。我走近船沿,在吹箫者底面前立着。他抬起头来了,不料就是今春银座街头看见过的盲人。盲人就是不盲,也不会认识我的;他暂时向着我,继而又吹起来了。弄着指端吹出如缕的低音,好一会,突然中止,从船上下来。我卒然地:

"瞎先生,肯到我家里去,吹点我听听么?"

"呃,呃,"他惊异地答应,急忙看着我,既而又垂下了头,把头倾着,

"呃,随便那里都去。"

"唔,那末就请你去,"我在前走。

"你底眼睛全不看见的吗?"走了四五步,我回头问他。

"不,右眼稍微看得一点。"

"只要稍微看得见一点就好了!"

"呃,嘻嘻……"他轻轻地笑,"咿呀! 稍微看见一点也不好,见了就要起了欲念哪。"

"喂,桥到了!"我把横在沟上的桥注意他;"但是如果一点都不能看见,那不是就不能到这种地方来营生了吗?"

"能够营生就好了,我只是流浪……"

"你是那里,生地?"

"我底生地在西边,呃。"

"我今年春天曾在银座看见你过,不晓得为什么以后时常想着,所以现在一看见就认识你。"

"呵,这样吗? 咿哟,走到那里就是那里地到处流浪着,所以在那里碰见那位的事情……。"

途中遇着两三个青年男女,一片轻云遮盖着月光,四边朦胧了。手风琴轻快的调子,从高楼上传出声音来。不久就走到我底家里了。

三

先请他在檐边坐了,吃一杯麦茶,然后要求他吹一曲。我对于箫,全然外行,他所吹的曲底好坏,他底技艺底巧拙,完全不晓得;但是用着全心吹出的音色,脉脉地袭来的时候,不觉为之凄动。要哭吗,悲哀没有要哭的这样地浅。吹的人难道没有何种的感着吗?

曲终以后,在卖曲者底常套,一定笑,一定说几句谦逊的话;他却默然停着,好像在那里追逐自己吹出,消灭在虚空中的声音底行迹。

我从他底言语上,态度上,早想像他底生涯中,应该有故事潜藏着,所以就不客气地动问:

"洞箫大概是正式练习过的罢？这是唐突你的话。"

"不，并不，全是杜腔，不过从小喜欢，就吹惯了，不是可以吹给列位听的。呃。"

"咿哟，不是，真巧妙！有了这样的功夫，我想不要沿门去走，还是收几个弟子来得安乐。你是独身者罢？"

"呃。是个没有父母没有妻子的快乐的单身，嘻嘻……。"

"咿哟！也不见得快乐罢！晒着太阳，淋着雨，住址也没有定，到处流浪着走，这些都不是不十分快乐的事吗？但是这也许有什么理由罢！要想你把出身说我些听听。"这样大胆地当面问他，明晓得乘了人家底不幸流落，想去探他底秘密，决不是有人心的人所应该的事；却是因为两次遇着了他，遇着的地方和情趣，很感动了我，也就顾不得许多了。

"呃，说说也可以。今天不晓得怎样，只管想着小时候的事情；刚才听见府上底哥儿们在天井里一齐唱歌，不觉要哭起来了。

"我九、十岁的时候，时常被母亲带了去探望那住在离城三里（日里一里，约中国里六里。）里山村的舅母，在那里宿两三夜；今天恰记起那时候的事情。我记得十七八岁的时候，听见别人吹箫，觉得好像心被掮去了；这同现在想起九、十岁，小的时候，就无可奈何，是同样的光景。

"五岁就不见了父亲，被养育于母亲和祖母之手，一反（Tan，一町的十分之一为一反。——译者）光景阔的宅基里，也有山茶花，也有百日红，黄金色的荔枝底垂在墙头，现在还在眼前闪动。屋子虽宽，却是难吃饭的贫穷士族，靠了母亲的操劳，小时也不觉得苦地把日度着。

"母亲也觉得没靠傍，最欢喜时常到山村底娘家去。一早起来，从冷落士族家屋底板垣间出去的时候，说不出的快乐。山路三里，在小儿是太远：起初虽然在母亲底前面跳着走，用石去打沟中的鲫鱼玩；却是到了离卡（Tange，就是岭顶）一半的光景，就倦了。母亲勉励我，说到绝顶上茶店里去休息，买茶店中老姥所做的叫作卡饼（Tangemoti）的给我吃；我一欢喜，又发出勇气来。过了卡再走一半，就望见舅母底村子。春天的时候，狭狭的溪谷里，烟霞暧暧好像绘画；望见了村子，便觉着已经到了。在路傍石上再息一息：母亲吸烟；我呢，吃从山崖上落下来的清水。

　　"舅母家在旧时原是个乡士（Goushi），到那时候，家财已经大衰落了；却是我看去还是非常的富家。很大的黑柱子，灰暗的米仓，缘着藤的墙垣，深的井，在我都是难得的。男女用人呼我叫做城内的少爷，我就喜欢。

　　"但是最快乐，而到现在一想起就觉得无可奈何的，是和与我同年的表兄弟游耍的事。两个人时常到山峡中溪河里去钓山鲦。山岸底那一面是个池，苍苍地荡漾着，这面是个浅滩；我们立在滩上，把钓丝投到池中钓鱼。向上一看，两傍的山，好像斩截似地矗立，杂树赭松茂盛得暗暗的，从下面看去，天空好像带的一条。只要一发声就应到山里，山也会响，如果一声不响地在那里钓，就毫无声息了。

　　"有一天，两人一心地钓着，不晓得什么时候，天时一变，飒飒地下雨了。这天很有得钓，两人都不说要回去。大雨点打着钓竿，水面发出烟来，雨在水面跳着；抬头一看，雨脚从山顶像白丝的样子一条条地下来。衣服湿透了，觉得不好，就把钓丝赶快收起；收起来一看，正钓着尺来长的紫红色条纹的山鲦；辔地把狂跳的鱼捉入鱼笼去的时候，觉得在水中的鱼，也因为沾润了这个雨，比平常加倍的新鲜。

　　"'回去罢！'他这样说；看了我一看，又看那水面去了。

　　"'回去罢！'我回答他，却不去问他，实在入魔了，差不多自己不晓得说些什么。

　　"不久，雷声立刻从头上来了，那是山要开裂似的可怕的声音，两个人一言不发地卷了丝提了笼逃回去了。半路上碰着来接的用人，到了家里，被舅母和母亲叱骂；把笼放在井边，换了衣服就躲到一间堆仓样的小楼上，挪出《源平盛衰记》的旧书来，看书里的图画。

　　"母亲就是和舅母对坐，也决没有喜笑得了不得的时候，两个都是不多话，沈思的，气色不好的妇人，用了低柔的声音在那里轻轻地谈着。有一次，看见母亲露着哭颜，舅母在旁含着眼泪，我却并不在意，不过略略觉得有些可怕，就跑到吃饭间里去了。

　　"我是连七日，十日都想住的。但是至多过了四日，母亲就说要回去；也没得法儿，只好回去了。有一次，我逼着倔强，说一个人要留在这里,于是母亲独自回去了。舅母家的房子,是依山高高地筑着的。我到了将晚,立在檐下,眺望山村的黄昏:西边落日底余光,水一般地澄净;山都朦胧到了淡墨色;蓝色的烟雾在谷间林上浮着。无端地悲哀起来了,连寺里的钟声,听来也觉得和平时不同,一听见那种曳长的向谷间远远消去的声音,立刻纪念起母亲,为什么不一淘回去呢,母亲大概已经到了家里和祖母谈着什么罢,这样一想,就情不自禁起来,对舅母说要立刻回去。舅母笑着不理我。这个当儿,上了灯了,同表兄弟下将棋玩,不觉把这事忘怀,第二日,就被用人送了回去了。

"还有:同母亲一淘回去的时候,两个人都没有来时的勇气。过了卡,母亲就接连几次地坐着歇息;现在想着的就是那时候母亲底脸色。伊坐在石上,便长叹起来,现出说不出悲哀的神色,看了伊底脸色,连小儿的我底心里,也觉得凄悲,茫然地只在母亲傍边坐着。这样,母亲就说'你肚饥吗? 肚饥,就吃饼,给你拿出来罢,'一面就去开钱袋的口。我说'不饥;'母亲就说'不要这样说,吃一个罢,母亲也要吃呢,'这样说了,偏要把饼给我。被伊这样一来,我不禁愈觉悲伤起来了,几乎要伏在母亲膝下哭。

"我现在还想着母亲,不得了地想着!"

盲人耐不住怀旧的念头了,突然断了话头,把头垂下,好一会,仿佛已经忘了对面的人是谁,又热心的说:

"这是当然的事,那时母亲全是为我活着的;对于独子的我,一味地爱惜,不大叱骂我。就是偶然叱骂了,也即自认不是,来讨我底好。那末,我就成了强傲的人了吗? 不是,霸道的事情,也大概有的,却是胆子很小,有些像女子。

"这性质不为老派的祖母所喜欢,常常向我母亲说:

'你太优柔,连修藏都变了怯弱的孩子了。如果你不先自己奋发点,把他当做一个男孩子来养,那是不行的!'

"但是母亲底性质,无论如何不能用强烈的养男子的方法来养我的,只管一味地爱惜我。她想着我底前途,不从幸福的方面来想,专从不幸的方面来替我耽心,于是愈加可怜我了。

"有一次，母亲关于我底将来太耽心了，领了我，到在善教寺旁开店的一个奇怪的卖卜者那里去。

"卖卜者底脸孔，我至今还记得，是个圆脸孔洼着眼的瘦小的老人，相貌略为有点可厌，却是和母亲谈话的时候，样子很是和气丁宁：

'啊，是的，这是耽心的事；难怪你，难怪你，让我替你卜卜看。'

"老人把我底面孔用相面镜来照，又把竹签仔细祝祷了看，正是将看相和卜易合在一起了；过了好久：

'咿呦！放心！这孩子将来必定出山，真真好相貌！却是有一个难，这是个女难，只要一世留心着女人，必定得法的。'摸着我底头，只管看我底面孔，'唔！好孩子！'

"母亲喜得了不得，一到家里，就把这事夸说给祖母听。祖母笑着说：

'男子不是还是剑难来得有男子气吗？这孩子面色又白，长得弱弱的，所以卜者说他有女难了。但是现在还不至于有女难罢，早则十七八，迟则二十岁光景，到那个时候留心就好了。'

"那里晓得，我那时（十二岁）已经有了女难了。

"已经讲到这里了，以下就把我所经过的女难来忏悔两三件罢！那个卖卜者很准地猜中了我底一生。

"那时，离我家差不多三丁（一日里底三十六分之一——译者）的地方，住着一家姓饭塚的人家，有个女儿叫小夜的，是个十五岁左右的苗条可爱的女孩。

"这个女孩每次在路上遇见我，一定要叫我到伊家里去玩。我起初不去，后来因为伊邀得我次数太多了，就去了一次。伊过了一点钟两点钟还不放我回来，或将我抱在膝上，或咬我底项颈，丁宁地替我爬梳头发，再要好点，还将嫩颊膊强偎到脸上来，学种种的乖觉。

"这样一来，我也觉得有趣；以后常常去玩，不见小夜底面，就觉得有点不好过了。

"这时候，因为卖卜者说我有女难，我已从母亲口里听过女难底解释；小儿的我底心里，也很恐怕这就是女难了。母亲面前，不敢露出来，暗地里自己恐慌着,却是仍旧时常到小夜那里去玩耍。

"从现在想来,实在我那时已爱着小夜了。小夜抱了我将我当作小儿的时候,我表面虽然不欢喜,心里却觉得快乐;触着伊底温软的肌肉,那时候的心情,到现在还不忘记。若说女难,可以说那时候已遭了女难了!

"母亲每日地讲女人底可怕给我听,引了许多古人底实例和城下附近的少年底事情来讲,连安珍清姬底例都引到了。'外面如菩萨,内心如夜叉,'这样的话,差不多听得耳朵要起茧。'看见年轻的女子,要当作鬼或蛇去想;女人口里底亲爱,都是骗人的,一不小心上了当,就有大难了,'这是母亲底口头禅。

"我是信仰母亲的,母亲底话,我毫不疑惑。我对于小夜也防着伊'内心如夜叉';却是自己又作了解辨。这样想:小夜姑儿还是小孩,我也是小孩,未必就这样地可怕。小夜姑儿底爱我,是真的爱我,决不是骗我上当的。

"那里晓得:有一日天快晚了,走过饭塚家底门口,小夜跑出来硬把我拉了进去,问我'这四五日为什么不来玩',我说'伤风了',伊就说'不得了! 现在好了吗?'看着我底面孔,'面色还不好,请你留心! 修哥儿如果成了病,我就要死了!'一面看着我底眼睛。我是个优柔的人,被伊这样一说,无端悲伤起来,不觉眼里噙着泪了。小夜见我如此,便抱住了我;我一看,伊眼里也满着眼泪了。伊说:'今夜住在这里,我代了母亲来抱你睡。''母亲要骂的,不要!'我这样说。伊就说,'母亲那里,现在归我去说,不要紧!'我用了低声,'如果和母亲去说,那更要被骂了;我底到小夜姑儿家里来玩,是瞒着母亲的。'这样一说,伊就把我推开,'为什么要瞒着? 修哥儿和我玩耍,是坏的么? 如果是坏的,那末以后可不要再来了!'一面眼盯着我,样子很可怕;我吓了,就从阶上跳下,飞奔地从饭塚家逃出了。

"这次以后,绝不到饭塚家去;就是在路上遇着小夜,也逃开了。小夜见我逃开,总是拍手笑着;我那时还以为这就是小夜来欺侮我了。

四

"第二次的女难，在我十九岁的时候。这时祖母，母亲都死去了，我寄居在舅母底家里。一面被介绍到村内底小学校里，每月支取五元的月薪。祖母底死去，是我十五岁的时候；这年秋里，母亲又复死去；我突然做了孤儿，于是就寄住在舅母家里了。一直到十八岁，都住在冷静的山村，也不修何种学问，不过读读《少年杂志》一类的东西，这是寄宿在城下中学校的表兄弟寄来的；此外就无非是读些舅母家旧存的《源平盛衰记》《太平记》《汉楚军谈》《忠义水浒传》等类，所以连做小学校教师，也全然靠不住。因为舅母家是个村中底旧家，仗着这个腰子，勉强被雇用的。母亲将死的时候，虽在丁宁反复地嘱咐我：'留心女人，终身要以女难为戒；快些自立，我在地下祈望着！'但是如何自立，这连母亲也是没有把握的事。母亲原想叫舅母家支给我底学费的，这事后来不能如愿；虽然刻望我底自立，却不知如何着手，实在暗暗地也好像非常痛心。所以当时的母亲，除警戒女难外，并无令我自立的方法。我又性质优柔，关于自己底立身，也不自己注意。不过突然失了母亲，觉得悲痛，在当初的一二月，就是住在舅母家里，在无人的时候，也动着就暗哭。

"时间经久，悲哀也渐渐淡去，后来不过时时想到罢了。受惯了舅母底亲爱，不觉将舅母当了母亲，一天一天地过去。

"从十八岁那年，就职于离舅母家五丁的小学校，和三四个同事大家处理村中的儿童；夜里借吹洞箫来求快乐，觉得生活也有趣味起来了。说起洞箫底练习，那时村中有一个老者，吹他自造腔的洞箫，村中的年轻的都夸张着当他是大先生，后来连我也做了他底弟子。这位大先生是吹自造腔的，所以弟子也都是自造腔，只胡乱地吹着；后来手熟了，大家谁好，谁不好地彼此批评，都自以为是起来。或者这也是我底性质，我在诸少年中，特别地专心。一得空闲，只要拿了萧吹着，就别无他念。早上太阳还未出来的时候，走到后山，坐在岸上，浴着晓雾去吹；有时竟觉得我底洞箫，吹散了晓雾，太阳也跟了我底转音，一点一点地上升。

"因为这样，我在诸少年中，自然就成了个最好的，连老先生都称赞我，说是再好好地练习，可以成日本第一名手。这样就到了十九岁了，那年春天，一日快晚了，我照常带了箫坐在村中小河底岸上，独自吹着，忽然后面有叫'修藏君'的；回头一看，却是武之允——这有威严的名字，是寺里底和尚给他取的——是个住在过邻村去的坂上的一个少年。

"'甚么？武之允山城守！'（译者注：'山城守'的称呼含有戏谑之意。）

"'修藏君真吹得好箫！'说着哈哈地笑。这个人少微有点和人不同，很强横，非常地欢喜用嘲弄人的口气；我就拿起萧来，说'打呢！'装起威吓的模样。他突然规矩起来：

"'有一件非给修藏君看不可的东西，肯一看吗？'说出妙话来了，我觉得奇怪。

"'是甚么？你说要我看的。'

"'甚么也不必管，只要你看就是了。'

"'甚么东西呢？是物品吗？'这样一问，武之允就发奇异的笑声：

"'是你最欢喜的东西。'

"'你同我开玩笑呢。'

"'并不同你开玩笑，真个要想请你一看，我请求你。无论如何，要给我看一看。'说时样子更规矩了。

"'好的！我替你看，拿出来！'

"'你说拿出来，这里却拿不出，要想请你到我家里去一去。'

"'你家里底宝货？大概是什么剑一类的东西罢？'他听我这样说，又发出奇怪的笑声来。

"'大概是这一类的东西，无论如何，总是宝货；唔，不错，是宝货！'说了拍手，我觉得奇异起来，自己也想去看了。

"'那末，就同去罢！走！给你看去。'就同他到武家去了。

"前面曾说这武家在小坂底顶上；那里离舅母家大约有七八丁。坂底下面，就是那个洞箫师父底住处；我到坂下是常去的。却是坂底顶上，只不过到过三四次。一过了这个坂，就是一个狭小的山谷，那里不到十家人家;所以就是村中的人们,也不常过这个坂。武家有一轩的正屋和一轩堆东西的小屋,小屋平常总是关着,并且有一株大樫树从崖上笼罩着,所以看去很阴幽。正屋也屋大人少,森寂得好像没有人气。对面底崖下,有一四方的浅井,无论何时,都湛着清水。全体底样子,总觉得很阴森;我每次走过武家前面,至于立刻想起《水浒传》中底蒙汗药,想起武松受过困的十字坡。

"却是,这次被武之允说得奇怪,觉得稀奇起来,被他引到他底家里去了。一上坂就觉着森然。路上几次地问武之允,'你叫我看什么?'他不但不说什么,反用了'到手了'的态度,发出不怀好意的恶笑。

"天晚了,初十左右的月亮,鲜明地映着;坂底左右,因为有繁茂的树,光不能十分地照到。上坂不过二丁路,就到了武家。屋前广场无树,月影判然地落在地上。

"灯火朦胧地映着纸窗,屋内肃然无声。武之允一声不响地入了庭内,我脚不前进,在外面踌躇着。

"'请进来!'武之允在暗黑的地方说。声音虽低,却有潜力,好像命令我的样子。

"'就在这里给你看,拿出来!'我从门外说。

"'我说请你进来!'这次说得更强硬了,我也没有法子,只好勉强走进天井里。武之允见我进去了,就走进了吃饭间底间壁一间,仿佛和谁在那里密语,好一会才出来。这会却很和气地说:

"'请进来,地方是很醒龊的!'我略觉安了心,便进去由武之允底引导,走进到里面的一间。那里却意外地清洁,屋角摆着摆灯,灯火小小地点着。我一进屋子,看见有一个姑娘坐在那里。那姑娘见我进来,就突然起来;既而又改正了坐法,把脸孔横避了。我觉得奇怪,不敢坐,武之允突然地:

"'要请你看的就是这个。'同时那姑娘就俯下了。我不知要如何说才好,竟说不出话来,只惊奇地看着武之允,武之允也红着脸,好像难出口的样子:

"'且在这里请坐! 我走一走就来。'说着要想就走。

"'甚么？甚么？我不要，一个人留在这里。'不觉这样地说。

"'那么，你不给我坐着吗？'说时用了可怕的脸孔注视着我。这时我如果说要回去，他差不多就立刻要用足来踢了。我为他底威势所吓，只好勉强地一声不响地坐着。那姑娘哭了，呜咽了；那时武之允底脸孔，真不是平常，额上涨起青筋，咬着牙齿，一面却像要哭出来的样子，把眼睛转动着。用手搔着嘴边，像要说出甚么话来。

"'究竟为着甚么？'我觉得情形太奇怪，就发问了。据武之允嗫嚅地说，事情是这样：'妹子一定要想会你，无论对伊怎样说，总不肯歇。所以把你骗到这里来，请你当伊是个可怜的女子，替我爱爱伊。由我这方面拱手请求你。'大略是这样的情形，恐怕有人要笑说这是谎言罢，却是实在的事情是这样。我已做了村里底情郎了。

"那时候我也并不是忘了女难之戒，我所居的是山村，山村之中，两三个青年一相集合，就立刻批评女子。小学校中底同事们呢，也公然地谈论'哪家底女儿长得好看，哪家底女儿已有情人了'这一类的事情，当作一种快乐。我不晓得从甚么时候也染了这种风气，时常发想调戏村中女子的心。虽然因为有母亲底训诫，不敢轻易出手，其实我底心里，并不是怕女子，倒是想若有机会，定要得一个情妇的。

"武之允底妹子叫阿幸，在青年中，是个评判很好的姑娘，年纪十七岁。我也是常常看见的，不过还没有交过话。伊因为我是舅母家里底人，又是学校底先生，每次碰见，她必向我行了礼才走。伊不像乡下底姑娘，是个白色明眸的女子，姿势底苗条，也和小夜相像。'就是城内底姑娘，也难得有这样的人。'村中底人们都这样自慢地批评；我每次碰见伊的时候，也觉得这个批评不错。因为这个缘故，所以将阿幸摆在面前，由伊底哥子代伊说合，我也不想到甚么女难不女难了。并且我是个优柔的人，即使觉着事情底危险，那个时候，叫我撇了武之允和阿幸逃归，这样决绝的行为，在我是无论如何做不到的。

"这次以后，每隔两夜或三夜，我必定到阿幸那里去。事情很秘密，谁都不会晓得。并且武之允无论甚么事情都照顾我；武之允底妻原是知道一切内幕的，也随了武之允为我和阿幸尽力；所以我也就公然地在武家进出了。

"两人底情爱,竟好到时常要受武之允夫妇底嘲笑。不觉过了两三月。永不会忘记,这是六月七日晚上的事:晚上八时光景,我像平时底样子,到了阿幸那里;这天一到晚,天气就靠不住,到了十时光景,就下起雨来了。我于未下大雨的时候,说要想回去,阿幸和武之允底妻都留住我,说是武之允出去了,快回来的,回来了叫他送到桥边。犹豫了一阵,武之允回来了。不晓得从那里吃得很醉,我在里间躺着,他醺醺地进来,颓然坐下,阿幸在我底傍边坐着。

"'外面雨下得很利害!今晚请留宿在这里!'武之允意外地这样说。原来我这次以前不曾在武家宿过,即使我要想宿,武之允总说宿了被人家晓得了,反为不妙,一直劝我不要宿。

"'不!还是不宿好罢!'我这样说了。武之允撤销我底说话,说,'实在因为今夜有一点要和你谈的事情,所以叫你宿在这里,我叫你宿,你就宿!'说时语气渐渐地凶暴,舌头也像回不转了。

"'要谈的是甚么?就请谈了不好吗?'

"'你不觉得吗?'突然地问我。

"'甚么?'我不能明瞭。

"'所以,你不行!阿幸这样了!'说着把手加在肚子上给我看,我吃了一惊,阿幸立起来,逃到吃饭间里去了。

"'真的吗?这个。'不觉声音缩小了。

"'真的吗?这个你不应该不知道。如果不晓得,那也没有甚么;你既然晓得了,那末此后的方法要豫备。'

"'怎样才行呢?'我心思乱了,说话战就起来。武之允用了可怕的眼光:

"'到了现在,还问我吗?这难道不是一定有的事吗?你应该早有如果如此就如此的觉悟。'

"他所说的,是当然的话。我自己的确没有甚么觉悟,只着魔似地向阿幸那里出入;被武之允这样一说,我也没有甚么可讲了。

"武之允见我不语,就狠狠地响着舌头:

"'请立刻作为公然的妻子!'

"'做妻子?'

"'不愿意吗?'

"'并不是不愿意,但是要立刻成功,不晓得舅母答应不答应呢?'

"'舅母无论怎样说,如果你有这个意思,就不要紧。你只要答应一声,就是明天也可以,我立刻使你们变正式的夫妇。横竖世界很大,舅母和村中底人们,如果有嘈杂的话,你们俩只要一走就好了。人儿一个,无论干甚么,饭是有得吃的!'

"'好的:那末姑且和舅母商量了看。舅母答应就好;如果阻难,就只有照你所说的样子,和阿幸走了,无论大阪也好,东京也好。但不知道阿幸答应不答应?'

"'哼! 这问我吗? 只要你去的地方,伊总去的,无论火里,水里!'说着用指尖点我的颊膊,样子很高兴,不像方才的凶横了。

"那夜就这样回去了。却是对着舅母,无论如何,总说不出这话来。因为舅母和我都从母亲听到女难的话,并且母亲将死的时候,又反复地把女难的话说了托付舅母。倘然从我底口里说起阿幸底事,不晓得要怎样地惊异耽心呢! 从第二天早晨起,三天之中,我好几次在舅母底房间里出入,想就把这事明说,但是到底说不出来。

"既然不能对舅母说,那么除了和阿幸二人逃走以外,是没有别的方法了。我也曾作好了逃走的打算,走到武家。却是临时又不能决断实行。因为'这是女难了!'的一种可怕的考虑,渐次增高;一想起到阿幸那里来往的事,'失策了!'的悔念,就涌上心来。如果和阿幸逃走,前途底如何困苦,也不可知,这真是陷到女难底深渊里去了。思念及此,逃走也便不能逃走了。

"千方百计苦思的结果,定了一人逃走的主意。不会忘记的,这是六月十五底晚上,——七日晚上以后第七日底晚上,很想和阿幸再见一面,却是又想到这是重要关头,于是像念佛的样子,把母亲底法名来念诵,连夜就逃出山村了。那夜,一无所知的阿幸,谅必还是望眼将穿地等我去罢! 只受过'不要被女人欺骗'的教训的我,不觉反欺骗了无罪的女人;

要想逃避女难，舍了女人，同时已经早受了大女难；这是那时的我所不晓得的。

"从舅母家里拿出来的钱，不过十元；到了东京，不久就成了不能不沿门吹箫的境遇了。从此到二十八岁前后十年间的事情，不必说了。故乡呢，音信不通；东京本来没有亲族，也没有旧友，一直到现在，虽然也营过种种的生涯，却是都是为了女人，把紧要的事情弄糟了。到二十八岁为止，也曾公然地有过妻子，不上半年，就逃走了。不过这位妻子，也是我住在本乡某客栈的时候得来的，伊就是那客栈主人底女儿。

"二十八岁一次的女难，是我生涯底告终。女难以外，连眼睛都丧失了。我说出来，结束了这一夕话罢！

五

"二十八岁一年底夏天，那时时运稍好，受了铁道局底佣雇，得着十八元的月俸。因为见了女人，已经怕了，也不娶妻子，也不雇女仆，租了三叠和六叠（译者注：日本房子底大小，用席数底多少计算，几张席就叫做几"叠"）的一所长屋（译者注：贫民住屋叫做"长屋"）自炊，一面每日到局里做事。

"地址是爱宕下町底一条狭巷，两侧各排着六轩的长屋，我所住的，是最里面的一所，对面住着一对木匠夫妇。

"你大概也晓得罢！住长屋的和住大街的不同，大家彼此容易亲热；我一搬入这十二轩中，不久，这十二轩的人，就都和我招呼起来了。

"就中，住在我对门的木匠，年纪和我仿佛，朝出晚归的时候也相同，时常见面，就熟识起来。后来木匠常到了我这里来玩耍。

"木匠名叫藤吉，气概很像东京职工，态度豪勇，谈论爽快，是个很有趣的人。不过面貌不甚好；平的鼻，低的额，都特别的触目。笑的时候，不晓得是那里，有一种老实——坏点说，有一种宽懈的神气，这也是这个人底可人意的地方。

"晚上到我这里来耍，必带着酒气，到后立刻坐，嘲笑我不能喝酒。

　　"并且时常劝我娶妻,有时候竟说,'你这种是没有为女人劳苦过的门外汉,所以不晓得女人底滋味。'那末他自己甚样呢?说起来也好像没有经过为女人的劳苦,他现在的妻,听说还是师父帮忙撮成的。

　　"大概是天性罢,我到了东京以后,十年之间,也曾经过了种种的劳苦,却是不能干激烈的事,连激烈的话也不能常出口,骤见我好像是不能和女人亲近的粗卤汉,木匠藤吉说我是门外汉,不晓得女人底滋味,决不是无理的话。实在我并不是因为漂亮犯着女难,都是因为优柔粗卤,反而犯着女难的。

　　"有一晚,藤吉来说,'如有衣服,可拿出来叫我底女人去洗。'我也不客气,把单衣和衬衫交付了他。到了第二日,木匠底妻就亲自把衣服送来。'这样,所以叫你快点娶老婆,老婆底好处,光是因了这一点,也就可晓得了。'说着把拿来的衣服,抛在我底膝上回去了。这个女人叫阿俊,年纪二十四五岁,在长屋中,阿俊很有艳名甚至于有在阿俊面前调笑了说,'嫂嫂无论怎样看,总是漂亮!'的。'不是普通的女人!'这点光景的事情,在我底眼睛里,也已经感觉着了。

　　"藤吉每晚来了。这呢,一则因为热心要跟我学吹箫的缘故。箫和笛这类东西,好像是有天才的。藤吉原是个聪明人,无论如何,总不进步。却是他只管呜呜地吹。

　　"阿俊也来要了。起初是夫妇同来,后来碰着星期日等类藤吉不在家的时候,伊就一个人来,一个人饶了舌,方才回去。我后来也常到藤吉家里,到十二点钟为止讲点无聊的话。阿俊时常照顾我,有时连饭也替我烧,家里有菜,就送来给我,有时候,不等我从局里回来,已替我把晚饭豫备好了。藤吉有一次嘲笑着说,'你近来有了两个丈夫,忙呵!'话虽如此说,藤吉并不疑我的。起初不过是邻舍的交际,后来连自己底经历,都不秘密,甚么都和我商谈了。我因此也好好地和他相与,竭力地帮助他,有时连金钱都通融给他,他于是越加信我为惟一的知友;有一次,我受了两日的风邪,他竟停了一日的工,守在我底旁边。

　　"长屋中底人们,大都爱我,有的称赞我是和气的人,有的称赞我是稀有的诚实人。所以不但阿俊,凡是妇人们,都帮我做不曾请托伊们做的事情。可笑的是阿俊底因此吃醋，伊好像'有我呢，要你们做甚么？'的态度，做出不快活的面孔，给别的妇人们看，别的妇人因此竟故意越帮我的忙来寻开心。这样着，长屋中底人们，疑我和阿俊有关系了吗？决不，我是从开始就被信为铁汉一样的诚实人的，不过阿俊却没有这样的信用。有时候，竟有恶口者向我当面说'阿俊有点靠不住，不中用的。'

"实在，阿俊即使被人说靠不住，也是无法的。有一夜，我正在铺床，阿俊跑进来，'大概我铺的不合心罢！'说着把被窝夺去铺了。一面说，'主人请睡！呵！费人手脚的丈夫！'一面用了带色情的眼睛，注视着我。这种决不是平常的事，那时候的我呢，也并非真如长屋所称赞的诚实汉，不是木石以上，心情也当然觉得异样了。

"有一次，我对了藤吉，说：'阿俊真漂亮！全然不像平常人！'藤吉呵呵地笑了。'被你猜着了！伊原是某茶店（译者注：日本底所谓茶店，是妓女与狎客底密会所。）中有名的女相帮，被我底师父访着了，听见本人说要跟规矩的工人，就乘机替我撮成了的。'他好像得意的样子，把阿俊底来历说明。我从此以后，越觉得阿俊底态度，奇怪了。

"一时总算勉强平静无事地过着，有一次，正是八月中旬非常热的晚上，长屋中底人们，都在外乘凉，只有我因为前晚受了凉，身体不快，一到天黑就关门睡了。十点钟的时候，还很嘈杂地听得外面的人声，后来渐渐静去，阿俊也好像已竟规规矩矩地进去了。我因为睡不着，并且热得气闷，于是起来坐在火钵旁边吸了一回烟，既而想到门外去，就连寝衣都不换，跑出到巷里了。巷里已经一个人都没有，走到巷口，月亮正斜到爱宕山上，大路上还有点风，就顺步走着，忽然前面来了一个人，口里不晓得咕唧着甚么，样子好像是个醉汉，我正避路着，他偏碰到我面前来，把他抬着的脸孔一看，原来是藤吉。

"藤吉一看见是我，'喂！朋友！碰见得巧得很！我正想闯到你那里去。回去罢！今夜真忍不住了！有事情非和你商量不可。'说着，就提了我底手，把我望巷里拉。

"我晓得他醉了，就说，'好的！好的！回去罢！无论甚么都可说的。'一齐到了家里。

"藤吉底脸色,一看苍白得几乎凄惨,眼睛也停住不动。一坐下,就说:'你听我讲,我已忍不住了!'这样开了场,以后便硬了舌头,滔滔地讲谈起来。原来事情是这样:那日藤吉和他底伙伴在某处一同吃了几杯,伙伴中有一个,因了某种机会和藤吉争论起来,彼此恶口以后,对手者好像骂他,说:'受了师父底旧货,还自己以为得意煞,这种没用的东西,替我不要开口!'这触动了藤吉底怒,原来这个以前,听说藤吉已曾两三次受过朋友底嘲笑,说他底师父原和阿俊有关系,后来再推给他的。藤吉正为此事烦闷,今天又听到他伙伴底嘲骂,说不出来的不平,就破裂了出来,好像这样说:'干你鸟事! 师父底旧货便甚么? 你连旧货都没有!'这样一回骂,对手者冷笑了说:'旧货倒不要紧,可是还是新货呢! 现在也是一个月两三次在那里走动的。'藤吉一听得,就说:'好的! 你看着就是了!'跑回来要想逐出阿俊,路上就碰着了我。

"他于是说:'我想去逐出阿俊,你也赞成的罢!'我说:'阿俊和师父向来有没有过关系,我虽然不知道,至于现在,已经成了你底重要而且很好的妻子,用不着逐出,况且看去也没有和师父有关系的样子,我敢担保。'藤吉说:'现在如果有关系,就打杀伊,只讲以前有过关系,我也不能容许,我要把阿俊逐出,打师父底嘴巴。他好像连老婆都周旋给你的样子,摆着师父的架子,我早已不高兴了。玩厌了,再推给我,这算甚么一回事! 太欺人了!'我无论如何劝他,总是不听,就回到家里去了。

"我觉得有些不放心,要想跟着藤吉走,藤吉不放我进去,说:'请你不要管我!'我没法只好立在门外,听屋内底动静。阿俊好像已经睡了,藤吉拖伊起来一面怒骂着。阿俊像个甚么都不出声,只听他骂,过了一息,忽然跑出外面来,见了我:

"'滥嚼舌头了! 和醉汉讲道理也无益,让他去罢!'说着向着我底屋子里走,我也跟着阿俊回到自己屋里。

"'大概是哪个嚼舌的在那里挑唆罢,真真没有法子!'阿俊说着在火钵旁边坐下,吸摆在那里的烟。

"'一到明日早上就没有什么了。'我也无聊地安慰着,阿俊却并没有要回去的样子。

"'好像已经安静了，回去看看来罢。'阿俊见我这样说，就一声不响地去了，我就进了蚊帐里面，那里晓得没有多少时候，阿俊仍旧走了过来：

"'睡得很熟呢，我把门反扣了来了。'说着不动。

"'那末，你怎样呢？'我从蚊帐中问伊。

"'我就这样地不睡到天亮。'

"'这哪里使得？还是回去睡罢！'我这样说。阿俊好像烦恼的样子：'请你不要管我！喝醉了，夜里说不定要怎样，我怕呢！'说了，平气地把烟吸着。我也没话可说，只好一声不响，阿俊也不像平日多嘴。从蚊帐中看去，薄暗的灯光，从伊蓬松的头发跨到脸孔底侧面，朦胧地照着。天气很热，伊一种宽放的装束，觉得有平时没有过的诱惑。

"这样大概过了二十分钟，阿俊不断地用团扇把蚊赶着：'呵！好利害的蚊虫！'说着就立起来到了蚊帐的旁边，问我说，'你已睡熟了吗！'

"'正要睡熟了。'我用了睡气模糊的声音回答伊。'请让我进来，熬不住蚊虫了！'说着就到勉强只有一人可睡的蚊帐中来了。

"阿俊一蚤就回去了。不晓得是阿俊怎样地凑了藤吉底趣呢？还是藤吉酒醒来自认错了呢？藤吉依旧好好地作工去了。出去的时候，到门口来说'早呵！'接着又不知为甚么笑了把头皮搔着：'且等回来再道歉！'一面说，一面去了。'做了错事了！'我对着他底后影，心里虽然痛切地这样想，却是已经追悔不及。从此以后，阿俊底丈夫，真个有了两个了！

"这个以后，不到一月的里面，有一日藤吉又不晓得被师父怎样说了一番，动气回来了这次一点都不曾喝醉，说要和阿俊暂时别开，自己到横滨营生去，样子好像很有觉悟。我告诉他：'到横滨去也好，同阿俊却可不必分离，把伊寄在我这里，半年以后你回来再大家一处，还是这样罢！'藤吉流着泪感激我，说了一声：'万事拜托！'就收拾了屋子，把阿俊寄居在我家里，自己到横滨去了。

"这样，就太平无事，阿俊和我全然像夫妇的样子把日子过着。

"过了一月光景，我忽然生起眼病来。起初总以为不要紧，也不看医生，局里呢，仍是带着病去到。那里晓得后来一日一日地不对，到终把局事休息了去看医生,医生说是不容易好的病,于是尽力医治,却是总没有好起来的样子。

"阿俊很注意地服侍我,藤吉那里也没有甚么音信,我一想起藤吉,就痛感到自己底错处,觉得实在做了坏事了!却是也没有劝阿俊去跟寻藤吉的决心,只是一面觉得错,一面仍受着阿俊底情爱。

"这当儿,眼病一天一天地利害,局里呢,已经请了一个月以上的假我心绪也不成了心绪,'倘然变了盲人……,'一想到此,就苦闷起来。

"这时候可怪的,是阿俊底样子大变了。不晓得为甚么,服侍也不如从前,并且常时因了无谓的小事动气,将我来泄怒。有时候还不晓得是到那里去的,竟半日不回来。我口里虽然不说甚么,心里却老不高兴。有一天,来了一个男子,大声地到门口说:'可以让我进来吗?'

"'请进来!'阿俊起来出去招呼,不晓得和他唧咕唧咕地说了些甚么,过了一息,跑到我枕边来:'头脑来了!说是有话和你说。'

"不知是那个头脑?我正在这样想,那男子就到了我底枕旁:

"'今天初会。我是做木工的助次郎,藤吉和阿俊劳你照顾,我说不出的感激,就中阿俊特别地受了你底厚待,我代了藤吉来向你十分地道谢,现在阿俊从今天起归我照顾了,立刻就豫备叫伊从你家迁出,请你接洽,'他这样斩钉截铁地说了许多话,我却没话可说。

"阿俊好像立刻就和头脑勃达勃达地收拾起来行李来了。不久,阿俊到了我底旁边说:'这有种种的缘故,你不要见怪,再会!自己保重!'

"两个人去了,我哭也不成,叫也不是,'这都是报应!'一想到此,母亲底憔悴的相貌和带着孕撤掉的阿幸底脸孔,都现到眼前来了。

"局里把我免职了,眼睛呢,结果瞎了一只,一只虽然还看得见一点,却是到底不中用,这当儿,本来不多的贮蓄也如数用尽,就一直堕落到现在的样子。现在自己也不再觉得悲伤,不过随了自己吹出的箫声,一想起可爱恋的母亲,觉得还是死了好,却是死也还是死不去。"

盲人临去更吹一曲,我差不多不忍再听他底哀音悲调了!恋的曲,怀旧的情,流转的悲哀底里面,可不是潜藏着永久的怨憾吗?

月西落，盲人去了。第二日就不见他在镰仓了。

译者记：国木田独步底作品，周作人先生在《新青年》八卷五号上已经介绍过一篇《少年的悲哀》，现在所译的《女难》，是 1903 年发表的，那时砚友社一派底旧势力，还充满着文坛，居然有这样大胆描写性欲的作品出现，独步真是自然主义文学的先驱者。

自然主义文学者将性欲当作人生底一件事实来看，描写的态度，很是严肃，丝毫不掺入游戏的分子。令人看了只觉得这是人生底实相。没有功夫再去批评他是善是恶，这和我国现在的黑幕派，固然不同，和我国古来的将文学来作劝善惩恶的功利派，也全然不同。近来文学上算已经有过改革了，却是黑幕派和功利派底势力还盛，这种魔障，非用了自然主义的火来烧，是除不掉的。自然主义，在世界文学上，已经老了，却是在中国，我觉得还须经过一次自然主义的洗礼。

自然主义文学者底人生观，大概是宿命的，机械的人生观，人们受了大自然底支配，好比是个傀儡，只依了运命流转着，这就是自然主义文学者对于世相的见解，独步底《女难》中，宿命观和机械观的色彩，都是很浓厚的。

《独步集》中，都是短篇，取材底范围很广，如有机会，还想再介绍他一篇别方面的作品。

（原载《小说月报》第 12 卷第 12 号，1921 年 12 月）

1922

幸福的船

［俄］爱罗先珂著　　丏尊译

序

　　不但是我，就是近地的人们也都说从没见过像金哥儿那样讨厌的孩子。这真是乱暴，顽固得没法可想的小孩。对于猫狗等类的动物呢，残忍；待比自己小的男孩和女孩呢，不亲切；对于游戏俦伴呢，不正直；对于比自己大的强的人们呢，狡猾：所以大家都憎恶他。

　　先生底话，不必说了；父亲母亲底吩咐，也一点都不听。岂但不听呢，还常时偏要做相反的事情。

　　金哥儿底行为太乱暴了，无论那里的小学校，都不许他进去。

　　父亲耐不住金哥儿底乱暴，时常有将金哥儿痛打的事。像有一次，父亲气得昏了，甚至于用了大棒将金哥儿打得几乎气绝。虽然如此，金哥儿不但不改好，反而愈狡猾了。最奇怪的是金哥儿无论怎样地被父母或朋友殴打，怎样地被窘辱，一次也没有哭过。只有"呀呀"的声音，一次都未曾流过泪的。

　　爱金哥儿的人，一个也没有。就是猫狗，一看见金哥儿，也早竭力逃避；小孩们看见金哥儿，也立刻逃回家里去了。并且，金哥儿底性质，似乎年纪越大越坏，在金哥儿，并没有要好的朋友和欢喜的东西；无论对于甚么人，甚么物，金哥儿总说着恶口或不平。

　　近地的人们，大家齐说这小的孩子中凭附着大的恶魔。间壁寺院里的和尚,甚至于说起教来,说这孩子承受着先祖底一切的冷心(忘了慈悲只爱自己的心);凡是不能敬爱神或他人的人,不但自己灭亡,还像先造就了子孙灭亡的路。父亲母亲见了金哥儿都很悲哀,一想起金哥儿底将来,有时竟一小时二小时只是茫然。

这样被一切人们所憎,同时又憎一切人们之中,金哥儿到了十二岁了。金哥儿差不多不曾进过学校,但无论是自己家里或朋友家里底书,说是金哥儿没有一册不读过的。所以就是最憎恶金哥儿的人,也说金哥儿是近地小孩中最聪明的。

恰好,这时我寄宿到金哥儿底家里来了。在我,就是亲切的好的小孩,也以为烦杂的;像金哥儿那样狡猾顽固的小孩,是更加大恶的了。所以,我从寄宿到金哥儿家里来以后,就是过了两三个月,也没有和金哥儿讲过一次的话。无非上楼下楼的时候,说句"哥儿!早啊!"或者晚上说句"请安睡!"而已,此外,没有讲过话。金哥儿底父亲母亲,虽然常说起金哥儿底乱暴,但我总把这样淘气的小孩不是自己底子弟的事,向宇宙底神感谢着。

在淘气了以后,金哥儿时常到我房里来,规规矩矩地读着书,或看着立在"床间"(日本客室中挂画或摆花瓶的部分,——译者)的三个古雕刻。在这当儿,我不觉和金哥儿谈话起来了。

二

我底雕刻中,最好的是白大理石的可爱的天使。这是古希腊底雕刻,原是我祖父底东西。天使像十二岁光景的男孩子的模样,不知在甚么地方竟怪像金哥儿。他底笑颜中,有着引人的力。夜里一照着月光,他底颜貌完全好像活的小孩,断不觉得是人造的东西。金哥儿看了这天使底颜貌,两三点钟地沈思着静止不动。天使底旁边,有一个创造这宇宙的神,静坐着禅的印度底古雕刻。一看见那稳静的颜貌,几乎令人感到宇宙实是最平静的世界。还有一旁,有耽着冥想的基督像,这是意大利底古雕刻。

有一天,金哥儿指着这两个神像:

"这两个是造宇宙的神吗?"这样问。"呃,是的"我回答他,于是金哥儿又开口了;

"但是,两个人都不是装着随便的一无所知的脸孔吗?"

"两个人自己造宇宙的话,是从和尚那里才听见的罢。"

"那末,基督所造的宇宙,和那个印度底神所造的宇宙,不是同一的吗?"

"呃,宇宙虽只一个,造宇宙的神岂但两个,听说还很有许多呢。"

"很奇怪! 说是神无论甚么都能,真的吗?"

"说是能的。"

"从亚美利加来的牧师和日本底和尚与神主(日本行一切神事的人底总名——译者)之中,那种最蠢?"

"这不是哥儿所应该讲的话,因为谁也不曾测量过这些人们底智慧。"

"但是,那些人们究竟有可量度的智慧吗?"

我用了手把他底口掩住了。

这样的话,时常发生,于是我和那个乱暴的金哥儿就完全成了朋友了。

三

(1)金哥儿与希腊底雕刻

金哥儿从小的时候就说头痛头痛,自从我寄宿在金哥儿家里以后,这头痛就好像一天一天地厉害起来,而且头痛一厉害,性质也渐渐加坏了。"金哥儿底性质坏,不是甚么神经病底缘故吗?"我好几次地对着金哥儿底父亲或母亲这样说,可是一听到这话,两人底脸就苍白了。我以为这是很爱惜儿子的缘故,以后就甚么都不说了。

但是金哥儿也可怜! 头痛的时候,我就领了金哥儿到我房里来,尽力地看护他。金哥儿说我抱着他,头痛就差,所以我就每夜抱着金哥儿睡了。

一天夜里,我因了未曾听惯的奇怪的声音觉醒了。一看,大开的窗间,金哥儿半裸了体在月光下坐着。我看见一向不曾哭过的金哥儿在那里哭,觉得奇怪,就跳起身来:"哥儿! 甚么了?"这样一问,金哥儿仍不出声,把天空指着。一看,月底明光中,一只美而小的金船,对着月上升着。船底里面,本来在"床间"的天使乘了对我笑着。我觉得怪了,疑心是梦,揉了眼去看,仍旧好像不是梦。于是就想不使金哥儿知道,偷看"床间",可是天使底形影都不见了。金哥儿现了恐惧的脸色看着我:"阿哥! 不看见甚么吗?"这样问。"呃,不见甚么,只有月亮。"我回答他。"呵,快到被里来罢! 受了风是不行的。"说着把金哥儿硬拉到被里来,金哥儿那时哭着。

"哥儿? 究竟甚么了?"

"我做梦了。"

"甚样的梦?"

"我因为不十分睡得去,看着那个天使,天使忽然动起来了。我惊了想叫起阿哥,但是天使教我不要响,和我接吻,且说:'幸福的船来迎我了,我去一去,但就来的。'说着向窗边去了。'领了我一淘去。'我这样求他。他说:'今夜是不成功了,几时在幸福的船里,会有和你一淘乘的时候罢。'说毕去了。我虽然在后追从,天使已乘了金的船向着月亮上升而去……"

四

我觉着这是奇怪的梦。就说,"哥儿! 不要哭了! 甚么金的幸福的船,有的吗? 这全是哥儿底梦呢!"

"因为晓得是梦,所以悲了哭着呢。龌龊的臭的船,不拘多少都有,但是金的幸福的船,除在梦中不能看见。无价值的乱暴的人们,很多地生存着,但是美的天使,除在梦中不能看见。我为此没趣。"金哥儿说着从被里跳出来了，脸孔沸红，眼光可怕地闪耀着。

"阿哥，造宇宙的神真有的吗？"

"我不晓得这种事情啰。"

"阿哥晓得了许多无谓的事，不是反不晓得最要紧的事吗？"

"在我，这不是要紧的问题啰。"

"那末，和尚或牧师说有造宇宙的神，是虚言吗？"

"或者是真的也不晓得。牧师和尚在这上面应当比我多知道，因为这是他们底行业。"

"如果有神，为甚么把无价值的丑的恶的人造满了一地球，金的船，美的天使，除了梦中不能看见呢？如果是甚么都能的神，似乎不妨造再好些美些的世界呀。这样无味的世界，还是不造的好。"

金哥儿这样说了，就跳到"床间"，捉住摆在那里的造宇宙的印度底古雕刻的神："喂！你为甚么不好好地造世界的？不给我重新造过吗？不能够的吗？"

说着，金哥儿就把神从"床间"拖了下来，过了一会，就听见造宇宙的神从楼梯落下的声音了。我总以为这是梦，只是竭力想把眼张开。这当儿，金哥儿好像疯狂的样子，捉住了基督的雕刻："你装着不知，也是无用的，如果不将世界替我造过。"一面说，一面开了窗，把雕刻抛了出去。我就听那在下面磕破的声响了。我一面这样祝祷："神呵！请不要落雷在这家里！请不要用天火来烧这家！"一面想去捉住金哥儿。金哥儿倒在地上，发出可怕的痉挛来了。金哥儿底两亲，苍白了脸，跑到我底房里……。

两三点钟以后，早叫到的有名的精神病的医生镇好了金哥儿底痉挛，把金哥儿睡下了，向着两亲行种种的质问。医生听到金哥儿底祖父是精神病者的话，就说风狂的祖父这次出风狂的孙子。金哥儿底母亲就卒倒了。父亲运了母亲下去。我问医生："没有救金哥儿的方法吗？"

五

"我是不相信奇迹的。但是如果能够使这孩子幸福，又如果能给与这孩子满足，在甚么时候，这病也不能说不会好。然这究竟是不可能的事。总之，这孩子亢奋的时候，除掉给他吗啡或鸦片以外，没有方法。这孩子结局因了鸦片中毒而死，否则因了脑膜炎而死。除此毫无希望罢。"

医生说了开了方子去了。我坐在金哥儿底旁边。我也有个风狂的祖父，否定国家，忘掉家族，连自己底幸福都舍了，为了企求人类底幸福，到终丧其生命。祖父被认为无政府党员，受了死刑了。裁判的时候，十个医生之中有九个鉴定祖父是狂人，只有一个最有名的医生，主张说不是狂人。这一个医生底意见通过，祖父就受了死刑了。

我把眼朝着"床间"，那大理石的雕刻，依旧在那里像谜似地笑我。

从这以后，金哥儿可怜只说头痛，不到外面游耍，一味在我房里住着。一到了夜里，就哭吵了说："给我乘幸福的船！"亢奋得厉害的时候说："幸福的船来了！"常常跳到窗边去。我也立在金哥儿底旁边，看见我"床间"的天使漕着金的幸福的船向月上升，觉得自己也就要成狂人了。但是，金哥儿每次问我"看见那只船吗？"的时候，我总回答他说："甚么都不见"的。金哥儿底亢奋厉害的时候，我除给他服鸦片使他睡眠以外，没有别法。最可怕的是幸福的船来的时候，"床间"天使的像就不见的事。那时在船中看见天使，我以为这是病眼的现象，曾好几次用手去摸"床间"，天使总是没有。但是过了一会，天使又在"床间"现出，谜也似地在那里笑我了。我想将这现象告诉医生和这家里底的人，可是一想到祖父曾经风狂的事，就怯了气，没有说出来的勇气了。

金哥儿底亢奋，日一日地加重，鸦片底量，也不得不日一日地加增了。这状态如果永续下去，那末，除了像医生所说的因药中毒而死或因脑膜炎而死二者以外，没有别的路，是很明白的事了。

有一夜，金哥儿好像特别地寂寞了：

"阿哥，为甚么，幸福的船真没有的吗？"

他对着我说。我看了他底病瘦的脸，可怜得不堪。

六

"哥儿！幸福的船是有的呵。美的天使也不是梦。哥儿！每夜看见的幸福的船不是梦。我也常看见的，决不相信是梦。但是幸福的船不是谁都乘得的。不像那个天使底样子，就不能乘幸福的船。不是好的正直的孩子，决不能乘幸福的船呵。为甚么呢？乱暴的不正直的狡猾的孩子，在这世界谁也都不欢喜，况且在那个美的天使所住的地方，当然没有欢迎这样的孩子的道理。"

"成了好孩子，我就真地能乘那个船了吗？

"那是的确的。"我一回答，不晓得是谁也重叠了说："那是的确的。"我们惊了去看出声来的"床间"，那里，天使微微地笑着。正在看时，天使底形像，好像消去的样子就不见了。

开了窗，就看见月光之中金的幸福的船向着月亮上升。

天使对我们笑着。那脸渐渐地优美了，眼里现出从来没有过的不思议的表情来了，性质也全变了。一向惯用乱暴的言语的金哥儿，渐渐地用起温和的言语来，一向只管说怨言不平的，现在却无论有甚么厌恶的事情，也毫不说不平，毫不动怒，只是笑着过去了。头痛的病也渐渐就愈，夜间的吵扰也完全停止了。最奇怪的是金哥儿底状貌一切的样子和"床间"的天使全然像起来的事。

金哥儿底父亲母亲不必说了，凡是认识金哥儿的人们，见了这突然的奇怪的变化，也都只有惊异。两三礼拜以后，那个诊视过金哥儿底病的有名的医生说：

"我不相信所谓奇迹，但是金哥儿底这样快好，不能不说是奇迹了。"金哥儿听了温和地笑着，那脸貌和天使底脸貌全然一样。我对医生说：

"我所最怪的是金哥儿和那个希腊的天使的雕刻相像起来的事。"

医生出了好像怪异的脸色：

"那个雕刻？"这样问。我回答说："那个呵。"一面指着立在"床间"的天使的像给他看。医生越加出了像被狐狸精迷祟着的脸色，且注视着我说："甚么都不见。"我于是走到"床间"，取了天使的雕刻给医生看。

"将这天使和金哥儿比较了看！不全相像吗？"

医生底脸苍白了。

突然，医生握住了我底两手。因为太突然了的缘故，我把天使的雕刻跌下了。我和金哥儿都"呀"地惊叫，落下的天使却没有声响，一瞬间，又依旧立在"床间"，对我们笑着了。我于是才知道天使的雕刻是幻，金哥儿和我底病是一样的。

七

医生测度我底脉搏，并且看着我的脸孔，问"你底祖先之中，有患过精神病的人吗？"我回答他说，"不，一个都没有。"实际没有勇气说祖父曾是狂人了。医生又好一会注视着我，既而轻轻地拍着我底肩膊，和气地说，"那末，从你起，就将开始狂人的系统罢。"我看了医生眼中所现出的好像夹着无端的不安和好奇心的表情，就明白地觉到这医生才真正是继受着狂人底血的呢。

"先生家里是没有精神病的系统的吗？"

这样带着戏谑地一问，医生底脸突然变色，眼中现出非常恐慌的颜色了。

于是震着唇：

"为甚么问起这个来？你看来是如此吗？"

我冷静地回答：

"那里，不过是戏问戏问的……。"

两三日以后的夜里，时计敲过十二时，我已朦胧地要睡着。睡在旁边的金哥儿突然两手攀住我底肩膊：

"阿哥，幸福的船已来接我，我就去了。但是和阿哥别开，总觉得没趣。"金哥儿说着，将自己底脸贴住我底脸，出声哭了。热的泪落在我底脸上，这热使我心里都感到。我疑心是梦，正想把眼张开。金哥儿继续着说：

"我想领阿哥一淘去，但是幸福的船里说是只能乘两个人的。明日我独自坐了幸福的船来接阿哥哩。阿哥！为甚么幸福的船里只好乘两个人呢？应该造许多人可坐的大船才好……。阿哥！再会！明日必定来接，哭是哭不得的呵！"

话一定，金哥儿就不见了。我以为这是怪梦了，于是从寝床起来。夜底寂静之中，甚么都没有响声，连金哥儿底睡息都听不见。呼他"哥儿"，也没有回音，在寝床中搜寻，也仍旧不见金哥儿底形影。我忽然注意到半开的窗，就起来从窗间望着无限的天空。看见月光之中，美的金的幸福的船，向着月亮上升，金哥儿和"床间"的天使在船内乘了，用了金的橹把船漕着。两个人都在那里看了我笑。

"阿哥，明天来的，哭是不许哭的呵！"金哥儿叫着说。

"请放心！不哭的。因为我不像哥儿……。"我静静地回答了，只管注视那船去的方向。

八

(2)企求人类底幸福的祖父底故事

次日朝晨，我底家里大骚扰了。因为夜里睡在我房里的金哥儿不见，五六个警吏和诊治过金哥儿底病的精神病的医生，翻床倒屋地寻觅金哥儿。并且把金哥儿不见的事查问了我好几点钟。可是无论被他们怎样问，我总只回答说不知道。金哥儿底父亲和母亲，都寂然地注视着我，那眼中现出不能用言语表示的希求。但是我仍不能说出金哥儿到那里去了的事。"金哥儿乘了幸福的船升到月中去了。"这样的话，怎好对大家说呢？因为一被他们听见，警吏和医生就一定要把我送入精神病院去的。

一个警吏拿出一张相片来给金哥儿底父亲看："这人不是你认识的吗？"父亲被这样一问，就苍白了脸，震着身体，靠近了警吏底耳边嗫嚅地说："这是我底父亲。"

警吏脸色上好像要说"不出我底所料"的样子,把头点着。在旁默视着的那个医生用手把我指给警吏看。警吏就默然地将那相片拿到我底面前来。一看,这就是否定国家,舍去家庭,忘了自己底幸福,为人类底幸福牺牲自己底生命的我祖父底摄影。我只默着,因为觉得在看着我的人们底眼中,我底脸色已经雄辩地说着我底心思了。金哥儿底父亲紧紧地抱住我,说,"留意! 我们是希图人类底幸福的狂人底子孙。是为了全人类把自己底幸福生命都牺牲了的狂人底子孙。但是我对着这相片立誓,誓把这狂人的血统由我终止。我不再为入精神病院或监狱而生孩子。"我为他所牵引也立誓不生孩子。于是,在屋隅哭着的金哥儿底母亲也对着相片行礼说,"我也立誓。"父亲又说:

"为社会,为国家……"

我和金哥儿底母亲也低说"为社会……。"看着这光景的人们,都只默着。

我被鉴定为精神病者,警察方面派一警吏守在门口,防我逃走;诊治过金哥儿的那个精神病科的医生因为要看顾我,就宿在我房里。到了夜间,医生好像金哥儿亢奋过的样子亢奋起来了。忽而环行室内,忽而唱歌,忽而目视室隅好像搜寻甚么。我已入床想睡了,医生来到我底旁边,携了我底手:"你从你祖父那里听到过幸福的船的话吗?"这样问。我惊了:"咦! 幸福的船的话?"

九

"呃,幸福的船的话——那说是夜半的时候在月光中到这世界来的。"

我老实不瞒地说,"那是由希腊底小的天使驾驶着。"

"呃,呃,大概是的。"医生继续着说,"你知道你祖父为甚么受死刑的呢?"

"祖父为了全人类,连自己底幸福生命都舍了,但是大家都说祖父是国贼。"

"大家都说你祖父是狂人,你知道吗?"

"呃,裁判的时候,十个医生之中,九个都说祖父是狂人,因为还有一个最有名的医生主张说不是狂人,这医生底意见通过,祖父就受死刑了。如果是这件事,那是我很知道的。"

"你以为这一位医生是谁?"说这话的医生,眼睛异样地回动,我就怕起来了。

医生又继续着说:

"你祖父知道幸福的船底秘密,如果要乘,无论何时都可以乘得的。"

"为甚么这样的事你知道?"

"我底父亲曾入那个团体,而且我也……幸福的船底秘密,原是那个团体底秘密,可是你祖父后来将这作为自己一人底秘密了。父亲入那个团体的时候,你祖父原相约教他幸福的船底秘密,却是到终没有实践这个约束。一心只希望乘幸福的船的父亲,结果成了狂人,在精神病院里死了。父亲死的时候,郑重地遗嘱我:不拘用了甚么手段都可以,总须从你祖父那里探出幸福的船底秘密,将这秘密告诉会员全体。持着'我是我'的标语的会员,都请求你祖父,想早些传得秘密,可是无论怎样说,你祖父总不答应。"

"为甚么呢?"

"知道幸福的船底秘密的会员,大概说是一定是乘了这个船去的。但是团体底目的,并不在自己一人乘了幸福的船离世,乃在希求全人类底幸福的。我以为你祖父为此不肯泄示秘密,于是……"

"于是把祖父卖给政府了吗?"医生默着点头。"究竟卖了多少?"医生默着。

夜渐渐深来,医生又继续说了:

"裁判的时候,我曾对你祖父说:如果肯告我幸福的船底秘密,我也和那九个医生一样,说是狂人,救出你祖父底生命。但是……。"

十

"与其被说是狂人,还是洁白地死了好得多啰。"

"我以为你祖父后来必定是乘了幸福的船逃去的。"

"为甚么不逃呢?"

"既是希求人类底幸福的人,大概是不会做这种事的。别的会员后悔了攻击我,于是大家恳求你祖父:说对全体会员不告诉幸福的船底秘密也可以,只求告诉这个医生(就是我)。我呢,于是要想打算将你祖父弄成狂人,从精神病院盗出,叫他逃到亚美利加去。我大概以为:就是乘了幸福的船离开了这世界,于世界也没有甚么别的损罢。他们虽然持着'我是我'的标语,却恨我,说是个人主义者,甚至于将我当作主义底叛徒。"

"祖父将幸福的船底秘密告诉了你了吗?"

"呃,因为古的希腊底天使的雕刻中有着那个秘密,你祖父替我写了把这雕刻让渡给我的让渡书了。"

"那末,你救了我祖父底生命了吗?"

"我背了约束……你把我当作罪人吗?"我茫然了不回答,医生又继续着说:

"否定国家,忘掉家庭,连自己底幸福都舍了去希图人类底幸福:要把这说是狂人底行为,我究竟不能够。你以为我底身体中流着狂人底血的吗?"

如果看见他那个闪铄的眼,沸热的脸,谁都不免要认医生是狂人罢。

"但是,这个秘密怎样了?"这样一问,医生简单地回答说,"交给了那些人们了。""那末,那些人们怎样了?"我问。

"他们拿了天使的雕刻逃了。"

"用了幸福的船?"

"呃,是的。据你祖父说,那个天使的雕刻中,有着使全人类幸福的计划的。不过天使和那些人们里面底一人,后来都没得看见了。"

说毕,医生把眼向着"床间":"那个天使现在还在那里立着吗?"低声地说。

"不,已经去了。"

"到那里……?"

"不知道啰,多半不是升到月里去了吗?"

"乘了幸福的船?"

"呃,大概。"

"而且带了金哥儿一淘?"

"呃,是的罢。"

十二点敲了,四围静寂了。

"你以为幸福的船,是狂人底呓语吗?"我问医生。

十一

"我和其他学者,都以为这是现代发生的一种的社会的精神传染病,但是像金哥儿和你,不能不说的确是遗传着这病的。"

"但是,你呢?"

"我在后要感染也未可知,现在却觉着没有甚么。我想把你从警察方面救出,但是你不要忘记这病是既要遗传又要传染的呵。"

"放心! 这样的事,即使要忘记也大概是忘记不掉的啰。"

医生睡熟了。我一点都睡不去,就静悄悄地起来开了窗。因烦恼的心情而痛的头,觉得火一样热;充满着悲哀寂寞的胸,好像要破裂了。我眼看着一片清美的天空,只希望再与金哥儿相会。

突然,金哥儿乘了幸福的船,就在窗外现出。

"阿哥! 快乘了这船去罢。快到幸福的国里去罢。"这样喊着。我不答应,金哥儿怪异了问:"为甚么不去?"我说:"只有两个人好乘的幸福的船,我不愿乘啰。"

"但是,幸福的船都是小的,大概只有一两个人好乘,最大的也不过乘五六个人的。天使说那种大船是家族用的,但是那种船不大常见。在这世界中普通所用是乘一人或两人的。天使却说是尽足够用了呢。"

"只有一两个人好乘的船,我不愿乘。非得全人类都可乘的幸福的船,我不愿乘呵。"金哥儿惊异了说:"那样的船真是没有呵。""不可不有

那样的船。"我这样说。金哥儿看着我底脸,好一会,握了我底手:

"我们孩子们非造那种船不可的吗?"我默着。

"我想赶快造那样的船。"金哥儿说着跳入幸福的船去:

"但是,阿哥,要造那样的船,或者要费几千万年,也未可知呵。"

"时间就是费多少,也不要紧呀。"

金哥儿把船漕动了,又回顾着我:

"呃,阿哥如果要乘小的船,不拘何时,我都来接的。"

恰好这当儿,我觉得有人立在我底后面,回头一看,医生出了幽灵样的可怕的颜色,默然地立着。

我指着向月光中高升的幸福的船:

"看见那个船吗?"这样问。

医生默着点头。

"那末,听见了金哥儿底声音吗?"

医生又点头。

十二

"还有,你现在仍旧以为我是狂人吗?"

"不但你,我也变了狂人了。"医生最后这样说了就走出室外去了。

我将睡去的时候,胸中曾希望这次睡眠永远继续。然而朝晨来了。太阳高升,人和鸟都离了寝床,我不知道为甚么却不想起来。有人叩门了,"请进来。"随着这声音,警吏招呼着开起口来:

"昨天种种对不起! 你底事件,警察方面已经晓得弄错。你已是自由的身体了。"我怪了,以为不是梦吗?

"说是我底事情明白了,我已是自由的身体了!"

"呃,如数明白了。治疗金哥儿底医生,昨夜服毒死了。死的以前,送遗书给警察,才晓得金哥儿底不见,实由于医生底恶计。"我更怪了。

"如果如数明白,那末,究竟金哥儿怎样了?"

"这还没明白,恐怕在后也不见得会明白罢,因为重要的医生已经死了。不过那个医生对于你家曾有过怨，这是已明白的。总之，你已自由了。"警吏去了，我只管茫然地在床上坐着。

这事件发生以后，过了几年了。以后还要经过几十年罢。可是那时的念头，到现在还烧着脑，那时的感觉，到现在还痛着我底胸。因此，不能忘记舍了自己底幸福生命图全人类底幸福的狂人底血，在我血管中流着的事。

我是独身，也没有朋友，连求朋友的意思也没有。即使偶然有了朋友，愈爱这个人，愈不能不在这可怕的病未传染以前，和他离开。有时我耐不住了，以为只能乘两个人的幸福的船也好，叫来乘了离去这个世界罢！这样的决心，也有过好几次。我如果叫起来，幸福的船是必定来的。那只船底秘密，虽然和那图全人类底幸福的狂人底血，都交付着我，但我到现在从没有叫过幸福的船。

我祖父也以为被称为国贼，被处死刑，比乘了那小的只能乘两个人的幸福的船从这世界逃去，来得正当罢。这也是可诅咒的遗传病的缘故。但是，最寂寞的时候，我看见大的船——可以乘全人类光景的大的幸福的船。而且这并不在远。凡是人间，不是两个两个，不是一家族，就要将全人类当作了一家族，乘了幸福的船到幸福的国里去：是无疑的。

但是，我没有把这船给别人看的勇气，——我怕一定要从人们底口中，听到这是脑病底作用，是图全人类底幸福的狂人底幻觉等类的话。连对诸位希望幸福的船快来的气力也没有。

载了全人类到幸福的国里去的那个船，几时来呢？

盲诗人爱罗先珂氏底作品经翻译登载过的已经不少了。这篇是他创作集《天明前之歌》中一篇。据他自序上说，这篇和《松之子》，篇中"有着我所爱的人物和我所苦闷的问题的"。

一九二二年，一月雪夜附记

（原载《东方杂志》第 19 卷第 4 号，1922 年 2 月）

恩宠的滥费

〔俄〕爱罗先珂著　　丏尊译

最近,火星上面,那真是起了非常的大骚动了。大家都知道:火星底国民比我们地球底国民还来得年老。那里比地球早有文明,人类也十分发达而和平,因此原是很德谟克拉西的。可是近来那里也为甚么社会问题,甚么劳动问题,起了不堪的扰乱了。

就是:有一个科学者,不知道在甚么时候,发见了一个的传说。据这个传说呢,在一直以前,那里曾有过支配火星的一个神,这位神因为人们很嘈杂,自己底事情又很忙,于是把各种各样好的东西当作赠品送给人们,自己独自隐居去了。赠品之中,有爱的牛乳,智慧的花,还有其他种种的东西。可是到了近来,火星底国民间,发生了自己究竟是不是将神的赠品正当使用的疑问,于是就像前面所说,起了非常的扰乱来了。

譬如说:在火星中,如果要爱的牛乳或情的牛油,无论何时,只要走到牛乳店里去,谁都可以买得。势力的酒,恋爱的葡桃酒,同情的珈琲,不论那里的珈琲店,都有出卖的。却是,要买这些,就是火星之中,也仍和地球上一样,人们非有钱不可。在这里,火星底国民之间,就起了纷扰。人们因为神赠给自己的爱,情,势力,恋爱这许多东西,非钱不能买得,觉得太不自由了,于是至于大家热心论议:究竟不出钱,果真不能买这些东西的吗? 还是不是?

宇宙诸神,在最高的第八天上,每日清静坐禅。不料火星底纷扰,竟传到那里去了。诸神吃惊了,大家齐了声说:

“这究竟甚么了? 以前就是在第一天坐禅,也没有别的不安,现在到了第八天，还听见下界底骚扰。又是地球底大愚人们在那里开始甚么愚蠢了罢。照这情形，无论如何，非造第九天不可了。"就叫唤年青的新成的神来：

"欧洲底战争这样嘈杂吗？还是鲍尔希维克底骚扰？快给我调查了来！"

过了一会，去调查的年青的神回来了！

"支那底骚扰，只响到第六天；鲍尔希维克底骚扰，只响到第七天；现在的骚扰，是火星底骚扰。"

于是诸神问：

"火星里应该有神的，那位神究竟在那里干甚么？"

年青的神底问答是：

"火星底神，在二万年以前已隐居了，一直住在他自己底宫殿里，现在的火星底骚扰，说是甚么都不知道的。"诸神大怒，吩咐年青的神说："快把火星底神从宫殿里叫出来！""地球底骚扰，也已经很够了！连火星也这样骚扰！建造第九天也可以，不过一则很费功夫；二则近来劳动者主张权利，工价很贵。究竟如何是好呢？"诸神这样唧咕了说。

火星底神得知他兄长诸神召他，就仓皇奔来。兄长诸神，真是老不高兴：

"火星究竟甚么样了？那骚扰的究竟是何事？"这样问。毫不接头的火星底神，见了兄长诸神底不高兴，全然无法了。就分辨了说：

"我一点都不知道。诸兄长也晓得，我是个科学者，要想替诸兄长造出上等的汽水，住在研究室里，所以国民底干着甚么，一点都不知道。"于是诸神又怒了：

"汽水倒不要紧，我们底能不能好好地坐禅，是最要紧的问题。从前在第一天坐了几万年都是很好的，近来托了你的福，坐在这里，也还嘈杂得不堪。给我胡乱地把那骚扰止住？这就是你对于兄长的第一等的孝行了。"

火星底神丁宁地向兄长诸神行了礼，回到宫殿去了。

"究竟为甚么那样骚扰着的？"想来也莫名其妙。于是吩咐天使，叫他从火星底国民中,召几个代表来。

被神召唤的代表们,不通过入那天国时必经的"完全的路",寻了捷径入天国,就来到神底宫殿里。

"我在一直以前,为了要使你们永久幸福和平,不是将必要的各样东西给了你们了吗? 现在的那个骚扰,究竟是为甚么?"神这样一问,代表们都丁宁地把头俯下了:"那是全然如神所说,我们为了幸福平和,确曾从神受领过各种的东西的。却是近来,对于那所受领的东西的使用法,稍许有点怀疑了。"

神一听到这回答,就大怒了:

"二万年以来,不曾有过别的疑问,到了现在,说是怀起疑来了吗? 我不是把爱的牛乳给了你们了吗? 把那个饮了,不是心地爽快,大家就会和平的吗? 你们把这忘记了吗?"

代表们又一齐把头俯下了:

"那是不错的,牛乳店底人们,因为饮牛乳,所以安稳。那样骚乱着的,是不饮牛乳的人们。"

"牛乳如果不喜欢,情的牛油不是也可以的吗? 以牛油代牛乳,大概也好罢。"

"情的牛油也是很好的东西,可是暑天变得像水一样;冷天呢,硬得至于可以杀人,很是不能安心多用的东西。"

到了这里,神已忘了以前的怒气,好像也有点觉得不懂起来了:

"怪了! 那么,智慧的果物如何? 那不是有点味道的吗?"

代表们又一齐把头俯下了:

"智慧树底果物不知道,从果物造出来的墨水或布,是常用的。"

"也是因为不直接用果物,所以人们之间不起智慧树所有的本来的作用吗?"

"但是,那墨水是学者们常用的,并且采了那树底纤维织了布,用了这布做三角或四角的帽子戴,也很流行。横竖是要戴三角或四角的帽子的,所以就把头弄成特别的样子来出风头,至于头底内部底将生甚样的变化,就是学者当中一时也没有确证的人。"

"那么势力的酒如何?"神要调查自己赠与人们的品物中,有没有一种于人们有用,决心用了热心来一一地问了。代表们又一齐俯下头来:

"为势力的酒,特权的勃兰地,或合法的惠斯克所醉的人们,一味只是骚乱,无可措手。不但如此,多饮那种东西,就生出傲慢的疮来,真是无法可救。"

神记得为了割疮,曾经给与过道德的铗剪的事来了:

"疮用道德的铗剪去除,就可以了。"

可是,代表们又一齐恭恭敬敬地俯首行礼了。代表们底俯首愈恭敬,神愈想像到人们用法错误程度底已甚了。

"道德的铗剪在那里作甚么用?"

"无可分辨!用道德的铗剪的是教育者。教育者用了这铗剪,在那里以弄短儿童或劳动者底舌头为业。"

到这里,神也呆着只好微笑了:

"人这东西,把所有的东西都弄得奇奇怪怪了!那么,这些教育者弄短儿童或劳动者底时候,用的是甚么尺度?弄到多少短?"

"用尺度的吗?那些人们,以为儿童、妇女或劳动者底舌头愈短愈好,所以有多少好短,就想弄短多少的。"

"那么,恋爱的葡桃酒,没有人饮吗?只要如果有真饮那甘的恋爱的葡桃酒的人,火星底人生,还要好得多呢。甚么样?以为不是的吗?甚么?又把头俯下了吗?难道恋爱的葡桃酒也用得不得法吗?"

"是的。恋爱的葡桃酒,大家饮是都饮的,一则因为太臭,二则呢,摆得太久的时候,粘质强了就变成所谓结婚的东西,那臭气更是鼻所闻不得。可是,在当局的人们,偏毫不感得甚么。真是讨厌之极的。"

"呆啊!把友情的油和理想的色彩稍许摆点下去,使他不腐就好了。这样一来,原是腐也不会,粘也不会的。"

"那里!那个友情的油,为装饰门面,已经用尽;防结婚底腐败和发粘,要用也没分了。并且现在是小说大流行的世界,用理想的色彩做墨水去写小说,也还不够呢"

"文学者写小说,用艺术的色彩来代理想的色彩就可以罢。"

代表们又俯首行礼了：

"那里是这样！艺术或美术的色彩，近来不但用之于妇女底唇颊，假装上也用了。这现在非常的流行，连狗、猿都变成了艺术家，所以那色彩是断不够用的。"

"那么，真理的油作甚么用的呢？"

"那有各种各样的用途。大概是文学者稍许加到墨水中去用，或者辩护士稍许尝些在嘴里，去滑滑他们底舌头。此外，死刑执行人用绳造环的时候，因为要容易吊犯人，也略微涂些在环底里面。"

到了这里，不当正经地在那里听着的神，也心里惊怪起来了。代表们又一齐俯首行礼。

"那么，正义的秤怎样用呢？"

"那是用了去秤劳动者底重量的。因为太肥了就不好，如果太肥，非得弄他们瘦来不可。"

"那么，正义的尺呢？"

"那是量劳动者底手和足的，因为要弄得大家一样。劳动者如果手太长了，就要过于争权利；足太长了，就要过于自由，无法制止。所以，手太长足太长的时候，就用了叫做法律的剑去弄得一样平均；势力有过多的时候，是因为头长的缘故，也有割头的事情。"

"但是，那么法律的剑或正义的秤，是归谁使用的？"

"那是饮势力的酒的人们。"

"那么，那种人们底手或足，归谁来量呢？这样把人们底手或足都切短了，再要去量手足长的人，是很难的罢。"

"那里！有谁量呢？并且那种人们，春夏秋冬，都因了季节昼夜，有着形式颜色都各不同的道德的衣裳；此外，还有甚么道德的手套，道德的靴，或用伪善做成的各种各样的服装，可以藏盖太长的手或太长的足，所以不切掉也不要紧的。只有穷的劳动者们因为没有钱，不能买那样伪善的衣服或手套，有长的手足，就立刻被看见割去，无法避苦。偶然，有所谓慈善家的富人们，来同情于劳动者，在那种时候，也只给与了类乎道德的眼镜的东西，就走开了。可是，那种东西，就是得了也没有甚么大用的哩。"

"你们说劳动者穷，不能买道德的衣服，所以权利自由都被割夺；那么只要劳动者积了钱，去买了道德的衣服，不就好了吗？这世界之中，不是到处横着甚么叫做名誉、谦逊、正直等的石块吗？拾来磨了，就会成很好的宝石罢。何必自己欢喜穷呢？"

代表们又一齐把头俯下了：

"那里！就是拾了石块来，也究竟没有磨的时间。那是别有人当作专业在那里磨的，到处的宝石店里都出卖，有钱的人们买了来在手上或头上赫耀地装饰着。那是很便利的东西，富人们有时没钱用，就以此赌博，或到当铺里去质押。像这样便利的东西，劳动者也一点没有，所以贫穷是世间第一等的苦事。

"那么，我再问你们一桩，那个我曾吩咐你们叫你们看重的宗教的药甚样了？那是创伤可用，疾病也可用，是非常便利的东西呢？"

代表们好像有点怪异起来的样子，大家面面相觑了：

"你说宗教的药？就是说宗教的阿片吗？那是火星里已经不用了。多是很多的，宗教阿片，地球上正大流行，所以正想输出到那里去呢。我们这里是已经不通行了。"

神至此已怒不可遏了：

"使用法就是错误，也应该有个错误底程度，亏你们一种一种都弄错了！为甚么不知不觉地过了二万年，到了现在偏要那样大骚扰了？"

"实在分辨不来！那骚扰是学者引起来的，大概学者也是一时之错引起来的罢。所以，神只要不去管他，国民就会像从前的样子平和起来的。请求你！赦了国民，听任他们去！"

于是，神依了代表们热心地要求，就有赦国民的意思了：

"你们既然能任意地把我所给与你们的赠品胡乱使用了！你们还是自己把用法改正罢。你们把我所给与你们的智慧能力，怎样去运用？这是我所不管的了。不过，你们已经从下界到了这里了，我再吩咐你们，加给你们三种赠品罢。"

说着，神拿出三种赠品来了。那赠品是自由的酒，平等的剑，同胞主义的药。

"饮了这自由的酒,力就会从心里涌出的。用正义的尺度去量度一切,譬如发见有傲慢的疮,拿平等的剑来割去就是。创口或许是要痛的,这时候,把这同胞主义的药一搽,创口就立刻全愈了。拿了回去,向国民广为分配啊。"神将赠品分递给三人的代表者。

第一代表所得的是自由的酒,他将酒壶拿到手里,觉得是非常地重的,全然窘了:

"呀! 好重! 有了平等的剑和同胞主义的药作赠品,已经很够了! 酒这种东西,就是没有,也不要紧,火星里酒已是很多了! 并且,火星里禁酒会正将兴盛,(恐惧地向着神)率性把这给了地球,好吗?"

第二代表从神受得平等的剑,这也是很重的东西,忍耐不住了,也向神说:

"我想:火星里不是已经不用剑了吗? 谁都已经没有攻打的事了。也给了地球,如何? 地球中正起着战争,欧洲战争是来不及的了,日美战争里是用得着的罢。"

第三代表拿着的是同胞主义的药,他也对神提出抗议来:

"药是谢谢罢。火星里多得有余! 医生要想给人们服,把所有的药都造出了。最近,连药也厌了,一般正流行着自然疗法呢。这药倒不如送给地球里去,好不好? 那里近来正在大战争,药品不足,听说正苦着哩。"

神以前还忍着人们底麻烦,到了这时,已忍不住了:

"讨厌的东西! 给我快去!"露出切齿的样子来。代表们看见神的世界中也有可怕的脸孔,都窘得栗栗地,却是仍不忘记推托的口实。

"但是,我是禁酒会员,对了人们,是决不带酒回去的。"

"我呢,是被知名为平和主义的,无论如何,不能提着剑走。"

"我是信基督教的,不便拿了药去。"

于是,神替三个代表者想了一个妙案:

"那么,酒交了平和主义者,剑交了基督教信仰者,药交了禁酒主义者,拿了回去,大家没有妨碍,就好了罢。"

代表们服从了神底意见,就归去了。

神打发了麻烦的人们回去了以后,才把安心与和平的心情回复转来。静静地回到自己坐位上,拿出占卜的计数来计算了看。过了一回,神现出不可说的失望的脸色立起来了:

"咿呀!自由,平等,同胞主义,是我这次因为要救济人们赐给人们的东西。可是要在火星里好好地行,还要过两万年以上的年数!"神所悲的就是为此。顺便也带把在地球上所要的年数来计算,可是神底桌上堆积满了数目,地球底到何时才能充分地善用自由、平等、同胞主义,还没有把握。神"呸"地吐了一口唾沫,又立起身来了。

"眼前是免不了骚乱的罢!除听其自然以外,没有别法。诸兄长眼前要想安静坐禅,也不成功罢!"于是拿出纸来,写给诸神的信:

"诸位兄长都健康吗?近来扰乱你们坐禅,真对不起!我曾尽了我底最善,想镇定人们底骚扰,可是人们底迷妄,深而且强,无可设法;暂时决计放任,听其自然了。坐禅的道场,我以为还是赶快建造第九天罢。浆糊颜料等,归我这里筹备,赏给劳动者的冰或汽水,叫地球的兄弟出罢。至于酒,听说近来禁酒会员有许多到地狱里去了,叫地狱担任罢。还有,美国底开十钱店(一店之中,货物每件价值都是十钱的商店——译者注)的老辈,生存的时候,也曾集积了许多的金钱,近来应该已到地狱去了,吩咐他叫他替劳动者开设十钱店,如何?……"

神底信似乎是很长的,不凑巧,洋灯熄了,后面的部分,作这话的人终于没得看见了。

(原载《东方杂志》第 19 卷第 7 号,1922 年 4 月)

贺川丰彦氏在中国的印象

[日]贺川丰彦著　丏尊译

贺川丰彦氏是个日本有名的基督教社会主义者,同时是个文学家。同情于贫民,投身贫民窟多年。他底著作很富,据我所看过的有《越死线》《射太阳者》《贫民底心理》《泪底二等分》《人间苦与人间建筑》等几种,新近又购得他近著的《由星到星的通路》一书。其中有散文诗,有感想。氏曾于游欧返国时来游我国,《由星到星的通路》中有涉及我国者二节,因为译出。

到了支那

到了支那,我彷徨路上去找寻贫民窟。在上海,在南京,我见过几十万的贫民;湖北底饥民,形成了江苏都市底贫民窟,其惨状超绝言语。但,无论在何处,我总发见贫民底可爱,有和气,令我不能远离的事。小孩们立即与我亲昵,我抱了佢们底颈,就成了朋友了。裸体的佢们,毫不生分地走近身来受我抚抱。

我和友人说,我如果非住支那不可,那么和在日本一样,住到上海底贫民窟里去。

我底住贫民窟,并不是为牺牲;我是把贫民生活来享乐的。即使叫我停止贫民生活,我也有不能停止的许多理由。我厌憎所有。我于指环、宝石等毫无趣味；不用说，对于衣服、靴子、被褥，也毫无所好。我因为想一切简易，所以嫌憎复杂的生活。

我不喜被人使役，同时也不喜使役人。为了吃西洋菜，非专用厨子和用人不可的复杂生活，是不合于我的。

我不愿做二重生活，我要以我为我底主人公，所以嫌恶讨厌的五重六重的形式生活。

要之，我是把无产者生活当作快适的生活法来享乐的。

（原书二三五页）

胡适氏与我底问答

新近，我在北京和支那底哲学者胡适氏相会，胡适氏说，"我和你不同的地方，就是你信神而我不信神。"于是，我就问：

"所谓神，究竟是甚么？是超越的，像藏在自然底彼岸的法则等类的东西吗？那样的东西，不是我所信着的。我所信着的就是'生命'。'生命'超越了自己又在自己之中内住着。我不是要想生而生的，我是被生的。'生命'者，就是指在我底内面想、哭、笑的东西。'生命'是人格，又看去好像超越着人格的。我底所谓神，除窥入直观的世界的这'生命'以外，没有别种东西。我底所谓绝对，就是说'生命'。"我这样说。于是胡适氏说，"这样吗？那么关于此，我也再考虑了看罢。"

（原书一九五页）

（原载《民国日报·觉悟》，1922 年 7 月 14 日）

月夜底美感

［日］高山樗牛著　丏尊译

月夜美感底三大要素——月光和青——青底色相——青和绿——青和紫——青和赤——青和褐——月光底青中底黑素和白素——彼底标号——月光底青和普通的青底比较——月光美感底无定——感情底共鸣——月夜和日昼——夜的世界和月光底调和及联想——过去的追忆和离人的思慕——此外的原因

一

在形容美的时候，人就比起花月来。恰配赞美月夜美感的言辞，世间更有几何呢？于此，唯有埋怨诗人底笔短了！

秋深了，虫声幽咽。人将怎样过这三秋底月夜呢？姑且缅想过去，共话月夜底美感，不也好么？

二

依我所见，构成月夜美感的最大要素，似乎有三：一是月底光；二是这光所照的夜底世界；三是月夜底光景在观者心中所引起的联想。此外或者因了时地和观者底心情，尚可有种种的原因，但一般地所谓月夜底美感，大概可以认为由这三要素而成的。

月光，其强不及太阳底光，据科学者说，即使天空全部尽为月亮，其光尚距白昼远甚。那末，月光在我们视觉所及的影响，事实上和普通的色彩无大差的吗？将月光作为一种色彩看的时候，和青最相近。月夜底青，虽不如海或空底青，然其根色却不失为青的。如果我们在海或空底色中，加入若干的暗和淡，就容易想像月光了。既认月光底色是青，我们就有把一般的青底色相和感情来一说的必要。

三

青在波径上，强度上，都不及黄和赤。如果说黄是近于赤，青似乎可以说是近于暗的了。青在色彩中，原也有多少的力，但其力不像别的色彩那样是积极的使人心昂奋的力，倒是消极的使人心镇静的力。青对于黄、橙、或赤等热色，谓之寒色，其所表示的感情，是冷，是静，是安慰，是寂寞。在其光力强的时候，一见也非没有稍微的快爽之趣，但究无能动地昂奋吾人底感情的力，到了第二刹那，彼所引导我们去的地方，仍是沈思之境，冥想之域，且进一步，就在人心底全体内面，给与一种幽邈难名的忧郁的润色了。因此，青所表示的感情，或可说是关于人心底消极的半面，青所表示的是哀，是信，是平和，是慰藉，他如轻浮、活动、执着、烦恼等各种积极的感情，都是彼所反对的。简括地说，青底色相底一面，是使意志沈没的。

青在别一面，又似和"无限"的观念有最密切的关系。据我所见，青似乎像个暗黑的光辉，似乎像个带着无穷的远距离或无限的夜空底色相来的。略加夸张了说，好像"无限""永远""神秘"等不可思议的实在、因为要示现彼底实在，故意把这色相来呈示的。我们对了这色相，在情的一面，起沈静、安慰之感，同时在知的一面，还生幽邃、深远之想。在这里，生出对于绝对（宗教哲学底对境）或彼岸的世界的沈思和冥想来。并且，此时吾人心中应不起像"渴仰"那样的和意志有关系的活动，因为在感情一方已把意志没去了。没有意志而有沈思，所谓沈思，又是对于无限、永远、神秘的沈思，于是生纯粹的认识（Reines Erkennen）。所谓纯粹的认识，就是摆脱了意欲底束缚而单把对境来认识的意思，意欲底束缚既经摆脱，意欲底主境的"我"，已等于消灭，这就是佛家所谓无念无想的境界，物我同体的意识了。青的色相，其及于人心的影响，最高可以达此境地。

这样说法，读者之中或许有疑我言辞过于夸张的罢。我底意思，主要的无非要用了这青色底影响来说明月夜底美感的。其实，要达到这意识，也非必待月夜，望青天、眺苍海的时候，因了观者底心情状况，似乎也可以得此境地。不过，白日晃晃之下，人底现身尚在现实世界底重围中，要想有这样纯粹的观照，究不是容易的事。

四

青底色相底表示沈思、安慰、冥想的感情，可因与他色相比较而更明瞭。青底力以渐近于赤而愈增进。黄是赤底光力最弱者，对于赤的烦恼，被称为理想之色。理想，毕竟是意志底活动。假如在天空所呈现的纯粹的青中，把黄加入，结果就为绿，绿是比青更进一步近乎赤的东西，其所表示的感情，是在青底沈静上加了黄底理想，就是在安慰之中掺入一分的意志发动的东西，所以古来都称绿为希望之色。因为所谓希望者，无非是对于理想的向上的思索。青若超过了绿再与赤接近，就成紫。紫是位于青和赤底中间的，其所表示的感情为渴仰（Sehnsucht）。赤是热色底极轴，原表示活力烦恼底极致的，今于青底沈静中，加以赤底烦恼，所得的紫，当然应该是渴仰之色了。

这样的色底复合和表情，谅是处理色彩的人所熟知的。这等事实，无一不可证明青在色相上是沈静、安慰、冥想底标号。像褐的一色，也可用了同样的原理来说明。褐通常被称为健康、能力底标号，将其成分加以分析，无非是黄青赤三色底复合色。黄与青合而成希望之色的绿，再加上活力、烦恼底标号的赤，其所得的是健全的能力底标号的褐，也是自然的结果罢。

要之，青所表示的感情是沈静，是安慰，是冥想，在色相上和赤所表示的全然相反。赤是活动之色，烦恼之色，意欲之色。用比喻来说：赤如大鼓之响,青如横笛之音;赤如燃着情欲的男子,青如沈在静思的女子;赤如傲夏的烂漫的牡丹,青如耐冬的潇洒的水仙。

五

以上所说的,是普通在日光中的青色。那末,月夜底色的青如何?月光底青,有两点和普通所见的青不同:第一是光力底弱,换言之,就是比普通的青带着一分的暗;第二是其色底淡,换言之,就是略带着白味而朦胧的。凡暗色或黑色所表示者,是不可解的秘密,是沈静底极致,就是寂灭死灭。青中加着一分的暗,即使青和暗接近,因之自然使其所表示的感情更加神秘和寂寞了。所以月夜底青,其所表示的沈静、安慰、冥想,较之普通的青,更有深度。至于其色底淡,就是在其色中加入白的意思,白是证示一切色底不在的,是色而实非色,其所表示者为无体无相底极致,直言之,就是"非实在"底标号。青中加入一分的白,即一步转向"非实在"去,换言之,就是在"实在"的青里,加了一分的假象性了。这样,月光底青色,一面因了暗把沈静之情加深,他面又因了淡把实在之性减浅。

所以,将普通的青和月光底青相较,前者是实,后者是假;前者是Real,后者是Ideal。如果以大鼓之响比赤,以横笛之音比普通的青,那末月光底青可以譬喻为洞箫之音了罢。月中的青色,虽是沈静冥想底标号,但其所表示者,都尚不失为实在,看天空底青,看海底青,看山野草木底青的时候,都无非是当作实在物去看罢了。并且观者自身处在堂堂白日之中,周围底状况,无一不是把实在的意识来确证的。至于月夜底青,因为淡的绿故,已经是假象的了,再因了暗把沈静之情加深,何况加以其时不在日中,乃在"实在的人生"底休止时的夜间呢!

依此而观,月夜底美,不是可以因其色彩说明了大半么?这微妙的色彩,包裹天地使成一色,山、川、草、木、田野、市街、人间,凡是天地间一切的物,都被这微妙的色彩一抹而齐现共同的色相。观月者并不作梦,可是所见的薄暗青白的世界,总会觉着和那实在的世界有些不同罢。平常尚且是沈静冥想悲哀之色的青,更掺了暗和淡,在观者底心中,不加深一层的感受么?寂寞的夜景之中,那幽邈难名的月夜底安慰、冥想、和悲哀,不是如此而成的么?

月夜底美感,幽邈难言。但有很明白的一事:就是其及于吾人的感情,是倾向于悲哀一方面的。凡是由色彩而诱起的感情,都是无定,故月夜底悲哀,也是无定的悲哀,只是一种无端的薄愁。而且月光底青,把我们底意欲和意欲底主体的"我",已经降没,其悲哀不是我执的悲哀,只是无端的悲哀,并能悲的"我"也并忘却,觉我只是悲哀世界自身底一分身而已。这恰和出神听着妙乐的人,于快乐以外,觉我身入其中一样。这悲哀原非确实的悲哀,其漠然无定,如月光底幽暗,其朦胧而淡,如月光底梦境。

六

幽邈而无定的月夜底感情,一与同类的他的物象相随伴,更益深切,这好像调子相等的数音共鸣时一样。读者在月下必曾听过洞箫之音了罢,这乐器底特有的一种难言的咏叹的音响,和月夜底希薄的悲哀感情亲和合调的事,大概也曾注意到了罢。如果这是喇叭底音,月夜底情景,将怎样被损害啊!月夜到田野去听涓涓的溪流,或锵锵的松涛,月夜底感情,自可更痛切地感受,因为这等音响,实在可谓月光底声音。哥德(Goethe)底有名的《对月》的歌,不是因为能捉到这般幽趣,遂成千古的绝唱的么?

要知道月夜底世界和感情是怎样地假象的,最好把彼在日中来追忆。于日中追忆月夜,其情景宛如梦境,彼底幽妙的静思和哀情,觉得如迷一般。但看当午悬着天空的月球罢;其色底淡,形底微,不是宛如小儿所弄着的纸鸢吗?月底自身,月夜底感情,其在日中不过是一个幻影,也正如此。朗辉洛(Longfellow)底歌里说:

> 昨日白昼里,
> 我读诗人底奇歌,

他所歌的，

在我很像幻影或幽灵。

可是，后来苦闷的白昼，

像烦恼样地消去了，

清静的夜，

笼在村庄山谷底上面了。

于是，无限矜持的月，

精灵也似地亮着，

放出伊底光明，

照遍夜底黑暗。

于是，重新，诗人底歌，

好像妙乐的样子在我胸中苏生了，

诗底美和神秘，

夜向我示现了。

——Daylight and Moonlight——

七

以上是专从色相上来说明月夜底美感的。但仅从色相上说，犹为未足。构成月夜美感的要素，于暗淡的青色以外，其次当推夜底世界了。详细点说，这样的青色所装饰的世界，是夜底天地。这样说的时候，或者有人要问：要夜里才会有月，你所说的不是论理上底谬论吗？但我底所谓夜底世界，不是但指没有日光的世界的，乃从人生方面来看，是对于日间的活动时而说的休息时的意思。

当作休息时的夜，其对于月夜美感底构成上，有如何的势力呢？这只要把反对的情形一想，就会自然明白。假定月光所照的世界，是像日中那样的活动的世界，月底青白光无论怎样幽丽，其及于吾人的影响，果能那样幽妙吗？青虽原是沈静之色，但对于意欲强盛的人，效果极薄。

人在日中，大概是意欲的人，烦恼的人，其社会概是优胜劣败、生存竞争的社会。对于这样的人，这样的社会，月光能做些甚么呢？夜底世界，是意欲竞争告休止的世界，人们已将一日间的活动奉诸现世，这时将退而求精神上的安慰。疲劳的夕阳底向西山沈下，就是人生日日战斗休战的信号，人们在这时收了锋，脱了胄，要想安静地在平和的世界休憩了。夜非活动之时，是静思之时，非烦闷之时，是安慰之时。好像人于面包以外还有粮食的样子，白昼以外也还有世界的，不要认人生底慰藉和幸福只在名利底世界！人在活动中可生活，在静思中也可生活，在渴仰中可生活，在咏叹中也可生活，在光明中可生活，在黑暗中也可生活，在现在可生活，在过去在未来也都可生活，在现实中可生活，在理想中也可生活：夜不是正把这人生底大半面在时间上来现示的吗？夜底世界非男子，是女子，非散文，是诗歌，非哲学，是宗教，非大鼓之响，是横笛之音。在这样的夜中观月，真是快悦啊！平常尚且沈于静思倾于咏叹的人，为这青白如梦的光一洗，其心地怎样欢喜啊！月底光证示夜底冥想不空，证示在六欲烦恼之巷以外，人尚有可求的安慰。

要之，夜底世界自身，其及于人心的影响，正是月夜美感底重要的素地，如果无此素地，月光虽有庄严的色彩，其效果底贫弱，也可想像的。

八

可是，于月光底色和夜底世界以外，还有所谓联想的第三的要素。因有此要素，月夜底美感，可以更加深切痛切地感得。

夜底世界和月光底色相，其在人心中所引起的感情，于内容虽为沈思悲哀，但其形式是无定的。换言之，就是关于所沈思所悲哀的对境，并无何等明确的意识，只是无端地沈思，无端地悲哀。好像山野都被月色涂抹的样子，觉得我们底心中也弥漫着悲哀的音调了。如果人心中有快活和沈郁的两面，那沈郁的一面，就和这悲哀的音调共鸣了给与微悲深哀及其他类似的诸情绪以开发的机会，由是赋授一种难以名状的安静和慰藉于吾人底精神中。所谓"对月百愁生"，就是咏歌这般的心情的。由这样而生的感情,其初虽无定,但因开发所至,结局非得到一个具象的形式不止,给与这无定的感情以具象的形式的,就是联想。

联想也有种种的种类,因了观者底性格阅历境遇,原不一样。常人一般所能在心头浮出的,大概是自然和人生底对比。斯世所不易有的月光底清幽,苍茫的天空底值得神往的美和无限,山川底依稀而静默,平和底面影,悠久底标号:哪一种不是和现世的好对比? 一与无始无终的自然底美的大观相接触,就会觉到人生底事业是怎样地贫弱! 名利,得失,成败,生死,觉得用了叶末之露似的五十年的短生命,在烟火巷中龌龊悲喜,实是滑稽的事了。这是月夜的感慨中底最普通的见解,在吾人底道德的感情上,也有最大的影响的。

自然和人生底对比以外,其次最易有的联想,就是过去的追想和远人的怀慕了。

> 江畔何人初见月?
>
> 江月何年初照人?
>
> 人生代代无穷已;
>
> 江月年年望相似。

这不是谁都知道的张若虚底诗句吗? 于咏叹天地悠久人生须臾之中,杂着过去的追忆,觉有悠远的感慨。卫万在《吴宫怨》诗中——

> 句践城中非旧春,
>
> 姑苏台下起黄尘。
>
> 唯今只有西江月,
>
> 曾照吴王宫里人!

亦然。至如李太白底有名的《把酒问月》诗,可谓最痛切地来把这感慨表现的了:

> 青天有月来几时?
>
> 我欲停杯一问之。
>
> 人攀明月不可得,
>
> 月行却与人相随。

今人不见古时月,

今月曾经照古人!

古人今人若流水,

共看明月皆如此!

唯愿当歌对酒时,

月光长照金樽里!

我所观的和昔人所观的是同一的月,这意识不但使过去世的观念确实,有增加同情的力,并且对于月自身,也得觉到亲近无他的感情。因有月的媒介,吾人可有感得古人心情的怀想。古有"国破山河在"的话,但较之天上永久不变的明月,觉得山河尚有变迁为沧海之嫌了。下瞰人生古今底盛衰而自己却不感丝毫隆替的月,其为追忆过去世的有力的媒介,是极自然的事。因月而怀慕远人的情,也和此有同一的起原。张若虚底诗里:

谁家今夜扁舟子?

何处相思明月楼?

可怜楼上月徘徊,

应照离人妆镜台!

玉户帘中卷不去,

捣衣砧上拂还来,

此时相望不相闻,

愿逐月华流照君!

多感的哈伊纳(Heine)关于星也歌着同一的感情:

美丽闪铄黄金样的星啊!

请远告我底恋人:

说我永久不变,

虽对于你有着烦恼。

过去世的追忆,远人的思慕,这大概是一般人们所都有的月夜的联想罢。这联想和精神全体沈郁的背景相应,有使月夜的感慨加深之力。各种的咏叹,因了这联想底丝,给与吾人以一种幽邈的安慰。不用说,因了观者底经验性癖，也有可以引起其他特殊的联想的。

九

以上所述，主思证明月光底色，夜底世界及联想三者为构成月夜美感的要素。但我同时还认此外得有数多的小原因。例如夜间空气底适体，确也是原因之一。观月既必在夜，无论在如何的盛夏，较之正午，温度定必平和，肌体底爽适，至少是引起精神上的洗涤（Reinigung）底一种诱因。如果夜底空气蒸热至于流汗，月夜的美感，大概是难想像的。又，于观者底心情，也大有关系。能观月而乐的人，大都在最初即已有易于感受月底美的心境，换言之，就是其性情底倾向，早已和月夜底美感相谐合的。在名利以外无乐地的人们，月夜底美，也无所显其力了。这样的原因，细数起来谅必还很有许多，但将在一般人的平等的最重的原因，归为上述的三种，大概是无大差的。

暴风雨三日，大水平阶，日来风雨已息，且有明月，唯水未退罄，仍非赤足不能出户，偶读樗牛斯篇，因译以遣闷。

十一年九月三日在白马湖

（原载《东方杂志》第 19 卷第 16 号，1922 年 8 月）

夫　妇

[日]国木田独步著　丏尊译

一

我最要好的朋友坂本熊男,突然寄来了这样的一封信,那时我在镰仓。

"犬养君足下:

我近来有着说不出的苦,从前不和你说,实是瞒不了你了。承你屡次询问我们夫妇间底情况,我每次是怎样答复你的?

平和! 屡次写了这二字回答你。可是实际怎样? 决不是平和的。如果说是平和,那是冷的平和! 是溪间或湖中湛着雪融的冰水一碧如镜似的平和! 我们夫妇难道是希望了这样的平和,组织来日方长的家庭的吗?

即在今日,如果除你以外的人来问我们夫妇间底情况,我必定回答他说,'托福! 很平和的!'昨天妹子也是低声问我:

'阿哥有甚么不快吗?'

'没有甚么。为甚么?'

'但是,觉得你脸上不高兴,有些奇怪。并且嫂子底样子也两样,我想或者……'

'母亲也这样说吗?'

'是的。'

'但是，像你看见的样子，我们不是也没相骂吗？'我这样说，妹子也只说：'是的。'不深究了。不过，足下！我们夫妇间底不安，不知不觉已在大家底脸上态度上现出来了！现在只将这不安告诉你。

原因是甚么？我想，这是你第一件要问的。可是，我除回答说不知道以外，没有可说。

如果知道了这原因，无论有甚样的障害，我必毫不踌躇地把彼除去。

只要能够过我们所曾经希望的生活，——能够继续像结婚后四个月间的生活，无论甚么，都可以牺牲。

但是，理由不明的不安，将如何呢？我们夫妇间底平和，为甚么冰结了？这原因不知道，有甚么方法可想啰！

二三日前，我在圆中亭子内椅上坐了看着林间留着的夕阳。觉得有人坐到我底身旁来，一看，就是妻。

'看甚么？'伊问。

'只是茫然地坐着。'

'好景致啊！'

'嗳！好景致！'

'那闪闪的是甚么？你看！在那树林中。'

'大概是哪里的玻璃上底反光罢。'

'大概是的罢。'

我一缄默，妻也不作声了。我看着前面的树林；妻呢，眼向着远树。空气沈下，日西落了。天外远远地低低流着白云。

'已是秋天了！'

'是的；'

妻底答话，我听去总觉得寂寞无聊，大家又沈默了。这时，我心中起了不可说的悲哀，如果没有妻在旁边，恐怕是要将脸靠在圆桌上吞声地哭了。

'你近日好像是心境不快，有了甚么了吗？'妻看着我底脸问。

'也并没有甚么；脸色不好吗？'不觉这样说。就是骗了妻子。

'脸色呢，也和平常没有甚么两样，但是……'

'倒是你甚么了？'

'并没有甚么呢。'妻脱口地这样说,就在那里骗我罢。我是看破妻也和我一样地痛心于不安之念的,恐防在妻看来也是这样罢。如果如此,那末,彼此欺瞒而彼此被欺瞒的事,是彼此知道的。

女仆来请吃饭,大家就急忙地到屋子里去了。可见得,大家彼此都不愿和这问题接触;至少,两人之间底怕公然地研究这问题,是明白的。

我确是怕着。我想设法不将这苦闷使妻知道。不过,如果妻已看破了我苦闷着的情形,总想,于大家未说出口以前,避免这苦闷。从大家心内除去不安的念;回复从前快乐温和的交情。

两人中间,的确有了沟了。真是可悲的事实。

大家底爱薄了吗？决不是! 断然不是! 大家要想填满这沟,就是证据。

为甚么有沟？不安了所以有沟的呢？还是有了沟所以不安的？究竟为了甚么;我竟一概莫名其妙了!

我开始曾说是冷的平和,其实,不如说是有热心的不安,来得适切。

有时好像有寒风一阵吹过头上的样子,这是为失望所袭的时候;有时蒸也似的热,涨满全身,这是要想将我们夫妇从这现状救出,在心里焦灼的时候。

眼前只好依赖你底深远的友情和智慧了。"

二

我读了这封信大惊,但是很不得要领。

所谓相互的不安,是甚么？所谓原因不知道,为甚么？为甚么像那样结了婚,那样交情好的夫妇,弄到如此？单就了这封信,究竟是为了甚么,我也是一概不明白。

坂本熊男最初与若代千代子相识,在七年以前。那时坂本二十四岁,千代子十八岁。相识以后,两人不久就陷入恋爱。

那是春末的事:有一日,坂本著了高等商业学校的制服,突然到了我底宿所："不一淘到大森去吗？"这样引诱着说。

"干甚么去？"

"我底下面一级中，有个名叫若代的。我和他才于一星期以前在运动场上熟识，是个有趣的人；屡次叫我到他家里去耍，所以我想去看看。一淘去罢！大概是在八景园底后面，他自矜夸，说家里庭园很大呢。"

我也不愿在下宿底楼上闷闷地过春天的星期日，就表示同意，两人同到大森去了。

若代家庭园却广，有不十分高的网，有树林，有草地。庭园的布置，虽不曾费过人工的经营，却具有自然的风致。若代欢热地接待我们，不到屋子里去，就直接引导我们到园内，上冈上的亭子。

若代比坂本小一岁，身材修长，白色和颜，是个好像小孩子似的快活的青年。

他父亲原是一个做过地方长官的人，因为人物清廉，又不关心于理财，遗给妻和子女的财产，就只旧有的公债证券和稍许的铁道股分，此外就是这大森的邸宅。退隐以后，在大森住了三年光景，就死去了。

若代和母妹三人住在这邸宅，通学于神田的高等商业学校，学着银行科，成绩不好也不坏；不过因为性质爽快，温顺，有令人可爱的地方，所以教师同学都爱好他。

我们坐在亭栏上正在任意杂谈着，一个十七八岁的上品的女子，搬了葡桃酒和果子来了。

"呀，你真解事！"若代笑了说着。更对了我们："这是妹子千代。这位是坂本君，还有犬养君。"这样随便地介绍。

千代子像着伊底哥子，是个白色，面庞微圆，眼色冷静的少女。举动也沈重，有自然的窈窕的风度；一切都像哥子，不过因为是女子，总有一种好像老成庄重的地方。

不久就到正午，妹子又来：

"阿哥，吃饭了。"

"可不可以就在这里吃呢？"

"因为已经在楼上预备好了。"

"嗄！那就这样罢。"

我们就被引到屋子里去了。屋虽不很大,却颇干净,建筑像别庄式;从楼上可望见东京湾,眺望很好。

饭毕,我们就出去散步,出羽根田湾到川崎,从川崎乘火车,坂本和我到新桥,若代呢,在大森下车了。

此后,坂本又诱我去了两三次,千代子只于有事的时候看见,从不曾加入谈话的俦伴;若代底母亲也不过招呼招呼罢了。

有一天,快晚了,坂本走来:"今天到大森去过了。"

"甚么样? 有趣味吗?"

"听过千代子女史底凡和琳了。"

"正式地接待了呢,出色吗?"

"出色的罢,我是不知道,好像是出色的呢。"

"你若唱军歌就好了。"

"我试过剑舞了。"

坂本到大森底次数,渐次加多,和我同行者后来不过是五次中底一次。退了课就和若代同行,要到夜里十点钟回来的时候,好像也有了。

这当儿;我已觉到坂本和千代子的关系不是寻常,有一次:

"好像很热心呢!"

"甚么?"

"大森访问咧。"

"你觉着了吗?"

"甚么?"

"还说是'甚么!'你不是说妙话吗?"坂本不安了,我也好笑起来:

"凡和琳像个很合你底心意呢!"

"坏的吗?"

"好像是别一问题,总之,是事实罢!"

"是事实! 是规规矩矩的事实!"

"并且是快乐的事实! 是可艳羡的事实!"

"秘密的哩!"

坂本是个极率直的人,虽然坚强,里面却有着燃烧似的情热,一经倾心,就不容易后退,和我同乡,是中学校时代以来的亲友。我因为深知道他底性质,所以关于这恋爱底进行,不能不注意了。

"后天的星期日,我也到大森去罢。你是不用说是去的。"

"嗄!去的,一淘去罢。"

夏天已近,学校快要试验,我们正是非常忙的时候,两人从朝晨就出了下宿去访若代。正在楼上杂谈,坂本不知在甚么时候下去了。过了一会,若代和我到园中亭子里去找寻,却仍不见坂本。

"你,你。"若代忽低声叫我,一面指着林间。我觉到了,一看:坂本将制服的上衣脱了挂在旁边的树梢,只剩了白的衬衣卧在草地之上,用皮鞋头蹴着泥,好像在那里读甚么,前面摆着洋装的书,正在一心地看呢。千代子坐在横面,像个在那里编物,面孔被树枝遮住了,看不明白。清凉的绿荫,在两人底上面覆罩着。

"有趣啊!"若代说着,把头缩了微笑。

"叫一声看罢。"我说了,若代就摇手:

"不要!不要!"这样止住了我。"你觉得甚样,他们两个?"

"我觉得是快乐的。"

"妹子全然入魔了!好的,我当作不知道。"

"但是你母亲觉得甚样呢?"

"不知道啰!因为母亲是母亲,我是我。"

"但是大概是知道了的罢。"

"不知究竟如何?因为母亲并没和我说过甚么。"

"坂本合你母亲底意吗?"

"母亲是永不评论人的,并且不多说话,所以我不知道。不过坂本每次来,总有吃场请他的。"

我把话头转换了。过了一会,坂本一个人跟跄地来到亭子里:

"想杯啤酒喝啊。"

"说得写意!"我不觉这样说。

"就给你喝罢。"若代说着入屋子里去了。

"在那里读甚么?"我故意正经地问,坂本沈静地:

"银行论。"

"说谎!"

"那末你看!"从袋中取出的,确是教科书。"你在这里看见我了吗?"

"是若代寻着的。"

"说甚么了吗?"

"只是笑着。"

正说时,若代来了,自己提了啤酒瓶,叫女仆拿了杯子等类。于是两人就止了谈话饮起酒来。谈说的只有我和若代,坂本默着远看郊外的树林,我们笑的时候他也笑。他大概是在那里一心想着将来的快乐罢;或者是醉于现在的快乐,在那里把心溶化于无念无想之境地了罢。

试验顺当地通过,坂本优等毕业了。受了某银行底招聘,任为上海支店的店员,归乡几日仍复来京,预备出发。下船的前一夜,我无意中问他千代子底事,他虽曾郑重地俯视沈思,终于就此把话头转换了。那时我虽觉得是出于意外,却也没有说甚么,忽而,来了这样的一封信,信面打着神户的邮印:

"我爱千代子,千代子也曾爱我。可是两人却不曾在口头作过将来的约束。我这到上海去的时候,曾想和你商酌了去公然相约的。

但是,我之所以过虑犹豫,也有理由:我现在的年纪,到底不能娶妻;至于行四五年以后的约束,觉得为千代子计,是很不利的。女子十八,已是婚期,如果勉强地公然约束,我想徒然是束缚伊的。"

我见了这封信,很佩服坂本底处置,同时对于他内心的苦恼,也极表同情。坂本出发了以后,我也时常去访若代,觉得千代子也看不出有和前两样的地方。若代呢,也像个依然照常和坂本不绝地通着信。

第二年,若代也卒了业,就受大阪某会社底招聘,将大森的住宅,租给别人,带了母妹赴任去了。

不觉过了五年。这里面,坂本不曾回国一次,我也一次不曾去会过在大阪的若代,三人之间,无非只有书信来往罢了。

第六年上,坂本做了东京本店底店员了,他回到东京,就从故乡接了

父母和妹,在本乡赁屋居住。我住在小石川,两人底往来,又像学生时代了。这时,我已有家眷,有一天,坂本走来:

"我想娶妻,你以为如何?"突然这样说。

"这是我也早想说的。有对手者吗?"我说,

"千代子女士啰。"他这样回答,我且惊且喜:

"大赞成! 请就去说合罢!"

"我直接去问了千代子底意思再说。"

"有问的必要吗?"

"当然有的。我别离以后,没有直接给伊信过,千代子也没有直接寄过信来。所以,我以为现在有探问本人意见的必要的。"

千代子仍住在伊哥子底家里。为甚么到二十四岁了还不结婚,这却不解。在这里面,不应该没人求婚,或者都谢绝了也未可知。如果如此,那么为甚么谢绝的呢? 这样想来,觉得坂本确有探问本人意见的必要的。

坂本像个就出信了。过了四五日,他跑到我家里来:

"唉! 这封信你看。"

说着丢出来的是千代子底回信。信里的意思是这样:"你底话感谢! 可是,快乐梦醒了,花落了以后,我心里已毫无温气,倒不如独身罢:正这样决定了。幸而哥子是你所知道的性格,也不会探讨我底决心,母亲虽然知道,但也不相逼迫。一家很平稳无事地过着日子。请勿因此见弃,仍认我为永远的朋友,赐以交际,和对我哥子一样。"我读了这信:

"你以为此信如何?"

"还有甚么'如何'呢? 全然像个梦了。"

"可怜! 千代子女史已在那里绝望了哩!"

"所以,究竟怎样才好? 我全不知道了啊!"

"你还爱着千代子女史吗?"

"当然! 所以去说合的。"

"到大阪去罢!"

"是的!"

他就乘了当夜的火车到大阪去了。第三日寄来的信中说："这真所谓想想难而做做容易了。千代子女史初时也仍说这么那么的,我到终把伊说服了。局面突然一变,千代子女史就仍旧变了千代子女史,我们立刻回到了大森时代了。

只告诉你回到了大森时代了一句话,你想像想像我们底幸福看! 多是不说了!

老母和若代都已快诺我底要求。那末结婚何日举行呢? 这是现在的问题。"

可是,又有了意外的障碍:因为坂本底父亲病了,于是把结婚的日期延迟,原想等他父亲病愈了再决定的,不料他父亲竟不及见新妇底面,就此去世,于是坂本也和若代同样,只有自己和母妹三个人了。

等到亡父百日,已是岁暮,到了二月中旬才行结婚式,七年来的恋爱,于是圆满成就了。若代为表示祝意,将大森的邸宅,赠给新婚夫妇。新婚夫妇底住入这纪念很深的屋里去实现最快乐的旧梦,是半年以前的事。

三

所以,我见了坂本底信,又惊又怪,终于不得要领起来了。于是就寄了这样的一封信给坂本:

"当局者的你,尚且不知道的原因,我当然没有容易知道的理由,原因既不知道,方法也无从施起。

但是,无原因的现象,是不会有的,你应该平了心好好地研究。

三四日内,姑且来访你们,作二三日的勾留。那时或者有可商量的地方罢。这真是可痛的事实,是万不料的事实。如果给若代晓得了,就是一切无关心的他,也要吃惊,也不知要怎样地就心罢。暂时无论对谁,且请和从前一样地秘密着。"

这信一去,从那方面来的却是千代子底信:

"不快的稍息,传到了你耳里,这虽是遗恨得很的事,还求你赐以审察。我们夫妇近来状况，和前大不相同，两人之间，觉得日日疏远，一想到此，心肠如裂了。

说虽如此，并不是夫底爱冷却，他底爱顾我，实愈深重；就是我，爱夫的心，也不异从前。虽然这样，我们夫妇间底状况，却不及往时。这不是可伤心的事吗？

如果这样下去，我俩底情好将如何呢？一念及此，昨夜曾通夜暗哭。

我夫也似乎很苦恼着，可是甚么都不易说；我在夫底面前，也竭力地装着快乐。

可是，这断不是我俩所能长久忍耐的，觉得七年前的夏天，真可怀恋。"

这样写着。一切奉托，叫我想个甚么的法子；这是伊底依赖。

我看了这信，觉得事情越不容易，种种考虑，愈考虑愈觉得不可解起来了。姑且快到大森去看了情形再说罢，除此也无别法；就这样决了心，把正在着手的调查事件，赶紧整理了，豫备明日早晨出发，这天晚上，忽然又从坂本寄到了信：

"来信感谢地拜读了。

的确如你所说，当局者的我们夫妇尚不自解的原因，你自然没有可以判定的理由的。求助于你，原是我底愚痴；不过，因为计穷，遂不觉向你泣诉了。请原谅！

我依了你的话，近来曾屡次把忿闷的心压定了来细想。昨儿晚上，黄昏正笼着庭院，我悄然从屋子走出庭间，暂时在林中徘徊，就走到了那个亭子里。

啊！秋夜的寂静！月已在林上放着薄薄的光，远村都笼着烟，树林好像浮上似的，天空澄净，太白星轻轻地悬着。我坐了作种种的遐想，忽然想起了七年前的快乐时代来。

那时大家都还年青，现在也还年青，但是现在的少壮和那时比较，如果用文学家底口吻来说，有诗和散文的差异。那时甚么都自由，快活，大胆，而且都带着神韵。现在如何？现在的情况，也无须多说了！

但是，如果这是自然的变迁，那也是无法的事，唯有觉悟人性底构造原是如此而已。好的,好的,无论怎样都好的!

所不好的,就是我们底将来。我从这里想到那里,一回想到从前,就觉得忍不住了。请忍耐了听,曾有这样的一件事。……咿呀,不写了罢!写了出来也是徒然。好像听过音乐的人对了不曾听过音乐的人说那样这样的样子,自己底深的感情底曲折,断不能传给别人的。我一想起从前的经过,重翻从天吹到我胸里的恋爱的乐谱,那时的情形就明明白白地现出在我底眼前:日光照着,木叶闪烁着,温风含了草的香掠过面孔。……啊!那时底这时候。千代子和我,都多少快乐啰!

忽然仍回到现在了,一想起我们二人现在的情形,我就身体寒震了。

'怎么样!怎样好呢!'不觉就自己这样说。忽然,听到啜泣的声音,吃惊了急向近旁一看,原来是妻!是千代子,伊不知是甚么时候来的,薄暗中靠住了亭柱,把脸掩着。

'你甚么了?'我惊了走近去问。妻一语不发,只是愈加哭泣。

'哎,甚么了,甚么了?'我虽越加催问,伊总不回答。

有甚么可回答的呢?千代子也是为我们两人底将来哭着的。你想,还有别种光景像这样惨淡的呢?啊!这是我们两人的终结吗?想到这里,心如裂了!

'那时才是乐呢!'千代子突然捧起脸来,将旧欢的悲哀在一言中包括了说。

'是的!我也正在想起以前的事情。我们大家都要像那时才好啰。'

'真是的。'

'你我现在也和从前一样,大家爱着,并不是不能回复像那时的心情来过活的。'

绝望底背后,就是希望,这以后的二人底对话,我想也不必多叙了。

两人彼此谈说之间,彼此心中底不思议的重压,渐渐轻去,月光皎洁,同时两人底心也就皎洁。欢喜之极,大家拥着哭了。

到了这里,两人底为甚么这样苦闷,殊不可解。或者可以说是天风一来,覆着月光的云,也被天风吹散了罢。

两人乘了明月,愉快地散步林间,一面散步,一面话着七年前的旧事。

　　'就是这里哩，你说捉地鼠，曳上了衬衣，拿棒掘洞的地方。'

　　'那时的地鼠还活着罢？'

　　'早已死了啰。'

　　'不，还活着，又碰见了我这乱暴汉，在那里惊恐了罢。'

　　月影闪闪地从林间漏下，草上的露发出光亮来，树林底里面昏暗得森然。

　　'长久不唱了，唱歌好吗？'

　　'咿呀，倒还是想听听长久不听了的凡和琳。'

　　'就这样罢。'

　　于是两人就进屋子，千代子拉了一曲：'这就是你单独来耍的时候所拉的曲子哩！'

　　我听了这话，就两次三次地要伊重拉。

　　就这地罢。无论怎样能忍耐的你，听到这程度以上的欢乐谈，也要难过的罢，我相信。"

四

　　"有甚么相信不相信呢。"我读了这封信，不觉口出这样妒语了。

　　但是，与其听了朋友底不幸谈，蹙着眉头来表示同情，也许还是听了欢乐谈来笑着惹妒的时候，来得彼此幸福罢。他们既然如此，我也就觉安心，于是就把明日的访问放宽，复了这样的一封信：

　　"浮云一过，再好没有。原想明日来访，照来信所说的情形，觉得也无视察的必要，就预备暂作罢了。

　　我相信：地鼠必定吃惊了，听了你们底谈话。

　　不日我也要来受惊的。那时请客的肴馔，请你们大家先行筹议预备！"

　　我继续从事于别的调查，经过两礼拜才完毕。又即因事旅行关西，顺便去访若代。若代底爽气仍不减从前，两人快乐地谈，快乐地饮，关于坂本夫妇底近事,我当然瞒住;只说他们情爱胜昔。

"偶然相骂也好,要这样才有趣味。"

"奇怪的哥子,无聊的哥子!"

"哪里!我如果娶了妻,一月一次光景是要故意地相骂的。妹子和坂本底彼此讨厌地恋着,觉得可笑得不堪哩!"若代说了更继续说:"也好!可贺的!替他们在这里干杯祝贺的酒罢!"说着,举杯饮尽,那优和的脸上,湛着天真烂漫的笑。

关西的事务,一礼拜完毕,我一回到镰仓,过了一天就到大森。坂本夫妇的样子,原没有别的变过的地方,却是也看不出他们底快乐来。膳席上所杂谈的,也无非是普通的世间谈和关于大阪的若代的事等,至于关于近日来的问题,我不出口,他们夫妇也好像是故意回避着的。这回避里面,似乎很有许多的云雾遮盖着,我就觉得有些出于意外了。食事既毕,坂本和我在庭间散步:

"如何?以后的经过。"我遂出口问。

"像你所见的样子,不思议罢。"

"不是也没有甚么两样吗?"

"是呀!说是没有就没有,说是有就有的。这以前也是这样开始的。"

"但是,前次来信,我已听到值得艳羡的情形了呢。"

"咿呀;真是惭愧!如果是那个,请你不要提起!"坂本俯着首说。

"怪了!不思议!"

"我前次说是浮云一过,其实那时好像不是这样。我们所看见的,只是云缝里的月光。"

"这却怪了!那末别有什么深的原因吗?据你底观察。"

"或者是这样。但是,这回底倾向,和前略有不同。总之,问题在两人底心情上,两人的心情都和前有变过的地方。"

"怎么样?"

"这却难以言语形容。"

"那么究竟变好呢,还是变坏?"

"也不是好坏，因了看法，甚么都可说得。告诉你：我近来看了一本小说，是日本的。里面原也没有写着大了不得的事，但我因种种沈思，他人底立谈，也足打击心胸；同样，这小说中底片言只句，也就使我起种种的思考了。已经略有发明的地方。……"

"发明了甚么了？"

"咿呀，现在不说，再让我想一会。如果想定了，就依旧详详细细地写了送给你，请你看看。"这样静说了莞尔而笑。

"就这样罢。请你写了寄来。关于此，我也想表示我底感想。依你说，那么已知道了原因了。"

"大概是的。"他底话中，似乎已有自信的地方。我当夜就留宿在那里，笑谈到夜深，次日即回镰仓。

五

过了一礼拜，坂本来的信是：

"犬养君足下：

千代子和我，都自己不知自己。请把前次寄给你的信再一看。

我前次是怎样写的？我对了千代子，说现在大家底心和从前没有两样，要将现在变作从前，也非不可能的。曾这样写着罢。我觉得我们实全然不知道自己了。一切原因都在这里。我们曾为追求这原因自己苦闷。

十八岁的少女和二十四岁的青年，大家因了燃烧样的恋爱把身魂打做一团的时候，距今已七易星霜，现在要想大家和从前一样，这如何能说呢？

我结婚的时候，所恋着的是七年前的恋爱。

千代子也是这样。伊曾一次怨我罢，也曾失望过罢，但这仍是恋爱的作用，所以伊和我将要结婚的时候，所恋的也是从前的恋爱。

一经恋爱就结婚，恋爱这东西还尚且常不能持续；恋着七年前的恋爱而结婚的我们，要想在结婚后回复恋过的从前，如何能够呢？

并且,我们在结婚的当时,因了结婚的快乐,误认为这是恋爱的梦底再演,希望这梦底永久的。结婚的酒醒了,而恋着恋爱的热情还没有消失,于是二十五岁的妻和三十一岁的夫,不觉就感到了不满足了。

我前次信里曾说从前的少壮是诗,现在的少壮是散文;为甚么我那时不能发明说从前的恋爱是诗,现在的恋爱是散文呢?

青春的梦随年龄而醒退,如果这是自然的顺序,那么恋爱也和燃烧的火一样,同有消失的时候罢。这不消说是可悲的事,但如果人性原是这样构成,也是无法可施的。不过,这里还有人情底不尽的火,永远在人底胸中烧着,诗里、散文里,都可寄托思想,和这一样,夫妇里也可寄托夫妇的情爱,不限定要恋爱的音乐永远在两人心中奏着微妙的音乐的。我相信。

假如有人遇到长远不见了的幼时的朋友,因为长远不见了的缘故,两人彻夜话旧,叙谈间,两人也许都回复了儿时的心情。或把所忆起的那时所流行的儿歌来重新举杯合唱的。可是两人到终不过说'那时大家都有趣'罢了。至于他们底能不能像从前一样地大家交际,能不能大家快乐地唱着流行歌在同一工场劳动,全是别一问题罢。

幸而,我们夫妇,当作夫妇没有欠缺的地方,大家都相亲爱的,如果不求其为诗,但求其为散文,从散文中去求诗,那么就再幸福没有了。

那夜,我们夫妇曾在亭子中相拥而泣;曾在林间散步话旧,曾在凡和琳上反复地弹旧谱。那都是一现的空花,将这认为无上的快乐,实是愚之极了的。

现在真是浮云一过了。我说这话,你或者就要说'又来了,'也未可知。以上的发明,其实并没甚么,如果被人情的老成者听见,只值一笑,可是在我们夫妇,却是非常的发明,在我自身,觉得实可以说是浮云一过的。

如果我们夫妇,一直只是不安地不满足地过去,结果就不知不觉和世上普通的夫妇一样,也不离婚,也不相骂,夫妇像个夫妇,安乐地可笑地过活罢。可是不能因此就无视我以上的发明底利益,因循地偃卧了哭泣和'得了!'地拍膝大悟,在人底用意上觉得有非常的差异;觉得有消极和积极的不同。

我常希望：人无论对于何事，总要常积极地用了意力，智力和情热去过他底一生。

再重说一回：浮云一过了。不，是我把云排去了。愉快不堪！"

我对于这封信的回信，很简单。"当局者底发明，无论其事怎样细小，总是大成功。在情的世界中，能常自己发明了去前进，是智力底胜利；这发明能美满地发展，是意力底胜利。我以有你那样的朋友自己夸耀。"就是这几句。

六

秋末冬初，若代从大阪到京，在大森滞留三四日，我也伴了妻同访大森。若代此来的事务，一件就是介绍坂本底妹子和其同事某结婚，媒议似乎已圆满成就了。

啊！快乐的集会！加了若代，我们底团聚尤觉格外增加光彩，他底性情中没有酸味苦味，他不是战斗的人，却是无战斗的必要的人。我每次看着若代底脸面听着若代底谈话，对着若代底无限的爱娇，常这样想：假使社会上没有一个像这样的人，世间就要局促不好安住罢。如果将人比作人生必要的器具，他恰是乐器。

没有他，已经也是快乐的集合；加了他，我们这日的快乐更如何呢！

晚餐以前，大家走到庭中且笑且谈，入了树林，踏着落叶，各自向纵横列着的小路散步，那时坂本夫人恰也和我底妻在相邻的一条路上走着。突然向了我们：

"你道地鼠真地还活着吗？"这样说。坂本瞥顾了我笑着：

"你又说这话了，好像很纪念着地鼠呢！"

"但是，奇怪！你所掘的窟洞还明明白白地在这里呢。"

"甚么？甚么？你们所谓地鼠。"若代回头来问了，我于是就把这典故简单地说明。

"我道是甚么，如果是那个地鼠，三年前早已死了，现在已是他儿子底时代了。"

"说起儿子,我们在现在,也是应该有儿子的时代了。"若代对了我说。我笑而不答,但是心里却想:"连联想都不同了哩!"

晚餐一毕,我和若代坂本往那长久不到了的海边去散步。

夕光的海将暝,海面上的白帆,朦胧地把影倒映,沿岸人家,已上灯了,晚烟绕地罩屋,小儿们成了群在路上回环跑着。

突然,从大路转弯的巷子里,发出慌乱的人声来,两三个小孩,向内跑入。不知道是为了甚么,到巷口去一看:低低地列着四五间的长屋,其中一间底门口,有好几个男女立着。

"好!要杀就杀!快杀!和你那样人一块儿过活,将来不知要到如何的地步哩!"叫喊着的是女人底声音。叫喊之中,却带着宽宥人的神气。

"甚么!你这以死欺人的东西!在那里开大口哩!情死负约的东西!杀人犯!谁犯着来杀你那样的东西呢?你要死就自己去死!我料你也不肯死!情死负约的东西!"

"死给你看!我一定死,你看着!要做了鬼来捉你!"女人这样叫喊着,立在门口的人们都嘻嘻地笑。

"死!死!死了去跟着铁五郎,才是功德哩!杀人犯!情死负约的东西!"

"用不着你多管!跟了铁五郎去和不跟了铁五郎去,都用不着你去指挥。别像煞有介事!我并不和你情死,强盗坏!"

"说甚么!"男子一喝,屋子里仓皇地走出人来,"算了!算了!"地劝阻,一面将他扯入前面的长屋里去。这也像是一个女人。

"你看!老子要打死你!杀人犯!"男子还在那里怒叫。

坂本和我们并立了向着立在巷口的一位本地人:

"甚么事啰?"这样问。四十岁光景的一个胖汉笑着说:

"夫妇相骂罢了。时常这样。"

"所谓情死负约的是甚么事?"

"这没有别的,那个女人在姑娘时代,有了情人,因为嫁不成,曾约了男的到六乡川去情死的。男的死了；女的呢，怕着逃了。"

"就是所说的铁五郎吗？伊底情人。"

"是的，是米店里的儿子，相貌还好的。父母亲戚都不许他娶那女人，那女人是渔夫底女儿，在那时候，也是近地少有的美人呢。"

"现在嫁了这男子了罢。"

"是的。那里！起初也只是姘的，同居以后，已经六七年了。要好的时候是很要好的，一不对，就会忽然相骂起来。"

"现在这情死负约者说要走了吗？"若代羼着说。

"哈哈，是的……所谓田夫野人，就是那种人罢。"四十岁光景的汉子，用汉语把谈话中止了。

我们走了。过了一会：

"田夫野人好啊！"若代独自笑着说。坂本只管在那里沈想，一面板了脸孔步着。

"无论是怎样的美人，我总不要娶情死负约的看了男子死的女人作妻的。"若代说毕，坂本就说：

"为甚么？只要有爱，不就可以吗？"

"爱？看着男子死的女人底爱是危险的！"

"但是，假使现在的夫妇，大家很要好地过活，一次都不行相骂。那么如何？因了人，或者能不相骂而过活，也未可知的。"

"那是别一问题了。"若代笑着逃避了说。坂本追进：

"不错，是别一问题，情死负约看着男子去死，和到了后来，夫妇要好地快乐地过活，是别一问题。"

"未见得罢。如果夫妇间不断地记忆着情死的事实，这事实常在夫妇的心里蟠居着的时候，那么如何？"我加入说。

"不错，所以原不能说是完全的夫妇。但是，像那种社会里，像我们所想到的以过去的事实来杀现在的情的事，是未必见得有的啰。"

"总之，是不完全的夫妇。"我说。

"但是，也是夫妇。"坂本说了再略想一想："使他完全地发达，这是人类底责任。我以为夫妇的趣味，也就在这上面。"

　　"但是，一次有过的事实，是不会消灭的啰，一次骗过男子死的女人，无论经过多少日子，仍是这个女人。"我说了看着坂本底脸色，坂本微笑：

　　"事实当然不灭，但是所谓事实，并没有值得那样执着的价值的。比之事实，在人还是人底心远来得大，远是大的事实。让女人为了忍视男子死的罪恶去哭泣。做夫的如果能怜悯其情，更领导伊向正直清高的方面去，那就是所谓人心胜过事实了。所以，无论有甚么事情，我总以发达夫妇的情谊为人类底责任，并且还相信是必能发达的。如何？若代，我底议论。"

　　"佩服了！我底妹子幸福了！"若代郑重地回答。坂本莞尔地：

　　"咿呀，我是幸福的！因为这议论底一半，原是千代的主张。"

　　三人稍疲劳了，回去的时候，妇人们底琴，凡和琳，风琴，已开着热闹的场面。收场以后，就是恭恭喜喜的幕。

　　　　　（原载《东方杂志》第 19 卷第 18、19 号，1922 年 9 月）

1925

牛肉与马铃薯

[日]国木田独步著　丏尊译

芝区樱田本乡町的濠畔，有一所名叫明治俱乐部的洋房，建筑虽不十分讲究，却是一座比较不错的房子。房子现今还在，可是已经易了主人，明治俱乐部本身早已消灭了。

这是那俱乐部尚繁盛时的事：有一年冬天的某晚上，楼上食堂还点着灯，笑语声时时流出到外面来。在平日，那俱乐部夜间不大有人集会的，火炉的烟，平常也只在日间喷腾，那夜虽早已打过八时，人还好像没有就快散的样子，大门旁排着六部包车，车夫们都集拢在后门，似正在作惯例的骰子赌博。

这时，突然有一个人从黑暗中露出，高高地翻起了外套的领，低低地戴着呢帽，急忙地按捺门铃。

等里面一来开门，就用了低声而沈重的调子问：

“竹内先生在这里吗？”

“呃，在这里，你是那一位？”一个瞎了一眼的长面孔的着和服的侍者丁宁地说。

“把这拿去。”他所递出的名刺，上面只用五号字印着冈本诚夫几字，并无甚么头衔。侍者受了名刺，急上楼去，又急下楼来：

“请到这里来。”他被引导到了楼上，楼上还猛燃着火炉，非常温暖，火炉旁坐着三人，还有三人在稍远的椅子上躺着。旁边的桌子上摆着惠斯克瓶，杯子有已干了的，也有还是满斟着的。大家已饮得差不多了。

一见到冈本，竹内就立起身来，快活地：

"呀！请在这里坐！"说着移过一把椅子。

冈本不便即坐，环顾室中，有五人是曾有过一面之缘的，只有一位白色中等身材的上流绅士，却未曾相识。竹内见到这层。

"哦，你不认识这位罢。待我介绍：这是上村君，是北海道炭矿会社的社员。上村君，这位是我的老友冈本君。……"

话还未完，那名叫上村的绅士就用了快活的调子说：

"呀！初会……大作是时常拜读的……从今以后，请勿弃……"

冈本只说了一句'请爱待'就默住了。于是坐在椅上。

"那末，请继续讲下去。"名叫绵贯的矮而有黑须的绅士说。

"是的！上村君，以下如何？"名叫井山的眼睛细小头发稀稀的瘦绅士加入催促。

"咿呀，被冈本君一来，就说不下去了。哈哈……"炭矿会社的绅士带羞地笑。

"甚么？"冈本问竹内。

"咿唷，很有趣，因为谈话之中，不觉论到我们各人的人生观了。请听着！那真是名论卓说，滔滔不尽呢。"

"那里！已经大概说完了。你不比我们俗物党，是真内行，还是听你的罢。——喂，诸君！"上村思藉此逃避。

"不行，不行！先把你的话完了！"

"一定要请教的。"冈本把接在手里的一杯惠斯克，一气饮干。

"我的所说，恐与冈本君的意见正相反对罢。总之，理想与实际不能一致，到底不能一致的……"

"着着！"井山带了调子叫说。

"如果不能一致，那末与其依从理想，不如服从实际，这是我的理想。"

"只这样吗？"冈本执着第二杯的惠斯克，奋然地说。

"但是，理想是吃不来的东西啊！"上村说时，脸像兔形了。

"哈哈！既不是牛排（Beefsteak）。"竹内张大了口笑说。

"不，是牛排，实际是牛排，是蒸炖了的 Stew。"

"是肉炖蛋（Omelet）吗？"一个酡红了脸打着渴睡的座中最年青的绅士名叫松木的郑重地说。

"哈哈，……"一座哄笑了。

"咿呀，不是笑的事情呢。"上村上了兴头："用譬喻来说是这样：依了理想，不能不只吃马铃薯，碰得不巧，或者竟至于连马铃薯都没得吃，你们以为牛肉与马铃薯那个好？"

"牛肉好啊！"松木又用了将睡去的声音郑重地说。

"但是，在牛排里，马铃薯是很好的附属品啰。"一个颊上有胡须的绅士得意似地说。

"是的，理想就是实际的附属品！马铃薯也不可全然没有，但只有马铃薯就要不得了！"上村说了，满足似地向冈本看。

"但是，北海道不是说是马铃薯的名产地吗？"冈本淡然地问。

"就是说那个马铃薯。我为那个马铃薯，不知吃了多少亏。啊，竹内君是知道的。我现今虽然是这样的一个人，也曾是同志社的毕业生，在当时曾是热心的'亚门'党，换句话说，就是大大的马铃薯党哩！"

"你吗？"井山好像怪异的样子，把那细眼张开。

"那也没有什么可怪的。因为当时还年青哩。冈本君不知几岁，我出同志社，是二十二岁，是十三年以前的事。那真是了不得的热心的马铃薯党哩。在学校里的时候，一听到别人说起北海道，就会穆然神往，因为还是以清教徒（Puritan）自认的，所以更是了不得！"

"好一个清教徒！"上村见松木羼言，用颐阻止他，一壁啜着惠斯克：

"想断然离开这污浊的内地，投身于北海道自由的天地。"上村说至此，冈本向他凝视。

"于是，一味到处探听北海道的情形，只要听到传教师中有从北海道来的人，就跑去询问。他们也讲'一相情愿'的话给我听，甚么自然界如何啦，石狩川洋洋地奔流啦，满望都是森林啦，了不得啊，我全然入魔了！于是，把所闻得的情形综合了描成这样的想像：……先流了自己额上的汗，开辟荆棘，在这上面撒下小豆……"

"很想看看这样的农夫哩。哈哈……"竹内笑了。

"咿呀,真是实地做过的啰,请等一等,就会讲到这上面去的。……在这里面渐渐造成田园,多种马铃薯,只要有马铃薯,就不愁没得吃……"

"呀,马铃薯出来了!"松木又羼言了。

"田园的中央有屋,构造原是极粗略的,表面好像美国式,建成得和新英洲(New England)殖民时代的格式一样。屋顶是这样斜蠹急下的,横面竖着一个高高的烟突。窗户的究竟要开几扇,曾很使我犹豫不决……"

"这样的屋果然造成了吗?"井山又把细眼张开了。

"咿呀,这是在京都时的想像啊。因开窗而烦闷的是……是的,是的,是到若王寺散步回来的时候。"

"以后怎样?"冈本热心地催促。

"再在北面划一区域作防风林,林木务使繁多,一望澄清的小河,从防风林的右方回流到屋的前面,不用说,这河内是有鸭或鹅泛着紫羽或浮着白背的啊。河上横有三寸厚的独木桥,桥里要不要加栏杆,曾颇费踌躇,后来以为还是不加的自然,就决定不加了。……构造大约如此,可是我的想像,却不就此满足……第一,一到冬季……"

"喂,且慢,这'冬'的一音,不使你感染甚么吗?"冈本问。

上村作出惊异的脸色:

"你为何知道这事? 有趣! 你真不愧为马铃薯党! 一听见冬,我就耐不住了啊。觉得这冬竟像就是自由的样子! 并且,我是热心的'亚门'哩,是基督降诞节万岁的俦伴哩,一到了降诞节,如果不下大雪,檐冰不像棒的垂下,就好像是虚假的。所以,在我,与其说北海道的冬,宁感着冬就是北海道,即在听人讲北海道情形的时候,听到'一到了冬……'身体就会这样震抖了。因此,在我那想像中亦然:一到了冬季,全屋埋在雪中,夜间从玻璃窗里晶晶地漏出火影,有时寒风呼呼吹来,雪从树梢落下劈拍有声,苛尔斯坦种的牝牛,在牛舍里'唔'地呻着!"

"你是诗人啊!"一人蹴着地板跃起叫说。这人名叫近藤,他从冈本进来以后,不曾发过一言,只和惠斯克作伴,是个长身而脸上似乎别有脾气的人。

"哪,冈本君!"他再补说一句。冈本默然,只有首肯。

"诗人?是的,我那时确曾是诗人。爱读那'晚钟发出音来告白日已过'的格莱(Thomas Gray)的《墓地》(*Church yard*)译诗,自己也曾试作哩。和今日的新体比较,我是前辈了。"

"说起新体诗,我也曾作过的呢。"松木这次兴奋地说。

"算甚么! 就是我,也曾作过二三首的啰。"

"绵贯君! 你如何?"竹内问。

"咿呀,惭愧得很! 你知道,我是没有女人气的,所以也没有诗人气,凡事都用'权利义务'来一贯了。不知甚么缘故,我好像俗骨特别发达呢!"绵贯说着抚摩自己的头。

"咿呀,我真是说也惭愧,也曾作过的,并且还曾在甚么杂志里登载过二三首哩! 哈哈……"

"哈哈……"一同哄笑了。

"那末,诸君都是老诗人了。哈哈……奇谈,奇谈!"绵贯叫说。

"这样吗? 诸君也都作过的吗? 不防到! 那末以前都是马铃薯党了啊。"上村说时,表出不但是我的神气。

"请把前面的话继续下去。"冈本催促上村。

"是的,讲下去,"近藤命令似地说。

"好,我卒业后在东京局促了一年光景,等到断然决定往北海道去,那时候的心情真是少有啊。好像是要骂出'笨家伙!'的话来的心情。在上野车站上了车,汽笛'呜'地一叫车开动的时候,我曾伸头窗外,向东京吐了一口唾沫。同时心里涌上说不出的欢喜,曾避了人眼用手帕拭泪哩。真的!"

"喂,且慢! 你所谓要骂出'笨家伙'的话来的心情,我不明白,那是甚么意思?"权利义务的绵贯正经地问。

"只是说东京人啰。试看你们汲汲于名利的丑态怎样! 笨家伙! 看我!——就是这样的心情。"上村也正经似地加以注解。

"路上的情形,略去不讲,总算平安地到了北海道的札幌,到了马铃薯的出处了。很容易地得到了十万坪（每六尺平方曰一坪——译者注）的土地。啊，开始了，所谓额上的汗，要从此开始流了。这样地就着手进行。原还有一个一向和我理想相同的朋友，这人现在仍和我在同会社里的。我和他二人着手开垦事业。咿呀，竹内君是认识的罢，就是那个梶原信太郎啊。……"

"嗄！梶原君？他也曾是马铃薯党吗？现在不是肥得像猪了吗？"竹内惊讶。

"是的！他现在是板起鬼样的面孔，血淋淋的牛排，一口气就可吞得下去了。他老先生究竟比我聪明呢，大概辛苦了两个月的光景罢，有一天，他提出了动议，说断然不要再干这样的傻事。据他的议论：我们并无自己做这样隐者的必要，与其和自然战争，不如和世间格斗，牛肉比之马铃薯，滋养分要富得多。我那时大反对他，坚说你不干就不干，我一人也要干下去。他老先生见我如此坚持，就说：你要干就只管请干，再过一会，你就会觉悟罢。要之理想只是空想，是痴人的梦啊。他留了这番话径去了，我独自留在那里，虽曾忍耐支持，不久就失了勇气，可是究竟以一二个佃夫为对手，支撑了三个月哩。了不得罢！"

"呆子啰！"近藤怒骂似地说。

"呆子？呆子是太骂得利害了！从现在看来，原是大呆子啰，可是那时确自以为了不得哩。"

"总究是呆子啊。你本来就和这不配，不是配在北海道吃马铃薯过日的，自己不早觉悟，受苦至于到三个月之久，这不是呆子是甚么？"

"就算是呆子罢。后来渐渐觉到你方才所说的'不配'了。幸而我身上没有马铃薯的品质。在那里过了夏，那一向所期望的'冬'这家伙，已渐次近来，其先锋是秋。那秋，或许是因以为是秋的缘故罢，很不欢喜啊。阴森森的林上滴着勃达勃达的时雨，日光看去总是觉得暗淡。谈话的伴侣呢，没有；吃的是，差不多一粒几文的米一些些和那个马铃薯；住的是，用树皮作壁的草舍。"

"那是，你事前早已应该觉悟了的罢！"冈本羼言。

"就是因为这个啊，我的所以说实际比理想好。虽有觉悟，但是究不情愿。第一，如此，人弄瘦了啰！"

上村说时举杯润口：

"我不防到会瘦的！"

"哈哈……"一座哄然了。

"于是，我细细地想：果然被梶原这家伙说着了。真呆极！决计放手，就不再干下去。如果在那里过了冬，我恐怕要死在那里了哩！"

"从此怎样，你现在的主张是？"冈本带了嘲笑的神情郑重地说。

"因此，马铃薯是够怕了。现在甚么都奉实际主义，赚了钱，吃了好东西，像这样地和大家靠在火炉边，喝着酒快乐谈笑，肚里饥了，就吃牛肉……"

"赞成，赞成！我也这样主张。无论忠君爱国，无论甚么，没有不可与牛肉两立的。如果不两立，那是自己不能使他两立的缘故。就是所谓呆子。"绵贯大兴奋。

"我却不然，"近藤叫说。他背向了火炉马跨在椅子上，用了炯然的眼风，环照全座：

"我不是马铃薯党，也不是牛肉党。像上村君是先为马铃薯党后来变节为牛肉党的。这就是所谓薄志弱行。要之，诸君是诗人，是诗人中的堕落者。所以一味竖起了鼻尖，贪嗅牛肉的香味，跟着奔走。这多么丑啊！"

"喂！喂！要批驳别人，先该吐沥自己的所信呀。你是甚么的堕落者？"上村挑攻。

"堕落？所谓堕落者，是从高处落到低处的意味罢。我幸而本来不在高处，所以不会有那样出丑的事情。你的吃马铃薯，是因了主义，不是因了嗜好，所以熬不住想吃牛肉了。像我，是因了嗜好吃牛肉的，所以最初既不饿，现在也仍不荒急……"

"毫不得要领！"上村叫说。近藤接着正想预备答辩，恰好来了一个用人，小心地走到近藤身旁，附耳低说甚么。

"你告诉他，我近藤不是那样宽大的主人哩！"近藤怒斥。

"甚么？"坐中一人惊问。

"呃,车夫的混账,又来说钱已赌完再借些给他了。——不得要领?为甚么?不是很得要领了吗?你们是牛肉党,是牛肉主义者。我是本来嗜好牛肉的,没有甚么主义不主义!"

"大赞成!"有人用了静而沈重的声音说。

"赞成的罢!"近藤微笑看着冈本。

"很赞成! 没有主义,这话很赞成! 世间没有别的东西再像主义的愚了。"冈本把炯炯的眼光射在座上。

"要请教你的高见了。务请赐教。"近藤把四方的下颚突向前去。

"你是那一类? 牛呢? 薯? 是薯罢?"上村作出早已知道了神情,想诱冈本开口。

"我也是一个既非牛肉党又非马铃薯党的人,可是却不一定像近藤君的嗜好着牛肉。不消说,那所谓主义的杜制小菜是大恶的,但也不能服从甚么肉或薯的嗜好。"

"那末,究竟是甚么?"井山瞠着那像煞有介事的细眼。

"没有甚么。不用譬喻,赤裸裸地说罢:我不能奉甚么一定的理想,却是也不能随了流俗把肉欲来作一生的目的。这是不能,并不是不为。老实说,也曾想到无论那一边都好,总须决定一方向的。不知犯了甚么因果,一向有着唯一的不可思议的愿望,为了这缘故,至今还不能决定向甚么方向走。"

"是甚么,你的所谓不可思议的愿望?"近藤用了那压迫的老调问。

"一言难尽。"

"大约不至于想用龙肝凤肺下酒罢。"

"差不多是那样。……老实说罢,我曾恋慕过一少女的。"冈本郑重地说述。

"有趣有趣! 谈话渐入佳境了哩! 以下怎样?"年青的松木把椅子移近炉边。

"这话稍嫌突兀,但要讲我的不可思议的愿望,是须得从这里说起的。那少女是个非常的美人。"

"唷! 唷!"松木高兴得几乎跃起。

"圆面盘，白色，身材像西洋女子的圆满而且窈窕，眼虽好像要睡去不甚活泼，但有似在沈思的情味。她那眼中带了爱娇，一来睇视，大概的铁肠汉也就被软化了的。我也入其彀中了。最初看见她的时候，并未感着甚么，等会面了二三次以后，渐觉有被吸引了去的样子，念念不忘那少女起来。自己却并不觉到已陷入恋爱了。

"有一天，我到那少女家里去，她两亲不在，家里只有她和女仆及她十二岁的妹子三人。她说是略有不适，独自郁坐在房内，低声唱歌，我坐在廊下听。

'荣姐，我一听到你那种歌音，不知为了甚么就觉悲哀不堪哩！'不觉这样说。

'我不知为甚么活在这样的世间的啰。'她无聊地说，这在我听去，比大哲学家的厌世论还要真实。以后即不详说，也可推测了罢。

"两人不久就做了恋爱的奴隶了。我在这时才尝着恋爱的快乐和悲哀。有两个月是全像梦也似地过了的。把这里面可遭人妒的内幕一二来说，是这样：

"有一天午后五时光景，我去参与友人夫妇出洋送别会，我的恋人也随了她母亲出席。那是非常的盛会，来宾中也有伯爵家的小姐们，到夜间十时才散。因为月色好，我就从饭馆步送那母女到芝山内她们家里。三人徘徊走着，母亲在路上极口称赞那出洋夫妇，表示非常羡慕。谈说之间，似乎很不满意于自己女儿的有出世间的倾向，甚至于夹说女儿的所以有此倾向，也因为受了所交朋友的影响的话。和我并肩走着的少女，来紧握我的手，我也还握她，这就算是对于母亲的微弱的反抗。

"一到了山内的森林中，月从树缝中漏出苍然的光，更加一段清趣。母亲走在我们四五步以前，夜已深，行人也稀少，周围非常静寂，只有我的皮靴声和两个女人的下驮（Geta，日人所躧之木履——译者注）声，响亮地互相反应，因为有动于方才母亲的言语，我与少女都默然无言，母亲也急板起了样子默然地走着。

"及走到树影繁暗遮蔽月光的地方，少女突然靠近我身，几乎要抱住我的样子：

'你不要介意母亲的话,把我弃了啊。'这样嗫语了把手加在我的肩上,同时有一种热的东西向我的左颊上触来,比花还好的香气,从鼻端掠过了。一出了暗处,见少女的两眼,满含泪珠,脸色凄然作苍白色,一半也是因为在月光中的缘故罢,我见了这情景,同时觉到一种寒气,胸里被那像恐怖又像悲哀的不可名状的心情塞住,宛如有铅块压下胸中似的。

"步送到了门口,母亲留我进去吃茶,我却辞了向自己的归路。觉得心里有一个难解的谜,觉得只要把这谜解决,自己的运命的悲痛也可如数解决了的。这决不是比喻,确觉得有如此的心情,不能自堪,于是,不即回去,在山内选了一块僻静的地方,茫然徘徊走着,不觉到了丸山之上,就在露天椅(Bench)上坐了,凝视那品川江心上的天空。

"那少女不是不久就要死的吗?这样的一念雷电似地在我心坎最黑暗的底部袭来的时候,我不觉跳了起来。接着茫然地眼钉了地面往来彳亍。'决没有这样的事','断没有',曾叱魔似地这样自语着。魔终于没被叱退,一立住了脚去凝视地面,少女的苍白的面孔就分明地在眼前现出,那面色总不像是个生人。

"后来,我自己把住了心,以为今夜还是早回去睡罢,自己完全在着魔了。正决了心想下丸山去,不料又遇到了一件使我不安的事情:我上山的时候是并不觉得有甚么的,这回路旁的树枝上忽见挂着一个人哩。吃惊了,觉得头上好像有冷水突然浇来,就呆立在那地方。

"鼓了勇气上前去看,是个女的。脸面原不曾看见,把脱落在路上的下驮拾起来看,知道是个年青的女子,我不顾一切,从红叶馆那边下来到了山内,见前面有警察的岗棚,就跑去把情形告诉。"

"这女子怕就是你所恋爱的少女了。"近藤戏谑了说。

"如果如此,那全然是小说了。幸而还未成为小说。"

"看次日的报纸,才知道那女子年十九,与兵士私通怀了胎,兵士自回乡去了,她因穷于处置自己的身体,遂行自杀的。这且不去管他,我那夜简直没睡。"

"总算还好,第二天遇见那少女,见她的相貌仍和平常无异,她在那半睡去的眼中含了笑迎接我,前夜以来的心中的苦恼,就像雾地消去了。

从此以后约一个月，别无波澜，只是欢娱快乐……"

"原来如此！这是难得！"绵贯蹴了地板说。

"喂，静着听！以后如何？"松木认起真来了。

"以下让我来说如何。是这样罢：后来那少女打了一个呵欠，神圣的恋爱就此完结。是的？"近藤也无端认真地说。

"哈哈……"有两三人哄笑。

"咿呀，至少我的恋爱曾是如此的。"近藤再来补足。

"像你这样的人，也曾知道恋爱的事？"这是井山的出人意表的警语。

"拦断了冈本君的话头了。来谈谈我的恋爱罢。一分钟就可说完。我与某少女陷入了恋爱，两人梦也似地快乐地度日，到了第三个月，少女打了一个哈欠，彼此各自走散。就不过如此啰。无论在谁的恋爱中，这个总是必要条件哩，女人这一种动物，只要过了三个月，十个之中整十个是要厌倦的，如果是夫妇，那也没法只好黏着。但这不过是那女人的咽着呵欠过日而已。如何？你以为不是这样吗？"

"也许是这样，可是幸而，我的恋爱尚未到呵欠的地步。请听我讲下去。

"我那时也和上村君方才所说的样子，患了厉害的北海道热。老实说罢，即在现在，我还是醉心着北海道的生活的。那时，我也曾种种地自描想像，以和恋人共话这想像为无上的快乐。像上村君所说的亚美利加风的家屋，我是曾在整张的洋纸上用了铅笔画过图样的。但是，我的与他的略有不同，在冬天的夜里，从窗间不但有灯火闪出，有时还可闻得欢乐的笑声和女子的沈着的歌声。……"

"可是，我是不曾有对手的啰！"上村说得很可怜，引得大家都笑了。

"你的从马铃薯党变节为牛肉党，这也是一种原因罢。"绵贯说。

"咿呀，这是瞎说。上村君如果有了对手，那末恐怕未到北海道早就变节了呢。女子这东西，到底不是能实行马铃薯主义的，那是先天的牛肉党，和我一样。女子说是喜欢吃薯，是骗人的话！"近藤带了怒气说，最后的一句又引得合座大笑。

"于是，两人"冈本沈静地开始续讲，这才大家重行静默。

"两人把北海道决定为将来的生活地,计议既熟,我就思回到故乡,把一向托亲族经管的山林田地如数卖去,将这金钱用之于北海道新垦地。曾以十日往返的预定,回到乡里,因亲族的阻难及产价的不合等原因,竟留滞了二十日。

"不料,有一天,少女的母亲发来了一个电报,我把要拿的东西也不及拿,匆忙地回到东京,少女已死在那里了。"

"死了?"松木叫说。

"是的,我一切的希望都因此归诸水泡了。"冈本话还未终,近藤用了演说的调子羼入了说:

"咿呀,我们幸得闻有趣的恋爱谈,感谢之至!但是,我要替冈本君祝贺那恋人之死。如果说祝贺不妥,那么欢喜,我私下替他欢喜。倒可欢喜,反而欢喜。倘然那少女不死,其结果的悲惨,必有甚于死者。我相信。"说时态度很是俨然,自己也觉到很可笑了,于是急换了调子,低声地带了笑说:

"为甚么?因为女子是要呵欠的。呵欠有数种,其中有两种呵欠最是可悲可憎的,一是倦于生命的呵欠,一是倦于恋爱的呵欠。倦于生命的呵欠,是男子的特色;倦于恋爱的呵欠,是女子的天性。一最可悲,一最可憎。"在这以后又回到俨然的调子:

"女子倦于生命的事差不多是没有的,年青的女子虽常装出那种倦于生命的样子,但这实不过是渴于恋爱的变态罢了。幸而得到恋爱,以后若干年月中就快乐得了不得,真是快乐得了不得。快乐二字的全意义,可以说在这类女子的境遇里完尽了罢。可是不久就厌倦,就是倦于恋爱了。世间再没别事比女子倦于恋爱更讨厌的。我曾说他是可憎,其实不如说是可怜。男子不然,往往有倦于生命的事,这时有的因了恋爱,可以开出别的生路,至有以全灵魂投入恋爱的火焰中的。在这种情形之下,恋爱就是男子的生命。"说到这里对着冈本:

"是的罢?如何?我的话不错罢?"

"毫不得要领!"松木叫说。

"哈哈!不得要领?其实,我也没甚么要领,只是这样说说罢了。如何？冈本君！我想：你的所谓既不属马铃薯党也不属牛肉党只抱着一种不可思议的愿望者，大概是想和那死了的少女再见罢。"

"不！"冈本叫说了从椅子立起身来。他已很有些醉了。

"不！先这样声明。诸位如果愿听我的不可思议的愿望的，那末我说。"

"诸位不知道，我是一定想听的。"近藤举臂。诸人都默然地注视冈本的面孔，松木和竹内严肃，绵贯、井山与上村带了笑。

"那末，再在这里先声明一句，不！

"不错，我原如近藤君所说，是因了恋爱开出生路的男子中的一人。所以少女之死，在我真是大打击，像方才所说过的样子，差不多把一切的希望都破坏了。如果那个还魂香是可买的，我愿买二三百斤。但愿把那少女再回到我手里，我一念及此，觉得身世都不在念中了。老实自己招供罢：我想到那少女，不知哭了几次！不知有几次念着少女之名仰头天际啊！如果那少女能再复活在世上一次，不用说是我所愿望的。

"但这并不是我的不可思议的愿望，不是我真实的愿望。我还别有着更大的愿望，更深更热心的愿望。如果能达到这愿望，那末少女不复活也可以，复活了在我面前把我卖了也可以，在我面前伸出鲜红的舌头来冷笑也可以。

"朝闻道，夕死可矣。我的愿望虽与此大异，但心情却相同。我如果不能达到这愿望，那末虽活到百岁，也无益处，不但毫不快乐，反而觉得苦痛。

"全世界的人们都没有这愿望也不要紧，我一个人要追求这愿望。为了追求这愿望，我不怕犯强盗罪，杀人，放火，甚么都不管。如果有鬼来向我保证，说'把你妻给我，我要奸她，把你儿子给我，我要吃他，我使你达这愿望'，我就给他，有妻就是妻，有儿子就是儿子。"

"这真有趣，快想明白这愿望是甚么哩。"绵贯叫说竭力捻那胡须。

"立刻就说。我想诸君当已厌憎目前纷乱的政府了吧。大家在这里必有一种愿望，想把像卑斯麦，加富尔，格兰斯顿，丰太阁的人合在一处组成一钢铁似的政府，行任意的政治的。我也这样地愿望着，但这不是我的不可思议的愿望。

"想做圣人,想做君子,想做慈悲的教祖,想做基督释迦或孔子一类的人。实在想做。但如果成了这样的人而不能达我这不可思议的愿望,那末就是甚么圣人神子也都不想做。

"山林的生活,只要提及这话,我的血就会沸腾。我的恋慕北海道,也是为此。我时往郊外散步,像近日像冬晴,见到那远方地平线上回环国境的戴雪的连山,就使我的血液涌起波澜,不能自持!但是,我一念到那愿望,这样的事,立刻毫无意味,只要能达到我的那愿望,就使要我到红尘三千丈的都会里去当车夫也可以。

"甚么宇宙不可思议啦,人生不可思议啦,天地创始的来源是甚么啦,麻烦的议论很多不少。科学与哲学,是想苦心把这些问题来研究阐明,在其上安放安心立命的基础的。我也想成大哲学者,想成使达尔文退避三舍的大科学家,或是大宗教家。但是我的愿望却不在此。如果成了大哲学家不能达我的愿望,我愿冷笑自己,在自己额上烙印'虚伪'的记号。"

"究竟是甚么啊,快说出来,将你的愿望",松木焦急着说。

"说罢。请不要吃惊。"

"快!快!"

"要想吃惊,是我的愿望。"冈本冷静地说。

"甚么话!好无谓!"

"甚么意思!"

"打浑吗!"

诸人鄙夷似地说,只有近藤默不作声,似在等候冈本的说明。

"有这样的句子:

Awake, poor troubled sleeper: shake off thy torpid night-mare dream.

我的愿望,就是想抖脱梦魔!"

"不懂是甚么意思!"绵贯唧咕了说。

"并不是想知宇宙的不可思议的愿望,乃是要对这不可思议的宇宙吃惊的愿望！"

"尤加像谜了！"井山搔着脸孔说。

"并不是想死的秘密的愿望，乃是想对于死的事实吃惊的愿望！"

"你只管随意去吃惊就是了，有甚么！"绵贯嘲笑。

"信仰本身并不一定是我的愿望，没有信仰片刻都不能安地去对于这宇宙人生的秘义烦恼，才是我的愿望。"

"原来如此，这是越加难懂了哩！"松木唧咕着把冈本的脸，几乎要穿孔似地钉视。

"宁想把这用旧了的葡萄似的眼珠剜出，是我的愿望！"冈本不觉击桌了。

"爽快！爽快！"近藤情不自禁地叫说。

"不想吃那在华姆斯（Vorms）大会不为王侯之威所屈的路德的胆，他那在十九岁时见了学友亚列克西斯的触雷而惊诧死的秘义，这心情才是我所要的。

"只管随意去吃惊就是了，"绵贯君曾这样说。随意去吃惊，真是极有趣的话，可是，决不能随意吃惊的。

"我的恋人死了。不复在世上了。我全然做了恋爱的奴隶，那少女之死，把我的心真是扰乱得不堪。但是我的悲痛只是失了恋爱对手的悲痛，并未能对于冷酷的死的事实，加以直视。恋爱固能支配人心，可是还有用了比恋爱更大几倍的力来加于人心之上的。

"这就是习惯之力。

Our birth is but asleep and forgetting.

真如此句所说，我们生到这天地间来，从无我无心的小孩时代起碰到种种的事，每日看见太阳，每夜看到星辰，于是，这不可思议的天地，也就成了不是不可思议的东西，生，死，以及宇宙万般的现象，都变成了寻常茶饭了。说甚么哲学啦，科学啦，用了自己立在天地以外的态度，把这宇宙来处置！

Full soon thy sour shall have her earthly freight，

And custom lie upon thee with a weight，

Heavy as frost，and deep almost as life！

真的！真的！

"我的愿望，就是想怎样拂去这霜。想怎样使自己脱了这陈旧的习惯的压力，用了惊异的心情，俯仰于这宇宙之间。因这结果，或取牛肉主义，或取马铃薯主义，或成了厌世之徒来把这生命咀咒，都不计较！

"结果呢，不计较，原因是不想虚伪的。不想把前提置于立在习惯之上的游戏的研究的上面。

"甚么月的光美啦，花的夜如何啦，星的夜如何啦，要之，滔滔的诗人的文字，那是游戏。他们决没曾见到真东西，只是见着幻影，见着习惯的眼睛所作出来的幻影而已。这是感情的游戏。无论哲学，无论宗教，其始祖不知道，至其末代的末流，都是如此的。

"我的朋友之中，有一个说这样话的人。他说有人发了'我是甚么'的疑问，自己苦闷，其实，不可知的事情，总是不可知的。他说这样嘲笑的话，照普通的说法，或是如此。但这疑问并不是一定为求解答而发的问题，实是因为痛感到我在这天地间的不可思议，自然发出来的心灵的叫喊。这问题自身，是心灵的真诚的呼声。那嘲笑他的，就是心灵麻痹的自白。我的愿望，倒在要想如何使从心里发出这问题来。可是，从口里虽能发出这问题，要他从心里发出是非常难的。

"我从何处来？我往何处去？原是常闻的话，只在要想不发这问而不得的人的心里，可流出宗教之泉来，诗也是如此。此外都是游戏，都是虚伪的。

"不讲了罢！无益的，无益的，无论说了多少，也是无益的。……啊！倦了！但是，结末再讲一言罢：我想把人分为两种，一是惊异的人，一是平气的人……。"

"不知我是属于那一类的！"松木笑着问。

"当然是属于平气一类的。在这里的七个人，都是属于平气的平货一类的。不，全世界几十亿万人中，不属于平气的人究有几人？诗人，哲学家，科学者，学者，政治家，大概都平气地说着道理，像煞有介事地装着觉悟的面孔或是哭着哩。我昨夜做了一个梦。

"做了一个我自己死了的梦。死了在暗路上独自彷徨的时候,不觉自叫'万不防到会死的!'真的,我真地叫了的。

"于是,我想:现在,百人之中有百人,都是即使参与过别人的葬式,或是丧过父母,丧过儿女,到了自己死后仍要在地狱的门口'自发我万不防到会死的'的叫喊,为鬼所笑的。哈哈……"

"你说只要被吃惊就满足了。不去平气地吃牛肉,反欢喜去吃惊,也未免太好事了。哈哈!"

"咿呀,我虽说想吃惊,但也不过只是这样说说罢咧!哈哈……"

"只是说说的吗?嘻嘻……"

"也仍是游戏啰。哈哈……"冈本同笑了。可是近藤已看出冈本脸上,有一种说不出的苦痛的神色。

(原载《东方杂志》第 22 卷第 7 号,1925 年 4 月)

1926

绵　被

[日]田山花袋著

一

　　才要走下从小石川切支丹到极乐水去的那坦坡的时候，他想："从此自己与她的关系，已告了一段落了。年纪到了三十六岁，已有了三个子女，还有那样的念头，自己也觉好笑起来。但是……但是……这果是事实吗？那样地把爱情注在自己身上，难道只是爱情，不是恋爱吗？"

　　许多充满了感情的书信——两人的关系，早已不是寻常。因为有妻，有子女，有社会，有师弟的关系，虽不敢堕入强烈的恋爱，但对语时的心胸的动悸，相见时的眼光，其底里确潜蓄着狂荡的暴风。只要一遇到机会，觉得这底部的暴风，就会夺园而出，把妻子，社会，道德，师弟的关系都一举冲破的。至少在男子确曾这样地自信着。唯其如此，所以从这二三日来的事情看去，女的确是曾把感情假卖了的。"她骗了我了！"男的曾好几次这样想。可是，男的究竟是文学者，有着自己把自己的心理来客观的余裕。以为：年青女子的心理，是不容易判断的，那温柔喜悦的爱情，或只是女性特有的自然的发展，那美妙的眼波，温柔的态度，都是无意识的无意味的，好像自然之花，使见者得着一种的慰藉的东西，也未可知。即使进一步说，女子是爱了自己的，但自己是师，她是弟子，自己是有妻有子的人，她是妙龄的处女，彼此都自觉相距太远，甚么方法都没有的。不，再进一步说，当那封热烈的书信，隐约地诉示其心胸的烦闷，——好像自然之力，压迫着这我自己的样子，——把最后的情传述来的时候，自己却未曾替她解了这谜，女子原是谨慎成性的，要她在这以上再明显地来追迫，那里能够呢？她从这样的心理，失望了至于有这次的事，也未可知。

"总之，时机过了，她已属了别人了！"他一壁走一壁这样绝叫了拉着头发。

他著了条纹的上衣，戴了麦杆帽，挂着藤杖，略把身体前倾了走下坂去。时正九月中旬，残暑虽还难耐，天空已充满了清凉的秋气，蔚蓝的空色，分外使人的感情为动。一方是鱼肆，酒店，杂货铺，对面是某寺的门和里街小屋，久坚町的低地里，许多工场的烟突都喷着黑烟。

许多工场中的一间洋式楼上房子，是他每日从正午起必到的。十铺席宽的一室，中央摆着大写字台，旁边高高的西洋式书橱里，满立着各种的地理书。他是受了某书店的嘱托，帮着编辑地理书的。文学者而作地理书的编辑！他表面虽说因对于地理有兴味乐于从事，内心当然是不快的。文学上落伍的经历，只许作短篇而未得机会来试用全力的烦闷，每月被青年杂志上评骂的苦痛，凡此种种，他虽自信将来有成，心里实不能不难过。社会日日进步，电车使东京市的交通一变，女学生大占势力，像自己当时恋爱时代的旧式女子，要找寻也没有了。青年呢，更不必说，他们谈起恋爱，文学，或是政治来，态度都和从前不同，觉得似乎和自己永远不能相触了。

每日机械似地跑那同一的路，进了同一的大门，再向那充满了震屋的机轮声和职工的汗臭的小路通过，轻轻地与事务所的人们一打招呼，慢慢地登了长而狭的楼梯，才到自己的室内。室向东南两方开窗，受着午后的烈日，实在热得难堪，加以仆人懒得扫除，灰尘屑屑地令人难耐。他坐下椅子，吸了一管烟，立起身来去从书架橱里取出厚厚的统计书地图指南类和地理书，于是静静地开始执笔接续昨日的稿子。可是，因为二三日来头脑混乱着，笔不容易进行，写了一行，就停了笔想到那事。再写一行，又停滞，再写，仍不能继续，这其间，浮上头脑来的想念，都是断片的，猛烈急激，多绝望的分子。忽然一个联想，想起郝卜特曼（Hauptmann）的《寂寞的人们》（*Einsame Menschen*）来。在事情未如此以前，曾有一次想把这戏曲当作日课教她，使她了解约翰耐斯·华开拉脱（John-nes Vockerat）的心事与悲哀。他的读这戏曲，在三年之前，那时梦也不知道世间有她，他在那时已是寂寞的人了。虽不敢将自己比约翰耐斯，然私自同情，以为如果得了安娜（Anna）那样的女子，那末陷于如此的悲剧，也是该当的。一想到现在要求为这约翰耐斯而不可得，为之长叹。

《寂寞的人们》是，总算未曾教她，歌德（Goethe）的《浮士德》（*Faust*）是教她过的。灯光明亮的小书室中，她那青春的心，全倾注于有色彩的恋史，那富于表情的眼，更带了深意闪着。时髦的束发，栉梳，丝发结，灯光射着半身，把头靠近书去，闻到不可名状的香水的气息，肉的气息，女性的气息——讲到书中主人公把《浮士德》读给旧时恋人听的一段，他的声音激震了。

"但是，如今已无望了。"他说着再拉头发。

二

他名叫竹中时雄。

距今三年前，妻在肚里已怀第三次的胎，新婚的快乐梦，早已到了全醒的时候，实社会的繁忙的事业，觉得毫无意味，要从事于传世作，也没勇气，对于日常的生活——朝上起来，到社办事，下午四时回来，看着同一的妻的面孔，吃了饭，睡觉的那种单调生活，真已厌倦极了。搬了家，换新屋住了，也没有趣味，和友人谈谈也没有趣味，把外国小说来浏览了也不满足。就是像庭树的繁茂，雨的点滴，花的开落等自然的状态，也觉得无非使平凡的生活更加平凡的材料，寂寞得几乎无可容身。路上常见年青的美女子，如果能够，痛切地期得新恋爱了。

三十四五岁！实在当这年龄，谁也有这烦闷，多数人的在这期间，好和下贱妇人戏弄，也毕竟为医治那寂寞。世间和妻离婚的，也以这时期为多。

他在到社去的路上，每朝遇到一美丽的女教师。那时他以遇到这女子为每日中唯一的乐事,曾对于她逞其种种的空想:恋爱成立了,领了她到神乐坂的小待合所去,瞒了人眼作乐,如何……。瞒了自己的妻,两人共到近郊去散散步如何……。不但这样,妻正在怀着孕,忽然难产死了,把那女子充了后妻,如何。能坦然地充作后妻的吗,还是不能? 他曾一壁走一壁这样地想。

他从神户女学院学生备中新见町人横山芳子接到一封充满了崇拜之情的信,也在那时候。说起竹中古城,普通大概都知道他是会作美文的小说的。从各处乡间来的崇拜者的渴仰的书信,一向很多。甚么要求改削文章哪,请收为门下生哪,他从来不把他们一一重视。所以,虽然接到了这女子的信,在他本也不能发出好奇心来去作甚么答书。及到了这女子接连来了三封热心的信以后,时雄也就不能不加以注意了。据说年纪十九,从信中的文句上推测,其表情之巧,殊为可惊。说无论如何,总望收为门下生,一生从事于文学,字体是流走的行书,可推知是个时髦漂亮的女子。写回信,是在那工场的楼上,信中把女子从事文学的不当,女子生理地非尽母亲的义务不可的理由,以及处女作文学者的危险等谆谆地述了,并附加若干斥骂的文句。如此写了,前途就会伤了感情把念打断了罢:时雄这样忖了微笑。又从书架里寻出冈山县的地图来,检查阿哲郡新见町的位置,从山阳线上溯高梁川谷再进去数十里,像这样山僻之中,也有这样时髦的女子吗? 一想到此,时雄不觉无端地起了兴味,把附近的地形山川等仔细查察。

总以为不至于再有信来了,那里知道第四日更寄到了加厚的信。用紫墨水在青格子的西洋纸上横行细字写了三张,把恳求勿弃,收为弟子的意思重叠述了,并说倘得了父母的许可,想到东京来入一相当的学校,完全忠实地研求文学。时雄到此不能不为她的意志所感动,就是在东京,——就是已经在女学校毕了业的,还都不能瞭解文学的价值,她的信上,似乎甚么都已很知道了。就立即寄出回信,订了师弟的关系。

这以后接连有好几次的信和文章。文章原还未免有幼稚的处所,可是没有毛病,很流利,时雄认为将来很有发达的希望。一次一次地渐把相互间的气质瞭解,时雄遂至常常期待她的来信。有一次,想叫她寄相片来，在信的角上小小地写了，复黑黑地涂去。在女子，容貌是必要的，容貌丑劣的女子，无论如何有才，男子也不去睬她。在时雄私自猜忖，以为要想从事文学的女子，一定是不漂亮的，但是仍期望她是一个看得过去的女子。

芳子得了父母的许可，随父来访时雄之门，是在第二年二月，恰巧是时雄第三子出产的第七日。客室间壁就是妻的产房，妻从来助看护的阿姊口里，得知年青女弟子的美貌，很是懊恼。那阿姊亦以不知为了甚么要收容这样年青美貌的女子作弟子为虑。时雄与芳子的父亲并坐了滔滔地谈文学者的境遇与目的，并关于女子的结婚问题，豫征父亲的意见。芳子的门第，在新见町也是数一数二的。父母都是严格的基督教信徒，母亲尤为敬虔，据说曾入过同志社女学校的。长兄曾游学英国，归国后充着某官立学校的教授。芳子从町中小学校一毕业，即到神户进神户女学院，在那里过时髦的女学校生活。基督教的女学校，比之其他女学校对于文学全是自由，在现今是有禁读《魔风恋风》或《金色夜叉》的规定了，但在文部省未干涉以前，只要不在教室，甚么都可以读的。学校中附设着教会，芳子在其中瞭解了祈祷的价值，降诞节夜的快乐，及修养理想的事，成了把人类的丑迹隐瞒了标榜美点的一派。在初时也曾切实地恋念着母亲膝下之爱和故乡的光景，不久即全然忘怀，对于女学生寄宿舍生活觉到无上的快乐了。饭菜不好，就把酱油浇在饭桶里使厨房受苦，见了作舍监的执拗的老媪的面孔，私下用恶言诽谤，既入了这样习性的女学生群中，要想她再像在家庭养育的少女一样心地单纯，如何能够呢。理想宏大，虚荣心旺盛——这样的倾向，不知不觉地沾染成就，她已完全备具了明治女学生的长处与短处了。

至少，时雄因此破除了孤独的生活。从前的恋人——现在的妻，在以前确是恋人，可是现在时代变易了，四五年来女子教育的勃兴，女子大学的设立，束发，红裙，不敢与男子并肩走路的女子，已一个都没有了。处在这时代，守着梳旧式头发，走路像泥鸭似的，除了温顺贞节以外甚么都没有的妻，在时雄真是难堪。走出路上，就见有人同着美妻和睦地散步，访问友人，常遇在丈夫旁流畅谈说的年青的主妇。而自己的妻呢，连自己费了心血作成的小说都不能读,对于丈夫的苦闷烦恼,全然如风马牛,只求把小孩养大就好,一对到这样的妻,无论如何,不能不叫孤独,不能不与《寂寞的人们》中约翰耐斯同感着家妻的无意味的。这——这孤独因了芳子破去了。时髦新式美女弟子,"先生!先生!"地像伟人似地加以仰慕,谁能对于此不为所动呢?

最初的一月许,就寄寓在时雄家里,娇滴滴的语声,艳丽的风姿,这对于向来孤独的寂寞的生活,是何等的对照啊!帮了才出产褥的妻编袜子,编项巾,缝衣服,逗小孩,这样活泼的态度,使时雄恍若回到了结婚时代,每次回来才到家门,就觉心胸摇动。一开了门,就见到可爱的笑颜,富于色彩的姿态。在从前,每到夜间妻和小孩早就鼾睡,六铺席那间中徒然点着的洋灯,反成了增加寂寥的种子,现在是,无论怎样更深回来,灯下仍见雪白的手巧妙地动着编物的针,膝上是有颜色的绒线球!牛迂里街的小板垣中,常充满着热闹的笑声。

可是未到一月,时雄就觉到不能把这可爱的女弟子留在家里了。从顺的妻,原未曾吐过不平,连态度上也不曾表示过甚么,形容却渐次憔悴,一家于无限的欢笑声中,充满了无限的不安之情,岳家的亲戚间,听说已当作一问题在那里讲论了。

时雄多方烦闷的结果,叫她寄居在妻的姊——军人的寡妇靠了恤金与裁缝生活着的姊的家里,从那里再到曲町某女塾去通学。

三

过了一年半光景,就发生了这次的事。

这期内芳子曾回里两次。作了五种短篇小说,一种长篇小说,还有数十篇的美文及新体诗。在某女塾,英语成绩优等,因时雄的选择,从丸善书店买了都介涅夫全集。第一次回里是暑假,第二次是患了神经衰弱,时时起胃病似的痉挛,医生劝她还是回到清静的故山去好,所以回去的。

她所寄寓的家,在曲町三番町,恰当甲武线电车路旁,她的书斋,就是那家作客室的八铺席的一间,前当行人繁多的道路,行人呀,小儿呀,很是喧扰。案旁摆着样子和时雄书斋中的西洋式书架相仿不过较小的书架,顶上放着镜子,胭脂盒,白粉瓶,还有盛臭素加里的大瓶。这就是神经过敏了头痛得没法时服的。书箱之中,有红叶全集,近松《世语净琉璃》,英语教科书,特别触眼的是新买的都介涅夫全集。这未来的闺秀作家从学塾回来,写信的时候,远比伏案作文的时候来得多,男朋友也很不少。男子笔迹的书信也常来,据说其中高等师范的学生一人,早稻田大学的学生一人,是时常来要的。

曲町三番町一隅,漂亮的女学生不多,市谷瞭望所的那面,就是时雄的岳家所在,这附近尤都是旧式的商家的女子,至少像芳子的神户风的时髦样子,是使周围的人们注目的。时雄从妻的口里,时常听到这样的姊的话:

"芳子姑娘真淘气呢,姊今天又说过了。说是男朋友来,也不要紧,可是晚上一同到二七神社去,有时到很迟回来哩。芳子姑娘原决不会有甚么事,可是旁人要说闲话,有甚么法子啊。这样说。"

时雄每次听到这样的话,总是庇护芳子的:"像你们这种旧式的人,是不知道芳子的行为的啰。看见男女二人一处走路或是谈话,就立刻诧异怀疑以为甚么了,其实,这种见解全是旧式,现今女子已经自觉,所以要怎样干就怎样干就是了。"

时雄又曾把这议论自以为是地对芳子说法:"女子今非自觉不可了。像旧式女子地怀着依赖心,是不行的。像苏特曼(Sudermann)的《故乡》(Heimat)中玛格泰(Magda)所说的样子,从父亲的手里立刻移到丈夫的手里去的那样没干,就没法了。要做日本的新妇人,非自己思量自己决行不可"这样说了,又把易卜生的娜拉,都介涅夫的叶林娜,以及俄国德国等处的女子意志感情并富的话说了,再补足了说:"但是,所谓自觉,是并含着自省的。一味只顾意志或自我,是讨厌的。自己对于所行的事情,要先有完全负责的觉悟。"

芳子对于时雄这教训,非常佩服,渴慕之念愈增。觉得似乎这比基督教的教训自由而且有威严。

芳子的装束,在女学生中实太漂亮,戴了黄金的指环,束了时髦的华丽的带子,亭亭立着的样子,很足使行人注目,如其说是美丽的相貌,不如说是有表情的相貌,很美的时候也有,很丑的时候也有,眼既有光,且很是活泼,在四五年以前的女子,表示感情极其单纯,只能表示怒的样子,笑的样子等三四种的感情而已,现今巧于表情的女子多起来了,时雄常认芳子为其中的一个。

芳子与时雄的关系,如果只当作师弟的交际,实太亲密。另有一个女子观察了他们的光景曾对时雄的妻说:"自从芳子姑娘到了这里,时雄先生的样子全然两样了。当两人在谈话的时候,看去好像魂灵都已不在身上,这真须防备才好呢。"从别人看来,实是如此,但是在他们俩,果已这样亲密了吗?

妙龄女子常现轻佻,才轻佻即复沈静,对于些微的事情,也会无端地动情,无谓地烦闷。那种不是恋爱,也不是非恋爱的迷离态度,不断地使时雄受其诱惑。道义之力,习俗之力,机会一到,其破碎比裂帛还容易,所不容易到的只是这冲破一切的机会罢了。

在时雄自想,这机会在这一年中至少是有两次遇到了的。一次是在芳子寄来厚厚的信来,和泪诉说自己无状,恐不能报答先生的厚恩,不如回到故乡作了农夫之妻在乡间埋了一生的时候。还有一次是在某一夜芳子正独自看守屋子时雄偶然去访问她的时候。第一次的时候,时雄曾也明瞭她来信的用意,为了回信的写法,曾烦恼得一夜没睡。几次地窃视妻的熟睡着的脸,自责自己良心的麻木,第二日朝晨寄去的回信,俨然取了师的态度。第二次是这以后两个月光景的春天晚上,时雄偶然去访问时,芳子敷了粉,相貌打扮得很好,茫然地坐在炉旁。

"做甚么?"这样问她。

"看屋子哩。"

"姊到那里去了?"

"到四谷买东西去了。"

说了注视时雄的面孔,那样子真是艳丽。时雄因这有力的一瞥,不禁心胸悸动了。彼此道了两三句的普通言语,可是在这平凡的谈话中,彼此都似乎觉到有不是平凡的地方，这时候如果再对语十五分钟，事情就不可知了。女的富于表情的眼炯炯地，言语都带艳气，态度迥异寻常。

"今夜打扮得很美哩！"男的故意取笑了说。

"呃，方才入了浴的。"

"粉很白哩。"

"咦！先生！"说着笑了，把身体倾斜了作出娇态。

时雄立刻走了。芳子阻止说还早，时雄坚说非回去不可，芳子恋恋地在月下走送一程，那白面庞上确笼着某种深玄的神秘。

一入四月，芳子就多病，面色苍白了患着神经衰弱。说是虽多服臭素加里，仍不能安睡，很以为苦。不绝的欲望与生殖之力，其诱惑妙龄女子，毫不踌躇，芳子遂与药物为伍了。

四月末归里，九月来东京，就发生了这回的事情。

这回的事情不是别的，芳子得了恋人了。并且曾于到东京来的中途，与恋人同游西京嵯峨，因其往游两日的时期，与从出发及到京之日子不符，经东京备中书信往复征实。诘问结果，据说是恋爱——神圣的恋爱，且谓两人确未曾犯罪，唯将来无论如何想成就这恋爱。于是时雄当作芳子之师，当作这恋爱的证人，不得不居于月下冰人的地位了。

芳子的恋人是同志社的学生，神户教会的秀才田中秀夫。年二十一。

芳子在师的面前，对天誓诉其恋爱的神圣，流了泪说：故乡的父母虽说以学生的身分而窃与男子同游嵯峨，已是精神的堕落，其实决不是那样丑污的行为。彼此的自觉恋爱，实从在西京分别的时候，及到东京，见已到着他一封热烈的信，于是才结将来的约束，以前确未曾有过犯罪的事。时雄在胸中虽感觉着至大的牺牲，但是对于他俩的所谓神圣的恋爱，也无法不为之尽力。

时雄不得不烦闷了，自己的所爱的人突被夺去，心很不快。自己本来没有把女弟子当作恋人的意思，如果有这样明白的意思，那末在那两次接近的好机会里，应该是毫无踌躇的了。可是，把这所爱的女弟子——在寂寞的生活里加增色彩给与无限的力的芳子，突然任人夺去，能容忍吗？前两次的机会虽都蹰躇了没有提到，然待第三次机会第四次机会来时，创造新运命与新生活，实是他心坎底里的希望。时雄闷了，心乱了，嫉妒，可惜，悔恨，杂成一处，在头脑里旋风似地回转，为师的道义之念也杂在里面，越使火炎旺盛，其中还加着有为了所爱的女子的幸福而牺牲的心念。终于在晚餐时加饮了多量的酒，泥汉似地醉着睡了。

第二日是日曜，屋后树林上萧萧地滴着雨丝，使时雄倍觉寂寥。老榉树上滴着雨点，长长地，看去似乎从无限的空中无限地下着。时雄无读书的勇气，也不想执笔，躺在触背已感秋冷的藤椅上，注视那长长的雨丝，一壁由这次的事件想到自己的半生。在他的经验中，这样的经验曾有过几次，因了一步之差，不能突入运命正中，只立在圈外彷徨的寂寞的苦闷，是他所常尝到过的。在文学上如此，在社会上也如此，恋爱，恋爱，到现在也仍陷入这样消极的运命，一想到此，不得不痛感到自己的无能与薄命。觉得这就是都介涅夫所谓"Superfluous man"（无用的赘物），不禁反覆联想到那作中主人公的无聊的一生了。

寂寥不堪，近午即叫备酒，妻的准备略迟了些，就唧咕不快，及见食盘上肴馔不佳，遂动了火，自暴自弃地把酒狂喝。一瓶两瓶地瓶数增加上去，时雄就已泥醉，对于妻的不平也不说了。瓶中酒一完，只叫"酒！酒！"酒拿来时，一味狂喝。胆小的女婢，呆着了看，以为不知甚么了。才在那里将那五岁的孩子抚抱接吻逗着玩的，不知为了甚么，忽然哭了起来，就动了怒把他屁股乱打，那末一来，三个孩子恐怕得不敢近去，只远远地惊看那和平日如出二人的父亲的红脸。喝了几瓶以后，就此醉倒，连食盘翻筋斗也不知道。过了一会，用了异样的宽懈的调子，歌起十年前所流行的幼稚的新体诗来

> Kimi ga kadobe wo samayou wa
>
> Chimata no chiri wo fuki tatsuru
>
> Arashi nomi to ya obosurau
>
> Sono arashi yori iya are ni
>
> Sono chiri yore mo midare taru
>
> Koi no kabane wo akatsukino

（你以为在你门前彷徨的，只有那卷起街尘的暴风罢。尚有比暴风还狂比尘还乱的为恋而失神了的躯壳，在侵晓的……）译大意

唱到半途，就带了妻方才给他盖在身上的绵被立起身来，像小山似地向外间移着走动。"那里？到那里去？"妻慌忙地从后赶来，他仍不管，披了绵被要想走到厕所里去。妻慌了：

"你醉了，这是厕所哩！"

急从后拖住绵被，绵被在厕所门口留在妻的手里。时雄颤摇着身子小便，忽而横倒在厕所里，妻虽忍了醒齷去推摇，时雄动也不动，却也并不睡去，只是在那赤土似的脸上，瞠着大而且发光的眼睛，注视门外密下的雨。

四

时雄完了工，懒洋洋地回到牛迁矢来町自己家里来。

他与苦闷战斗三日了。他天生有一种不能沈溺的力，自己也常恨为这力所支配，可是不知不觉之中，辄被战败征服。为了这，他总站在运命的圈外尝那苦味，可是因此却被世间认作正直可靠的人。经过了三日间的苦闷，他总算看见了自己的前途：两人的关系已告了一段落，此后只有竭尽师的责任，替自己心爱的女子谋幸福了。这确很苦，但苦就是人生！他这样想着回来。

开门进去，妻迎了出来。残夏的太阳犹热，洋服的衬衣透湿着汗。改换了新浆洗过的白地单衣，在吃饭间茶几前坐下，妻好像记起一件事来的样子，从衣柜上取下一封信来：

"芳姑娘的。"说着递给他。

急忙把封拆开，只看了信的厚，也就可知道是关于那件事的。时雄热心地阅读。

信用了言文一致体，滔滔然非常的达意：

先生——

　　原想来前商量，因为事出匆促，就独断地实行了。

昨日四时，田中来了一个电报，说六时可到新桥停车场，我不知惊异得甚么似的。

因为素来信他不至于轻率到无事寻来，所以尤加烦虑。先生，请原恕我，我到了那时刻，曾去接他了的。见面以后，据说是，接了我的详细的信，非常忧虑，如果万一因此至于被送归乡里，自己殊觉抱歉，所以牺牲了学业来京，向先生告白一切，请求宥恕，还要想仗了先生的厚情，俾前途圆满无碍，抱了这希望，急急赶来的。等我一五一十地把先生深情的言语，及将来允许作我们神圣的真挚的恋爱的证人和保护者的话告诉了他，他非常感激先生的高情，至于流下感谢之泪来。

田中对于我那太苦恼的信似乎非常惊惧。此来抱有充分的觉悟，连破裂以后怎样，也都已决心了。到不得已的时候，叫那时同游嵯峨的友人为证人，证明两人之间，决没有龃龉的关系，并把两人在别后所互感着的恋爱说明，托先生向故乡父母一一疏通。据说，曾这样决心了来的。但是，前次我因冒昧，已伤了父母的感情，在这当儿，怎好讲这样的话呢，觉得目下不如姑守沈默，各自抱了希望专心学业，待时机成熟——或在五年十年以后也未可知——再行声明请求。已这样决定了，先生的话，也一一传述给他听了。本来，事情完毕，应该早叫他回去的，但看他很是疲劳，也不能叫他快走，（请恕我怯懦。）求学时代不可与实际问题相接触，先生的这教训，誓当遵守，可是领了他到旅馆里以后，不觉流出既然来了就玩一天去罢的话来。请先生原恕，我们于激烈的感情之中也有着理性，像在西京那样的毫没常识，引起他人误解的行为，不至再有，可以誓说不至再有的。师母处也请善为说辞。

芳子

时雄读这信时，胸中烧炎着种种的感情：这名叫田中的二十一岁的青年，现在正在这东京，芳子曾去接他，或者已有了甚么也未可知，前次所说的话，或许全是虚言，或者这次暑假在须磨相遇的时候，已经成就，后来的到西京去，也是为了满足欲望，现在亦因为耐不住相思，所以随了女子之后赶到东京来的也未可知。手是握过了罢，胸与胸曾相熨贴了罢，在无人见的旅馆楼上，有谁知他们在干甚么呢，醒龊与不醒龊，都只是刹那间的事。一想到此，时雄就耐不住，不觉在胸中绝叫："这也有关于监督者的责任！"不能放任不管，不能给精神不坚定的女子以这样的自由，非监督不可，非保护不可。我们于激烈的情感之中也有着理性！所谓我们，是甚么话！为甚么不只写我，为甚么要用复数？时雄的心乱得如暴风雨一样了：昨日六时到的，只要到姊家里去调查，昨夜她几点钟回来，是可以知道的，可是今天不知在做甚么，此刻不知在做甚么？

妻所细心料理的晚餐肴馔之中，有新鲜的鱼生，还有加青紫苏的带药味的冷豆腐。时雄无心细加领略，只是一杯一杯地喝酒。

妻诱幼子睡了，来到吃饭间坐下，见芳子的信在丈夫旁边：

"芳姑娘有甚么事？"

时雄默然将信投掷过去，妻一壁接信，一壁带看丈夫的脸孔，知道已是山雨欲来风满楼了。

"出来了哩，"妻读毕把信折叠着说。

"唔！"

"预备长住在东京吗？"

"信里不是写着吗？说就叫他回去……"

"真回去的吗？"

"谁知道这些！"

丈夫的语气凶险，妻也就住了口。过了一会：

"所以，真讨厌。年纪青青的女子，说是想做小说家！世间有这样的女子，也竟还有这样的父母把她送来。"

"但是，你是可放心了罢。"几乎要这样说，终于抑住了："这姑且不要管他，横竖不是你所知道的……还是替我斟酒罢。"

温顺的妻取起了酒瓶，满满地斟到京窑的酒杯里。

时雄不住地喝，似乎非酒不能解这郁勃了的样子。喝到第三瓶，妻耽心了说：

"近来甚么了？"

"为甚么?"

"不是常常醉着吗?"

"醉了便甚么?"

"不是吗? 心里有了甚么放不下的事的缘故罢。像芳姑娘那样的事,随他去不好吗?"

"甚么话!"时雄斥叱。

妻仍不住口:

"但是,喝得太多,是有害的。请适可而止罢。如果再倒入厕所里去,你身体这样重,光是我和阿鹤(下女名),是什么都要不来哩!"

"不要紧,再一瓶!"

最后的一瓶,只喝了一半光景,似乎已很醉了。脸色红如赤铜,眼睛也就瞪了起来,急立起了身:

"喂! 把衣裳拿来!"

"到那里去?"

"到三番町去一趟。"

"姊那里吗?"

"唔。"

"不要去罢,很危险的。"

"那里,怕甚么? 既答应寄托了人家的女儿,不能放任不管。男的已经在东京了,一块在散步或是甚么,不能假作不见,寄在田川(姊家姓)家究不放心,现在去,如果还早,就领了芳子到家里来。快把楼上打扫了。"

"留在家里吗? 仍旧……"

"自然啰。"

妻的样子,似乎不大肯就拿出衣裳和带子来。

"好,好,你不拿出衣服来,就这样去也好。"就着了随身白地的单衣,束了污旧的绉纱带,赤着头急急出门。从后面听到妻的"就去拿出来……真累人啊!"的声音。

夏天的日脚已快夜了。矢来町酒井的森林里听到喧杂的鸟声。大概的人家,都已吃毕夜饭,门口也见少女的粉白脸孔,也有掷球玩着的少年。官吏式的泥鳅须的绅士，带了卷发的年青的妻往神乐坂散步的，也遇到好几对。时雄受了激昂的心情与泥醉的身体的强烈的漂荡，觉得周围所见到的都是别一世界的东西。两旁的家屋似乎在动，脚下的地似乎在陷，天似乎也益落到头上来了。本来并不这样善饮，因无理地强喝，一时遂大醉了罢。忽然记起俄国的贱民醉了酒倒卧在路上的事来。并且同时把曾与某友人说过的"俄国人如此所以了不得。要沈溺而不能尽量地沈溺，总是不行"的话也记忆起来了。呆子！恋爱要避师弟，还了得吗？不觉这样说出口来。

上了中根坂，从士官学校背后走到佐内坂上，天已大夜了。着白浴衣的人来往通过，烟草店门前见到年青的妇人，冰店的帘子被夕风吹拂带着凉味。时雄一路茫然地看着这夏夜的情景，忽而碰在电杆上撞倒在地，忽而陷在浅沟里磕了膝头，或是被工人样的男子骂斥"醉汉，走当心些！"急自定了一定神，从坂上折向右边，走入市谷八幡神社境内。境内寂无人影，大榉树与老松遮蔽天空，左隅繁郁着大珊瑚树。各处的常夜灯都发光了，时雄不堪苦闷，急走到珊瑚树下，横卧在树根旁。昂奋的心的状态，奔放的情和悲哀的快感，极端地发展其势力，一方痛切地为嫉妒之念所驱，一方冷淡地客观自己的状态。

不用说，开始原未曾有恋着的热情的。如其说是盲目地随从运命，不如冷静地在批判运命。热烈的主观之情与冷静的客观之情像乱丝似地牢牢缠实了呈着一种异样的心的状态。

悲哀，实在痛切地悲哀。这悲哀不是蓬勃的青春的悲哀，也不是单是男女恋爱上的悲哀，乃是潜在人生最底部的悲哀。流水长逝，好花凋落，一触到这蟠在自然之底的无可抵抗的力，实没有再无聊如人生的了。

汪然的泪珠，在时雄的有胡子的脸上流落了。

突然心里想到了某事，时雄起立走了。天已全夜，境内各处立着的玻璃灯都放了光，面上"常夜灯"三字分明可见。他见了这常夜灯三字又触动了心。这三字是他曾带了深大的烦恼看过的。现在的妻结了大大的"桃分"（Momoware 处女的髻名——译者注）在这下面的母家作少女的时候，他常登这八幡神社的高台，以为或者得听到琴音。曾抱了不得她宁往南洋飘泊的热烈的心情,把华表,长阶,社殿,有俳句的挂灯,及这常夜灯的三字常常注视。现在眼下家屋依然,虽加了电车的轰声,时时冲破寂寞,妻的母家的窗,仍和从前一样,亮着灯光。好无节操啊!谁知只过了八年的岁月,就变到这样地步呢。把桃分改梳了丸髻(Marumage 人妻的发髻名——译者注)一时互觉快乐的生活,为甚么会变作这样荒凉的生活,至于感到新的恋爱呢?时雄不觉痛切地感到"时的力"的可怕,可是潜藏在心里的现在的事实,说也奇怪,却不受到何等的摇动。

"虽然矛盾,虽然甚么,但是没法。这矛盾,这无节操,是事实,所以没法。事实!事实!"时雄心里这样反覆着说。

时雄好像被难堪的自然的力所压迫,再在近旁的露天椅上把身横倒。忽然间,见赤铜色的无光芒的大大的月亮,从濠上无声地上来。其色,其形,其光景,非常寂寥,时雄觉得这寂寥正和自己现在的寂寥相适合,不禁心里又涨满了难堪的哀愁。

醉已醒,夜露也下来了。

土手三番町姊家到了。

向内望去,芳子的房子里不见灯光,似乎还未回来。时雄的心又燃烧了:这样的夜间,和恋爱的男子两人在作甚么,何曾知道。胆敢做这样没常识的行为,还说神圣的恋爱?还要辨明未曾有龌龊的行为?

原想即刻进去,继思本人尚未回来,进去了也没有用,就一直打门口走去,行走时每次遇到女人,必留心张看,以为不是芳子吗?堤上呀,松树下面呀,街道的角上呀,来往彷徨,几乎连路人也要见了他奇异,已经九时,十时了,虽说是夏夜,断不应到这时候还在外面走。总以为可以回来了,就折回到姊的家里,可是仍未回来。

时雄走进屋子,一到了里面六铺席的一间就问:

"芳子甚么了?"

姊才欲回答,忽见时雄衣上惹了许多泥,惊讶了:

"咿呀,甚么了?时雄弟!"

灯下看来,果然,白地单衣上,不论肩部膝部腰部,都有许多的泥迹!

"没有甚么,只是略微跌了一交。"

"但是,不是连肩上都龌龊了吗？又喝醉了罢。"

"那里……"时雄强笑着想模糊过去。即继续地：

"芳子那里去了？"

"今天早晨,说是到中野与朋友散步一回就来,一直到现在了。就会回来了罢。有甚么事？"

"咿呀,略微……"说了又："昨天回来迟了吗？"

"不,据说是到新桥去接朋友的,四时出去,八时光景就回来了。"看着时雄的脸："有甚么了？"

"那里……但是,阿姊！"时雄的声音变了："实因为托在阿姊这里,再有像那在西京的事,就很讨厌,要想将芳子住在自己家里,好好监督。"

"是的,那是很好。真的,芳姑娘那样地有知识,像我这样无教育的人是……"

"咿呀,并不是这样说。因为太让她自由了于本人也不好,所以想留在家里,好好地加以监督。"

"那是好的。真的,芳姑娘也……没有坏处,聪明伶俐,在现今世上是少有的人,可惜有一种毛病,就是和男朋友坦然地夜行,只要改了这个就好。我常说她,可是芳姑娘总笑我,说伯母又发老脾气了。有一回,因为太多同男人一块走动了,拐角的警察所也似怀了疑,便衣警察曾在门口来伺候过哩。这因为本来不曾有甚么,也不要紧,但是……"

"那是甚么时候的事？"

"是去年年末的时候。"

"总之,太时髦了不好。"时雄说了,见时钟的针已指着十时半："不知甚么了,年纪青青,这样夜深了还独自在外边跑！"

"快回来了罢。"

"像这样的事情是时常有的吗？"

"不,也不常是如此。因为是夏夜,还以为时候还早,各处走着哩。"

姊虽口在谈话,缝针原是不停的。面前摆着雁足的裁物板,绸类的碎片呀,线呀,剪刀呀,纷杂地挂在四周,女衣料的美色上,亮亮地照着洋灯的光。九月中旬的夜,更深了稍有寒意,屋后堤下甲午线的运货车,凄然地震轰着地面了通过。

每听到下驮（Geta 日人所着的木屐——译者注）的声音，都"这是她了这是她了"地等待着，等到了十一时快到，有小步的轻微的跫音，在静夜中远远地响近来。

"这次来的定是芳姑娘了。"姊说。

果然，跫音在门口停住了，轧轧地格子门响。

"芳姑娘。"

"呃。"艳丽的答声。

苗条的厢发的婷婷的人影从入口进来。

"咿呀，先生！"语声中满笼着惊愕疑惑的调子。"到此刻才回来……"说了来到自己房间与外间的交界处坐了，电光似地把时雄的脸色一瞟，立刻从紫色包袱里取出包着的食物来，默然推给了姊。

"甚么？……点心？屡次要你破钞。"

"那里，我自己也吃的。"芳子快活地说。原想就进次间去的。勉强被留坐在灯光雪亮的外间一隅，窈窕的姿态，时髦的厢发，漂亮的法兰绒的衣服上，端正地束着橄榄色的带子，斜坐了在那里的艳姿，使时雄觉着一种不可名状的满足，方才的烦恼与苦闷，消去了一半。虽然有了有力的敌人，只要占领了恋人，也就心安，这是恋爱者的常态。

"到这迟才回来……"无所措地轻轻辩解。

"说是在中野散步？"时雄突然问。

"呃……"芳子再把时雄的脸色一瞥。

姊重泡了茶。及把食物包打开，乃是姊所喜吃的酪酥饼。欢声称谢。一时大家都集注在这方向。

"先生等我好久了吗？"芳子过了一会问。

"呃，呃，等了一点半钟光景了哩！"姊从旁说。

于是，要谈开始。时雄声明来意，说出如果可以，就是今夜也好，——行李可后携——一块到家里去的话，芳子点头俯听。胸中不容说是感受着一种的压迫的，但居住在自己所绝对信仰——连这次的恋爱也蒙全心赞助的师的家里，也并不觉得苦痛，不但如此，反觉一向寄居在这旧式的家庭中的不快。原想一直住在先生家里的，这次相招如果不是为了那事，应该是很快乐的。

时雄想赶快问她恋人的情形，现在这男的在那里？几时回西京去？这在时雄都是重大问题。但是，究觉得不便在毫不接头的姊的面前发表询问，当夜遂不露口风，大家只作平凡的谈话。

时雄主张今夜就迁，姊以已十二时，劝他不如延至明日。时雄原想独自回牛迁去，但是仍觉放不下心，就藉口夜深，宿在姊家，以便明日清早同归。

芳子睡在八铺席那间，时雄在姊房设铺。姊不久就发出微细的鼾声，时钟打过一时，八铺席那间时时发出高而长的叹息，似乎还未曾熟睡。甲武线的货车，凄然地发着轰声在深夜中通过，时雄也许多时候不曾入睡。

五

翌晨，时雄伴芳子到家里去。出了姊家，时雄就想知道昨日的消息，及见芳子低了头悄然地跟从着走的光景，不觉发生悯怜，仍闷了肚里默然走。

及到了佐内坂顶上，行人少了，时雄不禁回转头去突然地问：

"那末，甚么了？"

"嗳？"芳子反问，脸色不自在了。

"昨日的那个啰，还在吗？"

"今夜六时快车回去。"

"那末，不是非去送他不可吗？"

"不，已可不必了。"

此后彼此都没有甚么话了，大家只是默着走。

矢来町时雄家里一向堆东西的楼上的三铺席室与六铺席室，这回收拾了作芳子的住室。因为好久做了储藏室和小儿游戏所的缘故，尘埃山积，一经扫除，把雨打潮的纸窗糊过，明净顿改旧观。屋旁酒井墓地的大树荫,把空翠满送入室,邻家的葡萄棚,以及乱开在无人整理的庭草间的美人草,看去也似乎分外触目。时雄拣了一幅某书家作的牵牛花挂了,并在花瓶里插了过时的蔷薇花。午后行李送到。大大的皮箱,藤箧,布袋,书籍,书桌,铺盖,要把这搬上楼去,很不容易,时雄为了帮助搬运,不得不在社里缺勤一天。

书桌摆在南窗下,书箱摆在桌的左旁,上面妥帖地再排列着镜子,胭脂盒,和瓶类等等。壁柜的一面,摆了皮箱,藤箧,正要把印花棉被装入别一面时,一种女人的香气扑向鼻来,时雄觉着不可名状的情味。

到午后二时,一室大致整顿好了。

"如何?住这里也不算坏罢。"时雄得意地笑说:"在这里住了好好用功啰,真的,触着了实际问题,徒然烦恼,有甚么用处啊。"

"呃……"芳子俯首。

"详细的情形,以后再问你。现在你们俩如不静心用功,是没有方法的。"

"呃……"芳子说了举起头来:"因此,先生!我们也这样想:把希望放在将来,目下大家用功,期得父母的许可哩。"

"那是好的。因为目下如果过于张扬,就会被外人及父母误解,好端端的希望也要达不到了。"

"所以,先生!我想专心用功了。田中也曾这样说。他还说未曾当面来拜谢先生,很对不起的。叫我善为代说……"

"那里……"

时雄对于芳子的言语中用着复数"我们",和像煞有介事地似乎已是未婚夫妇的语气,为之不快。并且,以十九岁二十岁的妙龄处女,居然会说出这样的话来,也觉可怪。时雄于此,不禁重新痛感到时势的变迁。觉得现今女学生的气质,和自己恋爱时代的处女气质,已大大不同了,这种女学生气质,为时雄在主义上趣味上所欢喜,原是事实。受了从前旧式的教育,决不配做明治时代男子的妻,女子也非能独立不可,非充分地养成意志之力不可:这是他的主张。他曾常把这主张向芳子鼓吹,可是见了她那种新派的时髦的实行,究也不禁要皱了眉头。

　　男的从国府津发来的报告已就归途的明信片，翌日由三番町姊家转到。芳子就住在时雄居室楼上，一呼即会答应下来，每饭都在一处，夜里围了雪亮的洋灯，热闹谈笑，袜子呢代织，美丽的笑颜呢时时看到。时雄把芳子全个占领，已安心满足，妻因为知道芳子已有恋人，危险不安之念也全除去了。

　　芳子以和恋人别离为憾，如果能够，原想共居东京，时时相见相谈。但明知这是目下难办到的事，觉得在二年，三年，男的在同志社毕业以前，只好暂时以稀少的通信为满足，一心不乱地用功。每日午后仍照旧通学于曲町某英学塾，时雄也到小石川某社办事。

　　时雄在夜间或是暇时，常叫芳子到自己书斋里，谈关于文学，小说，及恋爱的话，且与以将来之注意。这时的态度，真是公平，率直，富于同情，决不像是个烂醉了睡到厕所里去或倒卧在地上的人。时雄并不是故意作出这样的态度的，他在和女子相对的瞬间——为要得心爱的女子的欢心，无论怎样的牺牲，都不是高价了。

　　芳子因此愈信赖其师，竟以为：将来时机成熟，向父母声明这恋爱时，即逢旧思想与新思想的冲突，只要得到这亲爱的师的承认，就尽够了。

　　九月已成十月。天空澄碧，日光澈射疏爽的空气，晚红渐浓染着天际。有时雨终日打射残剩的芋叶。菜摊已摆着松蕈。垣间的虫声随露多而渐少，庭中桐树的叶也开始凋落了。午前九时至十时的一小时，定作解释都介涅夫小说的时间，芳子在师的炯炯的眼前，斜靠了案，倾听长物语前夜，叶林娜的感情热烈，意志强固的性格，以及其悲壮的末路，怎样地使她感动啊！芳子把叶林娜的恋史和自己比拟，将自己放在小说的里面，恋爱的运命，不能恋爱愿恋爱的人，而把一生牺牲在不相爱的人的这运命，实即宛是芳子当时的心情。在须磨海滨无端接到了一张画着百合花的信片，梦也不会料到会就成这样的运命。

　　对了雨的树林，昏黑的树林，或是月夜的树林，芳子辄想起种种的往事：西京的夜车，嵯峨的月，游膳所时，夕阳把湖水映得好看，旅馆的中庭里，荻花正画也似地乱开着，觉得这二日的游玩，真如梦境。顺次又忆起和他未恋爱以前的事:须磨的海水浴,故乡山中的月,患病以前的光景等等,及一想到那时的烦闷,不觉颊上发起烧来。

由空想到空想,这空想终于变成了长长的信到西京去了。西京那边也几乎每隔日就有厚厚的信来。只管写,只管写,总写不完两方的情——因为信来往得太密了,时雄乘芳子不在家的时候,曾以监督的口实之下,抑了良心,偷偷地去搜查抽屉及其他摆信的地方,搜得两三封男子的信来急速地阅读。

信中满着恋爱者惯有的甜蜜的话,时雄却苦心想搜寻这以上的某种秘密,要看有接吻,生欲的痕迹没有。两人的关系是否已超过神圣的恋爱以上。可是即在信中也不能看出的,是恋爱的真实的消息。

一月过去了。

有一天,时雄接着一张寄给芳子的信片,是用英语写的。顺便读去,大意说已等到了一个月光景的生活费,不知东京能寻得衣食的职业与否。是西京田中寄来的。时雄心内震动了,平和一时破裂了。

晚餐后,芳子就受关于这事的查问。芳子好像窘了的样子:

"先生,真窘极了。田中说是要到东京来呢。我曾去阻止他两三次,据说甚么不愿再从事宗教过虚伪的生活,是这次要来的动机,说甚么已不能再耐了。"

"到了东京,预备作甚么?"

"说是想从事文学——"

"文学? 所谓文学是甚么? 就是做小说吗?"

"呃,大概是的罢……"

"蠢啊!"时雄痛喝。

"真讨厌极了。"

"不是你劝他这样的吗?"

"那里。"拼命地摇头:"我怎会……我当他第一次来信的时候,曾答他说,这现在使我为难,至少给我在同志社毕了业。可是,他说已独断地决定,据说要复旧也不能了。"

"为甚么?"

"神户信者之中，有一个名叫神津的，一向替神户教会，供给田中学费。田中对这人说自己不能从事宗教，将来想以文学生活，请改送到东京去。这人大怒，说既然如此，就一切不管，听任自便。被他这样一来，说是已把一切预备好了呢，真讨厌啊。"

"蠢啊！"时雄这样说了，既而又继续地："再去劝阻一次看！要想以小说生活，究不可能。全是空想，是空想的极端。并且，田中住在这里，我对于你的监督上非常困难，要照拂你也就不能够了。所以请务必要严重地阻止他。"

芳子好像更窘了：

"阻止呢姑且去阻止，可是信去或要相左，也未可知哩。"

"相左？那末已经在来了？"时雄张大了眼说。

"因为方才来的信上说，即使有信来，也收不到了的。"

"方才来的信？那信片到了以后又寄到的吗？"

芳子点头。

"讨厌啊。所以说年青的空想家是不行的。"

平和复被扰乱了。

六

隔了一日，到了一个"今夜六时到新桥"的电报。芳子拿了电报彷徨失措了。终于因为青年女子不便独自夜出，未曾被许可到新桥去迎接。

翌日，芳子说要当面力劝他回到西京去，去访恋人。男的寓在车站前面名叫鹤屋的旅馆里。

时雄从社中回家时，总以为还未回来的芳子，已在门口笑面相迎了。探问方知田中既来了决不再回西京去了。据芳子说：曾和他争论得几至相骂，仍是无效。说是此来实想依赖先生来的，那样说来，原是不错，监督上的不便，也很知道，可是已决不愿回去，只好自己设法谋自活之道向目的地进行而已。时雄听了为之不快。

时雄一时曾想"随便罢"，"听其自然罢"。可是作了圈内一员的他，那里能全然放任无关啊。芳子在这以后的两三日中似并无去访问的痕迹,从学校下课回来,时间也很正确。但时雄胸里总燃着疑惑与嫉妒的焰,以为不是借了上课之名到恋人那里去吗?

时雄懊恼了,在一日中,心情数变。有时觉得:这是全把自己牺牲了为他们俩尽力罢,有时又以为:索性一五一十地报告了她父母,一举把他们破坏了罢。可是在他现下的状态,什么都不能决定。

妻忽与时雄耳语:

"楼上是在这样呢。"说了装作缝衣服的样子,低了声。"一定……送他的罢。绀地条纹的学生外挂! 白棉纱的长结纽也买来了呢。"

"真的吗?"

"呃"妻笑了。

时雄却笑不出来。

"先生! 今日要迟些才能回来呢。"芳子赧了脸说。

"到那边去吗?"

"不,朋友那里略微有点事情,要去弯一弯。"

这天晚上,时雄决然地到旅馆去访芳子的恋人。

田中是个中等身材,肥小,白色的青年。带了悠长的演说调,申述理由以后,就用祈祷样的眼色,恳求同情似地说:

"真对先生不起,可是……"

时雄昂然了:

"但是,你如暸解了,那样做不好吗? 我为了你们将来,所以这样说。芳子是我的弟子,我在责任上不忍使芳子辍学。你如果一定要在东京,那末把芳子送回去,或是把一切向父母说明,请其许可,只有这两条路了。你总不至于利己到要把自己所爱的女子为你埋没在山乡里罢。你说因了这次的事件,已不愿从事宗教,这也是一种的意见,你只要忍耐了住在西京,就万事圆满,两人的将来也有希望。"

"已很明白了。"

"那末做不到吗?"

"真对不起,可是……已连制服制帽都卖掉了,现在虽要回去也回去不成……"

"那末叫芳子回去吗?"

对方默然。

"通知她家里吗?"

仍是默然。既而:

"我的到东京来,自谓原与这事无关,即使住在这里,两人间也不见得有甚么……"

"这不过是你在这样说罢咧,可是,这么一来,我可不能监督。恋爱这东西,在甚么时要陷溺,是不知道的。"

"我自忖不至于会如此,可是……"

"能立誓吗?"

"只要能安心用功,那末原不至有那样的事的,不过……"

"所以为难啰。"

这样的谈话——不得要领的谈话,屡次反复,彼此长时相对着。时雄从将来的希望上,男子应该牺牲上,以及事件的进行上,多方地劝诱回西京去。时雄眼中的田中秀夫,并不是曾所想像的秀丽少年,也不是有天才气质的人。在曲町三番町街小客栈里三面都是墙壁的热闷的一室中初次相见的时候,他所得的第一印象,就是由受了基督教的豢养而来的可厌的沈肃少年老成的态度。西京白的言语,白色的脸孔,可爱的处所虽非全然没有,但究不懂芳子为甚么要在许多青年之中,独独挑选了这样的一个男子。时雄所最憎厌的,是毫没有天真流露的率直气风,对于自己的罪恶弱点,也要用种种的理由强自解辩的那种形式的态度。说虽如此,其实,在时雄激昂的头脑中,也并不能就直觉到如此,只是一见了那室隅的小小的旅行箱,和可怜破旧了的白单衣,就回忆到青年时代空想的往事,觉得为了这恋爱竟要如此烦闷懊恼,也不禁引起悯怜之情来。

在热闷的一室中肃然相对,二人至少谈了一小时的工夫。终于不得要领。最后说了一句"姑且请再考虑考虑罢。"时雄就辞别回去了。

好像自觉有点无谓,觉得似乎做了愚事,自己好笑起来。记得曾说过虚伪的客套,记得为要遮盖自己内心的秘密,甚至于允作二人恋爱的温情的保护者,记得为了他请托周旋廉价的翻译工作,曾答应向某氏介绍。不禁自己骂自己是无主张的滥好人了。

时雄屡次想:还是通知她家里罢。可是用了那种态度通知,却是大问题。尤其是自认掌握着两人的关键,觉得责任更是不轻。既不忍因了本身不当的嫉妒,不正的恋情,把爱人的热烈的恋爱牺牲掉,又不能照了自认"温情的保护者"的样子,自居道德家的地位。一面还恐通知了父母以后,芳子就要被父母领了回去。

芳子的到时雄书斋来俯首低声地陈述希望,是第二日晚上的事。无论怎样劝,男的不肯回去,向父母说明呢,父母的不允许,又是可意料的,弄得不好,或者还要勒逼回家。男的既是这样出来的,两人的关系,也不至像世上男女恋爱的浅薄,誓不至于有龌龊的行为和陷溺的事。文学是艰难的工作,要想成一小说家,在田中那样的人或许不可能。但横竖同样是要找寻一个方向走的,总想共走所欢喜的路。请暂时许他住在东京。

时雄对于这不得已的请求,不能断然推却。时雄因了女的在西京嵯峨的行为,原怀疑其贞操。但一回忆自己青年时代的经验,又觉得神圣的恋爱即使成立,肉的恋爱是决不是那样容易实行的。于是,就答应如果不沉溺,就叫他暂时住在这里。接着又就了灵的恋爱,肉的恋爱,恋爱与人生的关系,以及有教育的新女子所当注意的事项,缕缕地,切实真挚地教训。甚么古人的所以谆谆于女子的贞操,不但为了社会道德,实也为了欲保护女子的独立,甚么一经失身于男子,女子的自由就全然破裂,甚么西洋女子能懂得这道理,所以男女交际无妨,甚么日本的新女子总也非如此不可,这些都是教训的题目,就中特别地对于新女子一端,说得更是痛切。

热心的言辞,真挚的训诫,使芳子对于师的尊敬更深了一层。

时雄乘了兴头:

"那末,他究竟说预备怎样生活呢?"

"略微是,曾准备了来的罢。一个月光景大约是可以过去的。可是……"

"有甚么凑巧的机会就好。不过……"时雄说。

"原一心想依赖先生来的,此外别无相识的人。到了以后,很失望着哩。"

"但是,太突然了。前天相见的时候,也这样想。怪不得他为难。"时雄笑了。

"又要请先生费心……在这以上再要劳先生费心,原是很对不起,可是……"芳子似乎哀求的样子,脸孔红了。

"不必耽心,总有方法可想吧。"

芳子走出以后,时雄忽即作出难看的脸色来。"我……我真地能周旋这恋爱吗?"这样独自反问。"年轻的鸟,也仍非年轻的鸟不可。像我,早已没有引动年轻的鸟的美羽了。"一想到此,那不可名状的寂寥就扑胸而来。"妻与子——人说是家庭的快乐,这究有甚么意味?为小儿生存着的妻,或有着生存的意味,被子夺了妻,被妻夺了子的丈夫,能不感着寂寞吗?"时雄把眼注视洋灯,案上翻开着莫泊三的《比死还强》。

过了二三日,时雄照例从社中退工回来,才在茶几前坐下,妻低声地:

"今天来了呢。"

"谁?"

"楼上的……那个芳姑娘的好人。"妻说了笑。

"嘎……"

"今天一点钟光景,听见有人在门口说对不起,我走出去看,不是一个圆面盘穿条纹外挂束了白缟袴的学生吗?我还以为又是甚么学生送稿子来了,那知他开口就问横山君在此否,觉得有些奇怪,问他姓名,说是田中……。哦,就是那个了,我才明白。是个可憎的人哩。要爱那样的人——那样的学生,那末比他好的也不知有多少呢,芳姑娘真也太特别了。像他那样儿是,总没甚么希望的。"

"后来怎样?"

"芳姑娘是高兴的罢,可是好像有点难以为情的样子,我送茶上去,芳姑娘坐在自己位上,那人坐在前面,好像正在谈些甚么的,我去就立即不响了。我觉得有些异样,就立刻下来了。可是……总觉得有些异样……现在的年轻人,往往会做这样的事,我那时是偶然被男人看见也要怕羞得不得了的……"

"这就是因为时势不同了啰。"

"无论怎样时势不同,总觉得太新式了。因为和堕落学生没有两样。这虽原不过只是表面相像,心里并不那样,可是总觉异样。"

"这且不去管他,后来怎样?"

"阿鹤原说替她去,她说不必,自己出去买了饼干和煨番薯来请他。……弄得阿鹤也笑了。说上去冲开水的时候,两人正在很有滋味地吃着番薯呢……"

时雄也不禁笑了。

"高声地谈得很长久,好像在议论甚么,芳姑娘也似乎不肯让步呢。"

"后来甚么时候回去的?"

"还没有多少时候。"

"芳子在楼上吗?"

"不,说是他不认识路,伴送一程,也出去了。"

时雄沈下脸来了。

正吃着夜饭,芳子从后门回来了。好像她是跑得很急的,呼吸很迫促着。

"你到了那里?"妻问。

"到神乐坂为止。"芳子回答。又向了时雄照例地说了一句"先生回来了"就上楼去。总以为就下来的,可是只管不来。妻"芳姑娘,芳姑娘!"地唤了两三次,只听到"嗳"地拖长的回音,仍不下来。等阿鹤上去请,才下楼来。也不吃饭,只在屋柱边斜坐。

"饭呢?"

"不要吃了,肚子很饱。"

"太多吃了番薯的缘故罢。"

"咿呀,刻毒的师母! 记得的! 师母!"假作白眼的样子。

妻笑了：

"芳姑娘，觉得有点异样呢。"

"为甚……么?"拖长了返问。

"没有甚么啰。"

"算了罢，师母!"又白眼了。

时雄默然地对着这娇态，心里当然是骚乱的。不快之情，纷然袭来。芳子偷看时雄的脸色，一目就知他不快，于是立刻改了态度：

"先生，今天田中到了这里。"

"听说是这样。"

"说原要见了先生道谢的，只好改日再来。……叫我先为代达……"

"哦"说着就立起身来走进书斋去了。

这恋人如果住在东京，即使把芳子放在楼上监督，时雄也觉不能安心：要防止两人的来往，绝对地不可能。通信是不必说了，就是对于"今天要到田中那里去弯一弯，回来要迟一点钟"的公然的声明，也不能说甚么话。至于男的来访问更是非常不快的事，但现在也无法重新拒绝。时雄在不知不觉之间，已被两人认作他们恋爱的"温情的保护者"了。

时雄常自郁灼着：要动笔的稿件很多，书肆方面屡次催迫，钱也要用。但是总不能使心沈静，执笔为文。有时勉强想试试，思路总是不能集注。书籍只要读了二页，就不能继续下去。每次见到两人恋爱的温热，胸中就起了燃烧，把无罪的妻来洩怒了喝酒。藉口于晚餐肴馔的不好，把食盘推翻。晚上迟到十二点钟醉了回来的时候也有。芳子见了时雄这种乱暴的不合理的行为，很是难过，曾向妻谢过说："这都因为我太使先生操心了的缘故，是我的不是。"一面务把来往的书信不使人见，访问每三次中，一次缺了校课秘密地去。时雄觉到这情形，更增加了懊恼。

野外秋老，寒风吹了。屋后林中的银杏树也黄了叶，美丽地映着夕阳。翻转的木叶在墙外路上飒飒地飘转，百舌鸟的啼音，俄然听到。两人恋爱的愈加逐渐露骨，也是这时候的事。时雄在监督上看不过去，就劝谕芳子，叫她一五一十的报知故乡父母。时雄自己也写了一封关于这恋爱的长信给芳子的父亲。在这时候，时雄也仍十分勉力想得芳子的感谢，自己欺了自己的心，——说是悲壮的牺牲，做了这恋爱的"温情的保护者"了。

从备中山里也来了数次的信。

七

第二年一月，时雄因了地理上的任务，旅居在上武境的利根河畔。他于年末到了这里，很不放心家里的事——特别是芳子的事。只以有着公务，无可如何。到了一月二日，就抽间暂返东京，这时次子恰患齿病，妻与芳子竭力看护着。据妻说：芳子的恋爱，似已增加了陷溺的程度；除夕的晚上，田中因为窘于生活费，不能回寓所去，在全夜回环的电车中过了一夜；因为男女两方来往得太密了，不禁与以注意，致曾与芳子言语冲突。此外还听到种种的话。时雄觉得困难了，过了一夜，仍回到利根河畔。

这是五日的晚上。月亮带着了晕从茫茫的天空射在河中，闪闪地呈碎金色。时雄把一封信摊在案上，深深地在沈思。这信是芳子的手笔，方才由旅馆里的女仆拿来的。

先生：

真对不起！先生的同情的高恩，就是到死也不会忘记，现在只一想及厚谊，不觉就滴下泪来。

父母呢，是那样的人。先生虽曾代为那样地说，但他们总是守旧顽固，不肯谅解我们的心，已经哭诉哀求过，仍不允许。母亲的信，使我读了不觉感泣，可是我的意见，却不知为甚么一点都不肯依从啊。所谓恋爱，原来是这样苦的东西，现在方才知道。先生，我已决心了。《圣书》里说，女子须离开父母随从丈夫，我要随从田中了。

田中还未寻得自活的路，所准备的经费，已经罄尽，去年年末，曾度贫窘悲惨的生活。我实不忍坐视了！就使得不到家里的援助，也好，我们预备两人合了力来试试生活看。要劳先生耽忧，很对不起，监督上的不安心，也原知道。但是，先生既已那样地替我们向父

母说项,而父母一味无谓地动怒,不肯稍与同情,过分点说,也太无
慈悲心了。就是被赶出了也不要紧!说什么堕落,堕落,差不多说
得像不齿的样子,究竟我们的恋爱,是那样不诚实的行为吗?此外
还有甚么门第的话,但我不是将恋爱去随顺父母意向的旧式女子,
想先生也能承认的罢。

　　先生!我已决心了。昨日在上野图书馆见有募集女练习生的
广告,我想去应募,两人拼了命劳动起来,大概也不致于会饿死罢。
这样地寄居在先生家里,反致使先生及师母操心,很觉不安。请先
生许可我的决心。

芳子

　　恋爱的力,终于把二人沈到深深的陷溺之渊去。时雄觉得不能再放
任了。时雄又把因欲得芳子的欢心而取的"温情的保护者"的态度,自己
反省。时雄写到备中父亲那里去的信中,曾竭力庇护二人的恋爱,主旨
是希望把这恋爱允许。时雄原知道父母到底不能允诺,——宁希望父母
竭力反对的。果然,父母来竭力反对了,至于说:如果不听命令,就不再
收留。二人总算受了恋爱的报酬。时雄再力为芳子辩明,说并不是因了
龌龊的目的而发生的恋爱,希望父母之中有一人到东京来解决这问题。
可是故乡的父母,怪时雄以监督者而有此主张,且谓事出万难允许,来京
无用,终于拒绝不来。

　　时雄又就了芳子的信想:

　　两人的状态,已一刻都不能再犹预了。想离了自己的监督,共营生
活,这是何等大胆的话。这话中觉得显然含有许多危险的分子——不,
或者已经进了一步,也未可知。又想:自己这样地在替她们尽力,现在竟
蔑视了好意,定下这样的决心,可谓不识情义。一想到此,不觉愤激起
来,觉得还是听她们去罢。

　　时雄为想镇静心的扰乱,散步到利根河堤上。朦胧的月夜,虽正在
冬季,也觉有暖意。堤下家家户户,窗口都漏出平和的灯光。河中罩着
薄雾,时时闻到款乃的舻声,下游有人"喂"地呼渡。浮桥上响过了一阵
碌碌的车声,霎时复归寂静。时雄一壁踱着堤,一壁种种地想。与其说

是想到芳子的事情,不如说在痛切地感到自己家庭里的寂寞。三十五六岁的男子所特尝的生活的苦痛,对于事业的烦恼,以及由性欲而起的不满足等等,一时都用了可怕的力向他胸中袭来。芳子在他,是平凡生活的花,同时是粮,他想因了芳子的美的力,使荒野似的胸中开出花来,使久锈的钟再发出声音。因了芳子,才新被鼓吹起复活的活气。谁知现在依旧要复归于寂寞荒凉的平凡的老生活去!不但不平,不但嫉妒,热热的泪在他的颊上流下了。

他真诚地把芳子的恋爱和她一生思忖,依照了自己的经验,来想像"她"们同栖以后的倦怠,疲劳,和冷酷。又想到女子一经失身于男子后的境遇的可怜,那对于自然最底部所秘藏的黑暗力的厌世之情,在他胸里就不可遏地纷起了。

他觉得非真实的解决不可了。觉到自己从前的行为很不自然,很不诚实。当夜就热心地写给备中山间芳子父母的信。把芳子的来信也附了进去,详告二人的近状,最后结束说:

为父的你,为师的我,和二当事者当了面把这问题从长计议,现在正是这时候了。你应有你为父的主张,芳子也应有芳子的自由,我也有我为师的意见。务望拨冗来京。

写完封好,信面写了备中国新见町横山兵藏先生,把信摆在一旁凝视了一会,以为这封信就是运命的线索了。既而决然地唤女仆来拿去寄出。

在这以后的一二日,时雄想像那信寄到备中山间去的光景:四面皆山的小乡镇,中央有一所大大的白墙的房子,邮差把信送到那里,店中的伙计就接了拿到里面去,长身有须的主人于是拆读——运命的力,一刻一刻地迫近来了。

八

十日,时雄回到东京来。

第二日,备中回信到了,说父亲准二三日中来京。

芳子与田中,在现在倒似也希望这样,并无惊惧的样子。

父亲到东京后,先在京桥下了旅馆,来牛迂访时雄,在十六日的午前。恰好是日曜,时雄在家。父亲着了礼服,戴了高帽,似乎因了长途旅行很疲劳着的样子。

芳子正出去就医,说是二三日前受了感冒,略有些身热头痛。去了不久就回来,才坦然地走进后门,女主人关会她说:

"芳姑娘,芳姑娘!不得了呢!你父亲来了!"

"父亲!"芳子也不禁凛然了。

芳子就上楼去久不下来,及内室问"芳子呢?"女主人从楼下叫她,也不回答。上楼去看,芳子正俯伏在案上。

"芳姑娘!"

没有回答。再走近去叫,芳子抬起苍白的神经性的脸来。

"里面在叫你呢。"

"但是,师母!叫我怎样见父亲呢!"她在哭了。

"但是,父亲不是好久不见了吗?横竖总是不能不见的。用不着这样怕,不要紧的啊。"

"但是,师母!"

"真的,不要紧的啊,好好地,请把你的意思好好地告诉父亲,真的不要紧的啊。"

芳子终于到了父亲的面前了。一见到那多须的威严而又柔慈的相貌,不禁泪要下来。虽是旧式顽固的老头,不能理解青年的心情,可是在父亲之中,实是个慈爱的父亲。母亲原是凡事顺着,爱护周到,但不知为了甚么,在芳子倒觉得父亲比母亲可以恋慕。因思:把自己现在的穷迫和这次的恋爱向父亲哭诉了,父亲或许能感动怜悯的。

"芳子!好久不见了……身体好的吗?"

"父亲!……"芳子说不下去了。

"这次来的时候……"父亲说了,改向了坐在旁边的时雄:"大概在佐野与御殿场罢,火车出了毛病了,等了两点钟光景,原来机关破裂了。"

"这是……"

"正在用了全速力进行的时候,忽然听到异样的声音,车都倾斜了倒行起来,当初不知道为了甚么,后来听说是机关破裂,死了两个火夫……"

"这真是危险呢!"

"等了两点钟,才从治津调了车头来接,这时我想,……为此到东京来,路上万一遭了不测,芳啊!(向了女儿)你也将无颜见你兄弟了!"

芳子低头默着。

"这真是危险呢,幸而不曾受到甚么伤,还算恭喜的!"

"呃! 总算……"

父亲与时雄暂时谈着机关破裂的事,芳子突然地:

"父亲! 家里都好的?"

"唔,都好的。"

"母亲也……"

"唔,这次我因为事忙,曾想请她来的。继而觉得还是我自己来好……"

"哥哥也好的?"

"唔,他近来也安静了些。"

谈说之间,午餐搬出来了。芳子仍回自己房里去。饭后,宾主啜着茶,时雄继续谈到本来的问题上去。

"那末,你无论如何不赞成?"

"赞成与不赞成,都未成为问题咧。即使现在允许了让他们同在一处,男的二十二岁,还只是同志社的三年生是……"

"这原是的。但是看了人物以后,先给定了将来的约束,也……"

"咿呀,约束,这殊可不必。我未见过他的人物,原不十分明白,但是把上京的女学生中途引诱耽阁,把多年受惠的神户教会的恩人一旦舍弃,像这样的男子,觉得究不成话。前次,芳给她母亲信里,说那男的窘着,请为设法,说减少自己的学费也可以,总望给他够入早稻田大学光景的钱。这不是他在用了这计划欺骗芳吗?"

"我想这似乎不至于的。……"

"总有可怪的地方。因为与芳子有了约束，说就厌憎宗教，喜欢文学，已可笑了，不久跟到了这里，不听你们的劝海，情愿衣食不足地住在东京，这种情形，都好似别有意义哩。"

"这或者是因受了恋爱的诱惑的缘故，还可以用善意来解释的。"

"即使是这样，也与许可与否无关。结婚的约束是大事……。并且还须调查对方的身分，务要两方门第相当，血统也非查明不可。其中最要紧的是人物，据你的观察，似乎认他为颖才……"

"咿呀，那也并不曾这样说。"

"究竟，人物是怎样的……"

"据说，'母亲'倒很知道的。"

"哪里！只不过在须磨的日曜学校见到过一二次，妻据说也不详细呢。大约在神户小有才名，芳是从在女学院的时候认识的。听说叫他说教或是祈祷起来，有时大人也及他不来哩。"

"怪不得！他说起话来有演说调，常是形式的，那可憎的眼睛向上看的时候，好像在作祈祷呢。"时雄胸中恍然悟到这缘故。及一想到：他原来用了这种，可憎的表情来骗年青女子的，就愈厌憎起来。

"那末，究竟怎样呢？领了芳子回去吗？"

"既然如此……可是总想不亲自领了回去。突然带了女儿回去，在乡村里很触目的。我们夫妻两个，一向都是在乡村里从事着慈善事业和各种名誉职的，这次的事情如果声张出去，很有不便的地方。……所以，最好是，照你所说的样子，如果能够，叫男的回西京去，把女儿再托你管理一二年……"

"那是好的。"时雄说。

关于二人的关系，也曾谈了几句。时雄历述西京嵯峨的事情，并说二人只成立了神圣的灵的恋爱，料不致有龌龊的关系。父亲听了虽曾点头，却说："但是，总不能不当作已有这样的关系看的啊。"

父亲重新深自懊悔处置女儿的失计：把因了乡下的虚荣心叫她入神户女学院那样时髦的学校，去营寄宿舍生活呀，容许了女儿恳切的要求，送她到东京来学小说呀，怜她多病，凡事骄纵，不常加检束呀，以及其他种种的往事,一时都纷纷地涌上心头来。

过了一点钟光景,特派专差去叫来的田中,已到了室内了。芳子也在旁俯了头默然把谈话听着。在父亲眼中,田中原不是合意的人物。那着了白缟袴,披着绀条纹外掛的学生装束,使父亲胸里涨满了轻蔑与憎恶的心情。这就是夺我所有物的可憎的人:父亲的这感觉,和时雄在客寓里初见这男子时所感到的,仿佛无二。

田中正襟危坐了把眼睛注视着离自己二尺的前方。与其说是服从,不如说是历历地现着反抗的态度。神情看去颇似强硬,似乎在说,我有着占领芳子的一种权利。

谈话认真而且激烈了。父亲虽不从正面责斥他的无耻,可是在说话中处处含着尖利的讥诮。时雄在初时也曾羼言,到了后来,大概是父亲和田中的对话。父亲究竟是做过县议会议员的人,言语的抑扬顿挫,非常巧妙,弄得惯于演说的田中,也时时说不出话来。关于二人恋爱的许可与否,也曾谈及,但终被认为不是目下的问题,搁过不提,所论的是眼前回到西京去的问题。

在恋爱男女,——特别是男的,很以分离为苦。田中历说自己已失了宗教的资格,别无家乡可归,且数月来漂泊的结果,在东京已渐见到前途的希望,不忍愤然舍而他往。以此种种为理由,主张归去的不可能。

父亲恳切地说:

"你说不能回西京去,确是的。但现在有现在的情形,如果你是真爱女子的,那末当不难为女子牺牲。不能回西京,可回到乡间去。至于说回去了不能达自己的目的,我所说的,关系就在这上,你把这牺牲了不可以吗?"

田中默然俯视,似乎不易说出话来。

时雄在先只是默听着,因见田中太顽硬了,急提高了声音说:

"我一直听到此刻了,父亲这样地在说,你不明白他的话吗?父亲不问你的罪,不责你的无耻,将来如果有缘,也未始不认许这恋爱。你还年青,芳子也正在修学要紧的时候,叫你们现在暂把这恋爱问题,放过一旁,且待将来再行解决。这话你不懂吗?现在的情形,无论如何,不能让你们二人同在东京，总非有一人离去不可。要离去东京，二人之中应该你先离去，因为你是在芳子的背后追赶了来的。"

"很知道。"田中回答。"一切都是我的不是，我应先走。据先生说，并不是不认许这次的恋爱的，但是听了父亲方才的话，似乎还有未敢满足的样子……"

"你这话是甚么意思？"时雄反问。

"因为未曾得到确实的约束，所以不满意罢咧。"父亲羼言。"但是，这是方才已说过了的。现在无论许可与不许可都不能说。彼此还未有独立的能力，正当修学的时候，说二人要一块儿在世上生活，这是何等没信用的话？所以，我以为还是在这三四年大家用功的好。如果你是诚实的，就应该懂得我的话了。我如果说要瞒了你把芳子嫁给别人，那也难怪你要不满足。但是我敢向神立誓了说，把先生摆在面前了说，在这三年之中，决不将芳子许与那个。人在世上，全凭着耶和华的意思，罪孽深重的人间，除了静候那全能者的审判，是没有别法的。我现在不能就把芳子许你，我现在的心使我不能如此做。这次的事情，觉得不是合乎神的意思的。经过了三年以后，能否合乎神的意思与否，现在不能预言，但只要你的心真是诚实无欺，我想必能适合神的意思的。"

"你看！父亲是那么明白的。"时雄继续父亲的话说，"三年，等你三年。给你三年的期间，使你够得上受人信用，这话真是无上的恩惠呢。父亲假使说，对于引诱人家女儿的那种坏东西，用不着再和他说甚么，只管自领了芳子回去，你也无话可说罢。现在他说等待三年，到你的真心发现为止，不把芳子许嫁别人，真是有恩惠的话了。这比许可更有恩义，你不懂得吗？"

田中低了头，蹙了额，既而潸然下泪。

一室静得如泼过水一样了。

田中用拳去拭眼泪。时雄觉得时不可失：

"怎样？快回答！"

"像我这种人有甚么呢？埋没在乡间也不要紧！"说了又拭泪。

"那不行。你这样反抗地说，那是没法的。今天的会合，目的在各吐真心，使各方都不难过。你既不愿回去，那末只好叫芳子回去了。"

"二人同在东京不可以吗？"

"那不可以！在监督上不可以，为二人的将来计也不可以。

"那末，好！就去埋在乡间罢！"

"咿呀！我回去！"芳子震抖着泪声说："我是女……女人……只要你给我有成，我埋在乡间也不要紧。还是我回去！"

一室复沈默了。

过了一会，时雄改了调子：

"说虽如此，你为甚么不回西京去呢？把一切一五一十地向神户的恩人说了，认了以前的不是，回到同志社去不好吗？因为芳子志愿文学，你也非从事文学不可，这殊可不必。当作宗教家，当作神学者，当作牧师，大大地做一番事业，也可以罢。"

"宗教家是不想再做了。自己不是值得向人说教的那样了不得的人……所难过的是，苦了三个月，因某亲友的周旋，总算已略有衣食的路了……不忍弃了再埋在乡间去。"

三人继续谈判，议论告了一个小段落。田中约今夜与亲友商量了明后日再确实答复，先自回去。时计指着下午四时，冬天的日脚已近黄昏，方才在左室隔映照着的日影，不知在甚么时候早消失去了。

一室只剩了父亲与时雄二人。

"很不是爽直的人哩！"父亲不觉这样说。

"很形式的，很不得要领。再能爽快些明明白白地讲就好了。可是……"

"中国地方的人，不能这样。人小小地，装模装样地，惯于钻别人的破绽。与关东东北的人，就全然不同了。错的就错，是的就是，很能吐露真情。要那样子才好。总之不行，用了小聪明，小理由，啜啜地哭泣那样儿……"

"是的，真有这种情形呢。"

"你看！明天决不肯快诺哩。仍要用这个那个的理由，说不能回去哩。"

时雄忽然对于二人的关系在胸里发生起疑惑来。田中的顽强的主张和那俨然有占领芳子的权利的态度,就是使时雄起这疑惑的原因。

"那末,你对二人的关系,观察如何?"时雄向父亲。

"这个,总不能说没有关系罢。"

"现在,我觉得有确切知道的必要。叫芳子自己来作嵯峨之游的辩解罢?据她说,这次的恋爱是在游嵯峨以后才成立的。应该有可以做证据的信件呢。"

"咿呀,那也不必……"父亲虽相信会有关系,似乎很怕知道这确是事实。

事不凑巧,芳子恰送茶来。

时雄把她叫住了,胁迫着说,该有可以做证据的信件罢,为要证明自身的洁白,请拿出那时前后的信来。

芳子听了突然脸红,脸上态度上都历历地现出无所措的神情。

"那时候的信,前几天都烧掉了。"话声很低。

"烧了?"

"呃,"芳子俯首。

"烧了？怕不会罢。"

芳子脸愈红了,时雄不禁激昂,事实用了可怕的势力,向他胸内刺入。

时雄起身到厕所里去,觉得心胸悸动,头脑昏眩,"被骗了!"的一念,猛然冲上心头来。出了厕所,见芳子正战战兢兢地在那里——室门口立着。

"先生！——真的,我已烧掉了。"

"骗谁啊!"时雄叱骂似地说了走进室内,把门重重地关拢。

九

父亲吃毕晚饭返旅馆去了。时雄这一夜的烦闷,非同小可。觉得被骗了,木已成舟,甚么都无法想。芳子的灵和肉——她的全部被一学生夺去,而自己还一心地替她们的恋爱尽力周旋! 一想到此,愈加憎恨起来。觉得:横竖如此——横竖已失身于那男子了的,自己也何必尊重她的处女的贞操呢? 也该大着了胆去出手,把肉欲满足的。想到这里,一向天人似地崇拜着的芳子,也和娼妓一样,不但身体,连那美丽的态度表情,也都觉可憎了。时雄一夜烦闷得几乎不曾入睡,各种各样的感情,像乌云似地涌起,他用手抑住了胸前想:索性给我这样罢。横竖已被那男的污了身体的。设法叫男的回到西京,利用了她的弱点,把她占领了罢。于是,种种的情形,在头脑里浮出,——乘芳子在楼上睡着的时候,如果自己偷偷地上去把刻骨的相思说明了如何? 或许要危坐了苦言劝阻,或许要大声叫唤,也或许会被热烈的情所动,为我牺牲的。假定牺牲了,第二天早晨怎样呢? 在明亮的日光之下,怕难以相见罢。怕要饿了朝食卧到日晏罢。这时,忽然记起莫泊三的短篇《父亲》来。在那作中所曾痛切感到的,是少女失身于男子后痛哭的状况,现在又记起来了。想到了此,别方面来了和此黑暗想像抵抗的力,双方在心内苦战。烦闷之上又加烦闷,懊恼之上又加懊恼,翻来覆去地听着时针打二时三时的声音。

芳子也不用说是烦闷的。早晨起来的时候,脸孔呈苍白色,朝饭也只吃了一碗,似乎怕看见时雄。芳子的烦闷,与其说是秘密泄露,似不如说是觉悟不该隐瞒的烦闷。午后说要暂时出去一会,时雄这日不曾到社,不许可她。一日就这样过去了,田中也没有什么回话来。

午饭,晚饭,芳子都未曾吃,说是吃不下去。一家充满了阴郁的气象。妻见了丈夫的不高兴和芳子的烦闷,很是难过,以为:不知甚么了,照昨日谈话的样子看来,似乎万事已快圆满解决了的……。妻说一碗都不吃,怕要肚饿,上楼去劝。时雄沈了脸孔看着寂寞的暝色喝酒。既而妻下来了,时雄问在做什么。据说:暗暗地,灯也不点,俯伏在案上,前面摆着未写完的信。信? 给谁的信? 时雄勃然了。这样的信写了也枉然:想去把这意思宣告她,就大步地踏上楼去。

"先生! 对不起!"

即听到这样恳求的声音,人仍伏在案上。

"先生! 对不起! 现在,请等一会! 写了信送给你。"

　　时雄下楼来了。过了一会,妻叫女仆上楼点灯去,下来的时候,拿了一封信递给时雄。

　　时雄急忙地读:

　　先生!

　　　　我是个堕落女学生。我利用了先生的厚意,把先生欺了。自知罪无可恕,请先生怜我稚弱!先生所教我的明治女子的责任,我未曾实行,我还是旧派的女子,未曾有实行新思想的勇气。我曾和田中约过:无论如何,这事决不告诉别人,过去的事情说也无益,此后继续纯洁的恋爱的。但是,先生!我一想到先生的烦闷都是为了我的缘故,不忍默而自讳。今日为了这烦闷了一日了。先生!请怜悯我这可怜的女子!除了依赖先生,在我已没有别的路了。

　　　　　　　　　　　　　　　　　　　　　　芳子

　　时雄更觉如入地洞了。拿着信立起身来,在他激震的心里,已无余暇考察解释芳子的所以敢忏悔的理由——把一切自白了来依赖的态度。提高了脚步踏上楼梯,在芳子伏着的案旁俨然坐下:

　　"既然如此就没法了,我也不能再干什么。把这信还了你。关于这事,无论对谁,誓守秘密。你对于我为师的信赖的态度,总算不愧为日本的新女子。但是,事已如此,你就应该回去,今晚——立刻同到父亲那里去罢。还是一五一十地向父亲说了,赶快回去的好。"

　　于是,吃好饭,就换了衣服出门。芳子心里原有种种的不平,不服,和悲哀,但是对于时雄严重的命令,也无法违背。从市谷乘上电车,二人相并坐下,只是默无一语。到山下门下车,走到京桥的旅馆,父亲恰巧没有出去。于是就一五一十地——父亲并不特别动怒,唯似乎想不同伴回去,可是也没有别的办法。芳子不哭也不笑,似在吃惊于运命的难料。时雄曾向父亲提出譬如把芳子弃掉了让他处置的话,父亲以为:本人如果愿舍弃父母,那末不知道,在普通状态之下,难以允许。芳子自己也没有愿舍了父母反抗回里那样的决心,于是时雄就把芳子托付了父亲自己回来了。

十

田中次晨来访时雄,不知大势已定,还想滔滔地说自己不便回去的理由。依了灵肉共许的恋爱的常例,表示不愿分离。时雄脸上显出得意的神色:

"咿呀,这问题早已解决。芳子已一五一十地如数说明了。才知道你们是欺骗我的。了不得的神圣的恋爱啊。"

田中的脸色突然改变,羞耻之念,激昂之情,绝望之苦,同时在心头涌上,他不知要怎样说才好了。

"已经没有别法,"时雄继续说,"我不能再与闻这恋爱,不,已讨厌了。已把芳子交给父亲监督了。"

田中默然坐着,在那苍白的脸上,历历地可看出肉的战慄。忽而行礼告辞了出去,似乎不能再留在这里的样子。

午前十时,父亲陪了芳子来。说准今夜六时趁快车快去,把手头的东西取去,其余的行礼托在后代为运送。芳子就上楼到自己房内去开始整理行李。

时雄心情虽亢奋,但比之从前,却觉轻快。此后相隔二百余里的山川,不能再常见那美的风姿,觉着不可名状的寂寥,但一想到居然把自己所恋的女子从敌人手里夺回交给父亲,至少也是愉快的事。时雄便与父亲快乐地谈种种的话。父亲也和普通乡下绅士一样,有书画骨董癖的,爱雪舟,应举,容斋的画,和山阳,竹山,海屋的字,藏着真迹很多。谈话不知不觉地倾向到这方面去,平凡的书画谈,在室中热闹了一时。

田中再来,说要见时雄。时雄把内室门关了,走到外室见他。父亲留在内室,芳子自在楼上。

"要回去了吗?"

"呃,总要回去的罢。"

"芳子也一块儿?"

"是的罢。"

"在什么时候，能说给我知道吗？"

"这现在不便说。"

"那末，暂时也好！……不能让我再见一见芳子吗？"

"这恐不能罢。"

"那末，她父亲住在哪里？请把地址告诉了我。"

"这，我也不知道应该告诉你和不应该告诉你。"

田中找不着头路，默然坐了一会，就告辞了去了。

午餐在客室陈列好了。因为从此就要别离，主妇很讲究地把看馔料理。时雄也想三人同餐，作别离的纪念。可是芳子却总说吃不下。主妇去劝诱仍不肯来。于是时雄亲是上楼去。

只开着东首一面的窗，暗暗的室中，杂乱地散置着书籍，杂志，衣服，带类，瓶类，藤箧，皮箱等等的东西，几乎放不下足。在触鼻的尘埃的气息中，芳子哭肿了眼把行李整理着。和三年前抱了沸腾的青春的希望到东京来的时候相较，何等的悲惨，何等的暗黑！想到杰出的作品，一篇都未曾成就，就到了非回乡不可的运命，要不悲伤难过，也不可能了。

"已经预备好了，去吃了如何？暂时将不能再在一块儿吃了哩！"

"先生——"芳子哭出来了。

时雄也伤感起来，猛烈地自己反省，曾否尽了为师的温情和责任。他寂寥得几乎要哭了。光线暗淡的一室，在散乱的书籍和行李间，所恋的女子流着归里之泪：对这光景，甚么慰藉的言语都说不出来。

午后三时，三部车子到了。车夫把藤箧，皮箱，布袋装上车去。芳子披了粟壳色的外衣，发上戴了丝结，眼睛哭得肿肿地，握住送出门去的主妇的手：

"师母！再会！……我，还要来哩，还要来哩，哪里能不来！"

"真的，请再来！过了一年光景，一定要来呢！"主妇说时紧紧地回握了她的手，眼里流出泪来。同情之念，充满了慈弱的主妇胸里。

父亲在前，其次是芳子，再其次是时雄，三部车子在冬日薄寒中出发了。主妇和女仆，舍不得似地目送着后影，在再后面立着的邻家的主妇，见了这突然的出发，以为是甚么了，很惊讶地看着。小路的转角上，还立着一个戴茶色帽的男子,芳子向了他作了二三次回顾。

车从曲町大路向日比谷进行的时候,时雄忽然想到现在的女学生来:芳子坐在前面车上,高头髻,白发结,以及那苗条的略向前倾的姿态,这样的装束,在这样事情之下,随下行李,被父亲带了回去。像这样的女学生,世上当也不少罢。芳子——那样意志坚强的芳子,尚陷到这样的运命,教育家们的对于女子问题的嘈杂,也不是无理的事了。时雄把父亲的苦痛,芳子的啜泣,和自己生活的荒凉,一一思忖,路人之中,也有对于这满载了行李,由父亲与中年男子护送着的花貌的女学生,当作一种有意味的事情来目送的。

到了京桥的旅馆,把行李集取,账目算清。这旅馆就是芳子随父亲来京时所耽搁过的那家,时雄曾到此来访过父女二人的。三人抚今追昔,虽都难免感慨万端,但是却大家不露出来。五时到新桥车站,进了二等待车室。

人众杂沓,混杂喧扰,去者和送者,心情都为"不宁",楼板的足音,特别在旅客胸里引起反响。悲哀,喜悦与好奇心,在全车站各部分漩涡似地卷流着。人一刻一刻地加多,六时出发的神户快车乘客特多,不久,二等待车室中也就呈了肩摩毂击的光景了。时雄在楼上的食物店里买了两盒牛肉面包递给芳子。车票和月台票都买好了,行李票也取到了,大家只等车开。

这许多人里面,怕有田中呢:三人都这样想。可是却未曾见到他。

铃鸣了,群众都向轧票口挤入,大家急于想早乘入车去,真是混杂非常。三人挣扎着走进月台,入了最近的二等车中。

旅客不断地进车来,有想在长路中睡眠的商人,有似回乡去的军官,还有满口大阪土话,喋喋不休的妇人们。父亲把白毛毡长长地铺了,将手提箱摆在一旁,和芳子并着坐下。电灯照澈车内,芳子的白脸孔望去好像浮雕。父亲来到窗口,丁宁道谢从来的照顾,且关于以后的诸事,作种种的嘱托。时雄戴了茶色呢帽,着了鱼子形三纹(纹是日本外掛上的章。三个叫三纹,五个叫五纹。——译者注)的外掛,只管立在车窗外。

车快要开了。时雄想到父女二人这次旅行,想到芳子的将来。觉得自己和芳子有着不尽的缘。如果没有妻，不用说，自己一定能娶芳子了的。芳子也大概乐为自己的妻的罢。能为我作理想生活，文学的生活，以及难堪的创作上的烦闷的慰藉者罢。像现在的荒凉的苦闷，也能给我救出罢。又想起芳子对妻说过的"为什么不早出世，我如果生在师母出世的那时候，多少有趣……"的话来。娶芳子为妻，像这样的运命，难道永久没有了吗？呼这父亲为岳父，像这样的机会，不会有了吗？人生很长，运命的力，常使人不可思议。唯其不是处女——曾破了贞操，反容易作已有子女的中年男子的妻，也未可知。运命，人生——曾经教过芳子的都介涅夫的勃宁与派泼林在时雄的胸中浮上来了。俄国大作家所描着的人生的意味，似乎至今才痛感到。

时雄背后有一大群送行的人。不知什么时候来的，人的尽处，柱旁立着一个戴旧呢帽的男子。一见到了他，芳子心悸，父亲不快。可是一味空想着的时雄，却梦也不觉到他后面有这男子在。

车长吹叫子了。

车开动了。

十一

寂寞的生活，荒凉的生活，仍来访问时雄之家了。妻的那厌憎小儿缠绕的叱骂声，使时雄听了不快。

生活依旧回复到三年前的状态了。

第五日，芳子信来，这次不是那一向令人可爱的言文一致体，用了规规矩矩的尺牍体这样写着：

> 昨夕无恙抵家，诸请安心。最近之事，使先生于烦忙之中，大费心神，无任歉仄，原拟当面道谢，迨以言之徒使心痛，几并最后之相见而惧之，区区此心，伏祈宥察。新桥别后，每凭车窗，仿佛见外有戴茶色帽者。声音笑貌，至今如在目前也。行至山北遇雪，湛井以下，山道数十里，悲思无极。"噫，此殆最后之居处乎？雪高五尺！"一茶名句，亲身痛感矣。一切当由严父函谢，今日适值山村市日，嘱先代为谢候。临书怅惘，不尽所怀。

时雄把数十里厚雪的山道和埋在雪中的山村,想像了一会,跑上那人去以后未曾改动的楼上去。恋慕之极,恍若犹可想像音容于万一。寒风怒吹,屋后古树发声如潮。照了别离那天的样子,把东首板窗推开一扇,光线就水也似地流入。写字台,书箱,瓶子,胭脂盒,依然如故,好像恋人还未从学校回来的光景。时雄抽开抽屉,见有已油污了的白的丝发结,就取而闻嗅。过了一会,又去打开壁柜,有三只大藤箧,用绳束扎好了摆在那里,别一旁叠着芳子常用的棉被——嫩黄唐草花样的垫褥和绵絮厚厚的同花样的盖被。时雄把棉被拉出,那女性的可爱的油香与汗气,使时雄的胸不觉跳动。于是,时雄把脸贴在污迹最多的天鹅绒被口上,尽量地嗅吸那女性的气味。

性欲,悲哀,绝望,忽然都向时雄心头袭来。时雄垫了垫褥,盖了盖被,把脸埋在冰冷齷齪的天鹅绒被口里哭泣了。

室中昏暗,窗外风怒吹着。

（原载《东方杂志》第 23 卷第 1、2、3 号,1926 年 1 月、2 月）

芥川龙之介氏的中国观

〔日〕芥川龙之介著　　丏尊译

日本文学者芥川龙之介氏，于一九二一年受了大阪每日新闻社的委任，游历中国四个月，其足迹所到者为上海、南京、九江、汉口、长沙、洛阳、北京、大同、天津等处。回国以后曾把所得各地印象在日报上发表，分为《上海游记》《江南游记》《长江游记》《北京日记抄》几个项目，新近又把这些集了重印成《支那游记》一书。

我每到上海必到一家相识的日本书店去看看有什么可买的新书没有。这一次去时，买得了几本书正要出店时，店主人忽指这书和我说："先生，这书在你或者不会感到什么兴味，但日本新近很畅销，对于贵国的讥诮很多呢！"于是，我就添买了这书，在由上海至宁波的轮船中，把它翻完。

果然，书中随处都是讥诮。但平心而论国内的实况，原是如此，人家并不曾妄加故意的夸张，即使作者在我眼前，我也无法为自国争辩，恨不得令国人个个都阅读一遍，把人家的观察作了明镜，看看自己究竟是什么一副尊容！想到这层，就从原书中把我所认为要介绍的几节译出，想套了日本书店主人对我说的口气，敬告国人，说"这书在你或者不会感到什么兴味，但日本新近很畅销，对于贵国的讥诮很多呢！"

芥川氏为日本有数的创作家（其作品如《鼻》《罗生门》等已由周作人先生译出），其观察，其描写，不用说全从文艺作家的眼光出发，和别的什么考察团观光团等的但用实业或政治的观点，是不同的。

一九二五，十二，译者记。

第一瞥

　　刚走出船埠,不知有几十个车夫,就突然把我们围住。所谓我们,是同社的村田君、友住君、国际通信社的约翰斯和我四人,车夫二字给与日本人的映像,原不是龌龊的。那气象的良好,倒反足使人见了起江户儿(即日本男儿——译者注)的抱负。可是,中国的车夫,即使说他就是龌龊自身,也决不是夸张。并且望去全是可怪的人相。这许多车夫从前后左右一齐伸了各种各样的头大声地狂喊着什么,在初上岸来的日本妇人们,似乎要觉到不少的害怕。就是我,当被他们中的一个拉住外套的袖子时,也竟弄到要退却躲避到那长身的约翰斯君背后去了。

上海城内

　　……打那巷子转湾,就见曾闻其名的湖心亭。名叫湖心亭,似乎是好地方,其实只是极破坏荒废的茶馆。亭外的池中,浮着绿色的垢浊,几乎看不见水的颜色。池的周围,用石叠着奇怪的栏杆,我们刚走近这里,有一个着了浅葱色布服,拖着长辫子的长长的中国人悠然在池中小便。什么陈树藩将竖叛旗,什么白话诗的流行快已过时,什么日英同盟正在续缔,诸如此类的事情,在那人一定是全不成问题的。至少,在那人的态度及脸色上,有着可叫人作如此推想的长闲。阴昙的天色中,矗立在近旁的中国风的亭子,湛着病的绿色的池,向这池斜注着隆隆的一条的小便——这不只是一幅可爱的忧郁的风景画,同时又是我们这老大国的辛辣可怕的象征。我把这中国人的样子注视了好一会。……

　　再走些过去,坐着一个盲目的老乞丐。——原来,乞丐是浪漫的。浪漫主义是什么?原是议论很麻烦的问题。可是至少其中的一个特色,似乎总是憧憬着某种不可知的东西,如什么中世纪咧,幽灵咧,梦咧,女人的秘义咧之类的东西的。依这说来,乞丐的比银行员来得浪漫的,是当然的事了。至于中国的乞丐,那更不是寻常普通的所谓不可知。有的困在雨打的路上，有的披着破新闻纸，有的嗒嗒地舔着那腐烂得像石榴似的膝头——要之，浪漫得几乎可使人为之恐缩。读中国小说的时候，名士或神仙扮作乞丐的故事很多，那就是从中国的乞丐自然发达的浪漫主义了。日本的乞丐没有中国乞丐那样的超自然性与不净性，所以也没发生中国那样的故事。……这盲目的老乞丐的样子，俨然好似赤脚仙人或铁拐李的化身。前面阶石上还用粉笔写叙着他悲惨的生平，字也似乎比我的好些，我想，必定另外有人替这样的乞丐作代书的。

　　通过了骨董街，到了一所大庙宇。这是在绘信片上也曾见到过的城隍庙。庙内有许多参拜者拥挤地叩着头，上香的，烧纸钱的，其多至于在我想像之上。大约是烟熏太重了的缘故罢，梁上的匾额以及柱上的对联，都奇怪地带着油煤，或者庙中不染油煤的只是上面错落吊着的金色及银色的纸钱与那螺旋状的盘香，也未可知。只这一点，已和方才的乞丐一样，尽足令我想起以前曾读过的中国小说。至于看到左右排着的判官似的神像以及正面端坐着的城隍像，觉得和在什么《聊斋志异》、《新齐谐》等书插图中所见过的完全无二。……在富于鬼狐之谈的中国小说里，自城隍起以至手下的判官鬼隶，都不甚空闲。什么城隍替在庑下过夜的书生开了好运，什么判官把村中著名的窃贼吓死——这样说来，似乎都是好事，但也有只要用狗肉供他，就连恶人也肯帮助的贼城隍，所以因糟蹋了人妻的缘故，被折了手或斩了头，把耻辱曝露的判官或鬼隶也颇不少。以前在书中读到这些时，似乎总有些不能承认，……现在亲眼看见了城隍庙，觉得中国小说虽出于荒唐无稽，但其想像的因缘，一一可以点了头叫"原来如此"的。像那赤面的判官，难保他不作恶少的行径，像那美髯的城隍，也似乎会带了这全体侍卫，在夜空中升腾的。

　　……到庙前去游各种摊肆。鞋袜、玩具、甘蔗、贝扣、手巾、花生——此外还有许多不干不净的食物。人们的聚集，和日本的"缘日"相似。那面走着穿漂亮的洋服缀着紫水晶的领结定针的中国的时髦人，这面走着戴着银项圈的小脚三寸的旧式妇人。《金瓶梅》中的陈敬济，《品花宝鉴》

中的奚十一——在这许多的人里面,这类的豪杰似乎也有着,但是什么杜甫,什么岳飞,什么王阳明,什么诸葛亮,却似乎一个都找不出。换句话说,现在的所谓中国,已不是从前诗文中的中国,是在猥亵残酷贪欲的小说中所现着的中国了。那醉心于什么窑器的小亭,睡莲,以及刺绣花鸟的浅薄的欺诈的东方主义,在西洋也早已驱除净尽,日本也该把那除了《文章轨范》《唐诗选》之外不复知有中国的汉学趣味,随便消灭了好。

戏 台

在上海看戏的机会,只有二三次。……我所去过的剧场,一个是天蟾舞台。那是白色油漆的三层楼建筑,二楼与三楼,都是半圆形,周围用着黄铜栏杆,这大概是模仿时髦的西洋式的。从屋顶的天花板上煌煌地垂下三盏大电灯,下面在满排着藤椅坐位。其实,只要在中国,藤椅子也不能不当心的,有一次,我和村田君坐在这藤椅子上,就被一向闻名过的臭虫在手上颈上咬了好几处。不过,若就剧场的布置而论,大体上可以说是清爽,不致见了不快的了。

舞台的两旁,规规矩矩地各挂着一个大时钟(其实一个是停着的),钟下排着浓重色彩的香烟广告。台上楣间,在堆灰的蔷薇与亚坎赛斯(acanthus)的图案中,有四个大字,叫做“天声人语”。舞台或许比我国的有乐座的稍宽,也已用着西洋式的脚灯(foot-light)的装置。幕是——咿呀,这幕并不是作一场一场的区别用的。全是为了更换背景,有时作了背景自体,还有把甚么“苏州银行”呀“三炮台香烟”等广告幕来拉闭的事。——似乎从中央分向左右拉的。这幕不扯开时,后面就预备着背景。背景总算是用着油画风的屋外屋内的景色,有新式的,也有旧式的。因为每种不过二三种,所以无论姜维走马,或是武松杀人,背景总是一样。舞台的左边,列着携胡琴月琴铜锣等中国乐师,其中常有几个是戴着打鸟帽的。

剧场坐位的等次,不论坐一等或是二等,只要自由进去就好。因为在中国的惯例,是先坐下了才付钱的,这似乎比较轻便。席既坐定,就有人来送热手巾、戏单、茶来。此外如有送西瓜子或水果来，只要说"不要，不要"就好。热毛巾，自从看到邻座风貌堂堂的中国人把它大揩特揩地揩了面孔又哼出鼻涕来以后，也就暂时改为"不要"了。

中国戏剧的第一种特色，是乐器的嘈杂在想像以上。殊如武剧——有战争的戏剧，那是：几个壮汉，好像真正战斗着的样子，把眼钉视着舞台的一角，一面背后拼命地敲着铜锣。到底不是"天声人语"。我在起初未曾听惯，除了用两手把耳掩住，总是坐不牢的。……可是有一点，在中国的剧场中，客席中无论谈笑，无论小儿号叫，也不觉得特别的不快。这是确很便利的地方。或者正是要使观客虽不静，于听戏上也无障害，所以用这样的锣鼓的，也未可知。我在每一幕中，曾麻烦地向村田君问剧的梗概，戏子的姓名和唱句的意思等等，而坐在左右前后的君子们，并不曾一露厌憎的颜色哩。

中国戏剧的第二种特色，是极端地不用器具。虽有背景，但不过是新近的发明。中国，戏剧原有的器具，唯有桌子与椅子而已。山岳、海洋、宫殿、道路——无论表示如何的光景，除把这些配置外，永不见过有过一支直立的树木。只要戏子用力装那除去门闩的手势，观客就不得不作空间有门的想像。戏子意气扬扬地把那有流苏的鞭子一振，就要想像到戏子跨下嘶着桀骜的紫骝。日本人因为在自国惯见了所谓"能"（日本的古剧之一种——译者注）的东西，所以容易能够把这理解。只要把桌椅积叠了，说这是山，也会毫不抗拒地承认。只要戏子把片足一提，说是在跨门槛，也会作依样的想像。不但这样，并且有时于这离了写实主义的约束之世界中，反会感到意外的美感。说到这里，我就记起小翠花的《梅龙镇》来。他扮了旅店之女，每逢跨门槛时，必在那褐色裤下勾起那小脚来，把鞋底给人看。像那小鞋底这类的东西，如果无架空的门槛，恐怕不会令人见了起那样可怜的心情罢。这不用器具的一层，因了上面的理由，毫不足使我受困。我所不快者，倒在甚么盘呀碗呀烛盘等类的普通小器具的胡乱使用。方才所说过《梅龙镇》就是一例。据《戏考》，这戏的内容，并非当世的偶发事项，乃是明武宗微行，至梅龙镇见旅店女凤姐而悦之的故事。可是扮凤姐的所携的盘，却描着蔷薇而且有漂亮的金边。这类的品物,应陈列于近来的百货店的东西。

中国戏剧的第三种特色,是打脸花样的繁多。据让听花翁说,曹操一人的脸,可有六十几种的打法。……脸的打得已甚的,有赤,有蓝,有赭,都把皮肤完全遮蔽着,一见全看不出这是化装。我在关于武松的剧中,当那蒋门神偷偷地出来的时候,虽听了村田君的说明,总以为只是假面。如果见了那种花脸,而能看出他不是带假面的,那末这人必已有几分是千里眼了。

中国戏剧的第四种特色,是颠扑的猛烈。特别地是扮下手的戏子的活动,与其说是戏子,不如称为卖武艺的。他们有时从舞台的一隅,翻筋斗到对隅,或从中央叠积着的桌子上倒跌下来。大概是半裸了体着红裤的,所以看去尤像戏法师或走索者的伙伴了。

以上是旧剧的特色。至于新剧,既不打脸,也不翻筋斗了。那末真是彻底地新了吗?也不。如亦舞台所演的《卖身投靠》,也要观客见了那不点火的蜡烛,作点着火的想像——老实说,旧剧的象征主义,依然在舞台残存着。在上海以外,也曾观过两三次的新剧,总觉得对于旧剧,只是五十步与百步的差别。至少像雨、雷电、昏夜等的光景,都要完全依赖观客自己的想像的。

最后关于戏子的事,所要想记的,是在台房里的绿牡丹。我的去访他,是在亦舞台的台房。与其说是台房,不如说就是舞台的后背,或者较为适切。就在舞台背后,墙壁碎破,且有大蒜臭气,那真是惨淡的处所。据村田君说,梅兰芳初到日本,最惊异的就是台房的华丽。如果和这台房相比,那末,帝国剧场的台房,真可算得了不得地华丽了。并且,中国的舞台背后,还有许多龌龊的戏子们打了脸彷徨行动,这在电光和纷纷飞着的灰尘中看去,真是一幅百鬼夜行的图画。在这些群鬼的行动的通路旁,乱放着箱子等类的东西,绿牡丹坐在箱子上,假髻是脱了的,扮着苏三正在吃茶,舞台上看去原是瘦面,接近了看时,并不纤瘦,倒是一个肉感很盛的完全发育了的青年。身材比了我,也确要高些。和我同往的村田君,把我介绍了以后,就和那伶俐的旦角互叙阔别的交谊。据说,村田君是从绿牡丹尚为徒弟的时候,就是热心捧场的一人,几乎非他不能过日了的。我对他表示了"《玉堂春》很好"的意思，他也竟用了"阿里额托"的日本语来答我。既而——既而他作甚么呢？我为了他自己，为了村田君，都不愿把这样的事向人公开，可是，如果不把这记载，那末我的介绍，就要失真，这是对于读者很抱歉的。所以只好用了直笔说——他就横过头去，翻了那红底平金的绣衣的袖子，把鼻涕哼了掠在地板上。

章炳麟氏

章炳麟氏的书斋里，不知因了甚么趣味，有一个剥制的大鳄鱼爬着也似地悬在壁上。那满了书籍的书斋，冷得真是所谓澈骨，四围都是砖壁，既无毡毯也无火炉。坐的不用说是那没有垫褥的四方的紫檀椅子。并且那时我所着的还是薄的哔叽的洋服。坐在那样的书斋里而不受感冒，至今想起，还以为是奇迹呢。

章太炎先生于鼠色的长袍上面穿着厚毛的黑色马褂，当然不冷，并且他所坐的是铺了皮褥的藤椅子。我因了他的雄辩，连烟也忘记抽了，一面对于他那温暖地悠然伸了足的样子，又觉得健羡不置。

据风闻，章炳麟氏曾以王者之师自任，曾选黎元洪为弟子。实际上，他书案旁壁间，在那剥制的大鳄鱼下就挂着"东南朴学，章太炎先生，元洪"的横幅。可是，不客气地说，他的相貌，实不漂亮，皮肤差不多是黄色的，须髯稀少得可怜，那突兀峥嵘的额，看去几乎像生了疣。只有那丝一般的细眼——在上品的无边眼镜背后，常是冷然微笑着的那细眼，确有些与众不同。为了这眼，袁世凯要把先生拘在囹圄里，同时又为了这眼，袁世凯虽曾把先生监禁，却终于未能加以杀害。

氏的话题，彻头彻尾，是以现代中国为中心的政治及社会的问题。我是除了"不要""等一等"等类向车夫说的熟语以外，甚么中国语都听不懂的，替我尽通译之劳的是《上海周报》主笔西本省三君。

"现代的中国，不幸在政治上已经堕落。不正的公行，或比清末还要更甚。至于学问艺术方面，尤为沈滞。但中国的国民，向不趋极端的，既有了这特性，所以要使中国赤化殊不可能。不用说，一部分学生正欢迎着劳农主义，可是学生并非即是国民，他们虽一时赤化，不久就会抛弃其主张罢。因为国民性——爱中庸的国民性，究比一时的感情要强。"

章炳麟氏振动着那长爪甲的手，滔滔地发他独特的议论，我只是寒冷。

"那末，要复兴中国，应采甚么手段呢？这问题的解决法，具体的虽不能说，但断不能凭机上的学说产生。识时务者为俊杰，古人早已道破。不从一种主张演绎，从无数的事实加以归纳——这叫做识时务。知了时务以后，再定计划，——所谓因时制宜者，结果无非此意而已。……"

我倾着耳时时去看那壁上的鳄鱼。终于与中国问题没交涉地想起这样的事来——那鳄鱼是必曾知道睡莲的香味，太阳的光和暖水的。这样说来，我现在的寒冷要算那鳄鱼最能知道的了。鳄鱼啊！剥制了的你，是幸福的。请悯怜我，悯怜这样活着的我！

郑孝胥氏

据传闻，郑孝胥氏是悠然甘着清贫的。某一个昙天上午，和村田君、波多君同坐了自动车到他门前，他的所谓清贫的住所，其上品远超出我所想像，是褐色油漆的三层楼建筑。庭中微黄的丛竹前，满放着绣球花。如果是这样的清贫，无论在甚么时候，我也愿处。

五分钟以后，我们三人被引导入应接室，那里除画幅外差不多没有别的装饰，壁炉槛左右一对的花瓶中，插着小小的黄龙旗。郑苏戡先生不是中华民国的政治家，是大清帝国的遗臣。我看了这旗，记起某人批评过氏的"与他人之退而不隐者殆不可同日论"的一句来。

郑孝胥氏不久就在我们面前现出那高长的身材来。氏血色很好，一见不像老人，眼睛也青年似地炯炯有光。……穿着黑色的马褂，蓝灰色的袍子，风采之好，真不愧为当年才子。在清闲中尚有这样泼剌的态度，那末当那以康有为为中心的戏剧也似的戊戌政变中，作重要演员的时候，其才气的奋发，自可想像而知的了。

宾主谈了一会中国问题，我也像煞有介事地议论了许多海阔天空的题目,如新借款团成立以后日本对中国的舆论之类。——这样说起来,似乎有些欠诚实,可是在那时却并不是随口妄谈,自以为诚实地抒述自己的所见的。不过在现在想来,似乎当时自己确曾有些神志异常了。不用说,这神志异常的原因,除了我自己浅薄的根性以外,现代中国,确要代负一半的责任。如果有人不信这话,那末只要叫他一到中国就好。到了中国,不到一月,包你就想谈政治的。这必定是现代中国的空气中孕着二十年来的政治问题的缘故。像我,虽经迂缓地巡游了江南,这热狂还不易灭除。也不曾受过任何人的委托,却只是系念着那比艺术下劣数等的政治上的事。

郑孝胥氏在政治上对于现代中国已绝望着。以为中国要决行共和,就难免永久混乱。可是即使要行王政,也只有待英雄出现,把当面的难局解决了才能够。这英雄,在现代,又非能处置利害错综的国际关系的不可。如此看来,所谓待英雄出现,实就是待奇迹出现了。

在这样的谈话中,我才取出纸烟衔在口里,郑氏就立起身来燃了火柴替我来点,我大惶恐,同时觉得对待客人之道,如果和邻国的君子相较,日本人似乎要算最拙劣的了。

领受过了红茶,氏引导我们到屋后的庭园去。整齐的草地,四周植着氏从日本取来的樱花和白皮松。一隅还有一座同样褐色油漆的三层楼,说是新近才建,归其令子居住的。我蹀着草地,仰视着竹林上云缝里的青空,一边重又私忖:如果这样,我也愿清贫!

正写这稿时,裱画店恰把画轴送到。这轴就是我第二次往访时氏所写赠我的七言绝句。"梦里何如史事强,吴兴题识逊元章,延平剑合夸神异,合浦珠还好秘藏。"——见了这样墨痕飞舞的文字,令人不能忘怀于与氏相对的顷刻。原来我在某顷刻间,不但与前朝遗臣的名士相对,又实已亲接了中国近代诗宗《海藏楼诗集》著者的謦咳了。

南国的美人

在上海见过许多美人。不知是何因缘,地点都在小有天。这小有天是近年物故的清道人李瑞清所照顾的酒馆，壁间现还有着"道道非常道，天天小有天"的滑稽联语，那末当时的照顾，必是很出力的了。并且，听说这有名的文人，有着了不得的胃量，一顿能吃尽七十只的螃蟹哩。

上海的菜馆，大概都不十分令人快意的，室与室的分界，就是小有天，也用着无风流的板壁。至于桌上的器物，即在以漂亮出名的一品香也和日本的洋食店不差甚么。此外如雅叙园、杏花楼乃至兴华川菜馆对于味觉以外的感觉，与其说是满足，倒不如说是受打击。有一次，波多君请我到雅叙园吃饭，问堂倌以便所所在，说就溺在洗物场的旁边。实际上已有一个满身油腻的厨夫，在那里替我示着先例。我这次真吃惊不小。

菜倒是比在日本的好。如果假充了内行人说，我所到过的上海菜馆，还不及甚么瑞记、厚德福等北京的菜馆。可是比之于东京的中国菜，那末小有天已的确是好了。并且价目极廉，只须日本的五分之一。

闲话休提，我的见美人，最多莫过于和《神州日报》社长余洵氏共席的时候。地点仍在小有天楼上。小有天地处热闹的三马路，栏外车马之声不绝，楼上不用说是充满了谈笑声与和歌的胡琴声的了。我在这喧闹中，啜着有玫瑰的茶，看着余洵氏在局票上挥那健笔，觉得此身不是在菜馆里，烦忙得倒像在邮便局的长椅上坐待着甚么似的。

局票在红的洋纸上蜿蜒地印着"叫○○速至三马路大舞台东首小有天菜馆○座侍酒勿延"的文字。雅叙园的局票，记得确曾在角上附印着"毋忘国耻"，表示排日的气焰的，小有天的幸而不是这样。余氏在局票中的一张里，写了我的姓名，又写了"梅逢春"三字。

"这就是那个林黛玉，行年已五十有八了。据说，最近二十年间政局的秘密，除了大总统的徐世昌，知道的就是她一个哩。现在替你叫了，请你见识见识。"

我们——余氏、波多君、村田君和我——入席以后，先来的美人叫做爱春。这是一个伶俐的有些像日本女学生的上品的圆面盘的妓女。穿的是白织花浅紫的上衣，青磁色的有花的裤子。发似日本的垂发，发根扎着青丝绳，长长地垂在背后。额上的前刘海，也和日本少女的前发似无两样。此外，胸际还有翡翠的蝶，耳际有金和珠的耳环，臂间有金手表，很觉光耀闪目。

我大敬服了，当在使用那长长的象箸的时候，也不绝地看她。可是，像菜肴的连番上席一样，美人也陆续到来。到底不能一味属目在爱春一人身上。我于是把眼转向那在后来的妓女名做时鸿的。

时鸿并不比爱春美，却是，面貌带着乡下风，颇有特色。发的装束，除了扎发线用着桃色的以外，全和爱春没有两样。深紫缎地的衣上，镶着银蓝交杂的五分边。据余君说，这妓是江西产，装束不逐时流，犹存着古风的。可是脂粉却比以天然真面自豪的爱春远来得浓艳。我注视着那手表，金刚钻的蝶，大粒珍珠的首饰，以及右手的两嵌宝戒指，很是敬服，觉得就是我们新桥的艺妓中，也难见有这样装饰华丽的人儿。

时鸿以后来的是——这样一一写去，我也不胜其烦了。以下只把其中的二人略加介绍罢。一个叫做洛娥的，正要嫁与贵州省长王文华，王氏忽遭暗杀，至今仍为妓女，是一个很命薄的佳人。黑色花缎的衣服，除了缀着芬芳的白兰花，甚么装饰都不加。这不符年龄的素朴装束，加了那冷静的眼波，很与人以凄楚之感。一个还不过是十二三岁的少女，金手镯呀，珍珠的首饰呀，在她身上，令人只觉得是一种玩具。一嘲弄她，就显出世间一般处子特有的羞耻。

这许多美人各依认了局票上客人的姓氏，环待在我们席旁，而我所叫的娇名曾压一世的林黛玉却还未现形影。未几，一个名叫秦楼的妓女，拿着已燃着的香烟，宛转地歌出叫做《汾河湾》的西皮调来。妓女唱曲的时候，普通有男子来和着胡琴的。这些拉胡琴的男子不知为了甚么，就是在那拉胡琴的时候，总也是煞风景地戴着打鸟帽或中折帽的。秦楼唱毕，时鸿接唱。她却不用胡琴，自己弹着琵琶唱出一种寂寞的歌调。她产自江西，原是浔阳江边的人，枫叶芦花瑟瑟的秋天，江州司马白乐天所为沾襟的琵琶曲，或者也就是这样的音声哩。

林黛玉的梅逢春加入座中，已在鱼翅羹狼藉以后了。她较之我所想像，远是个近于娼妇型的丰肥的女人，面貌在现在看去，也并不觉有甚么特别的美，虽施着粉黛，但能令人想像她当年的丽色的只是那细眼中漾着的秋波。可是照她的年龄——说是五十有八，无论如何，总难相信。看去至多是四十岁的人。手的丰嫩宛如小孩，指端肉隆隆地裹着指甲。穿的是镶边的兰花黑缎的衣服。耳环、手镯以及胸前悬着的装饰，都是以金为底，中嵌翡翠或金刚钻的。其中像戒指上的金刚钻，竟有雀卵般大。这样的人儿不应见之于这样大街市的酒楼上，应见之罪恶和豪奢错杂的场所。譬如像谷崎润一郎的小说《天鹅绒的梦》中，仿佛会有这样人物。

可是，无论如何年大，林黛玉毕竟是林黛玉。她的才气，即在那谈话的态度上，亦可想见。不但此也，她过了一会，合着胡琴和笛唱出秦腔的曲调，其随声音进出的力，也确足压倒群妓的。

"如何，林黛玉？"她去了以后，余君问我。

"真是女杰。最可异的是她的不老。"

"据说她在年青时，曾服珍珠粉的。珍珠是不老的药呢。她如果不吸鸦片，应该还可不老一点。"

这时林黛玉的空位上，已坐了一个新来的妓女。那是一白色娇小像小姐似的美人。多宝模样的浅紫色缎的衣服，水晶的耳环，使她越显得可爱。问她名字，答说花宝玉。花宝玉，——这三字的声音从她口中发出，宛似鸠叫。我递了一支香烟给她，同时忆起杜少陵"布谷催春种"的诗句来。

"芥川君。"余君一壁劝酒，一壁呼了我的名似乎难为情地说："如何，中国的女子？你欢喜吗？"

"无论那处的女子都欢喜。——中国的女子也漂亮啊。"

"你以为好在那里？"

"我以为最好的是耳朵。"

真的，我对于中国人的耳朵，很表着敬意。日本女子在这点上到底敌不过中国人。日本人的耳朵太平，并且肉长得太厚。其中有许多全不像耳朵，竟似不知犯了甚么因果，把木菌长在脸上的。细考其故，原来这和深流之鱼的变为盲目，同一理由。日本人的耳朵，一向藏匿在涂油的发后的。而中国女子的耳朵，不但露出在春风中，还丁宁得至于加以宝石的耳环等类的装饰。因此，日本人的耳朵堕落到现在的程度，中国人的耳朵因了自然和人工的关系，就呈如此的美观了。即如眼前花宝玉的耳朵，恰和小贝壳似地长得玲珑可爱。《西厢记》中说莺莺"他钗嚲玉横斜，鬓偏云乱挽，日高犹自不明眸，畅好是懒懒，半响抬身，几回搔耳，一声长叹"。大概也必定是这样的耳朵了。从前李笠翁曾详细地说述中国女子之美（《偶集》卷之三《声容部》），而于这耳朵却无一语道及。在这点上，伟大的《十种曲》的作者，也不得不把发见之功让给芥川龙之介的了。

把耳朵说抒述了以后，我和同伴三人啜了那加糖的粥，同游妓馆。妓馆大概在横弄两侧，余君引导了一壁走一壁读着门前名灯，既而到了一家，就一直进去。进门就是一间龌龊的房子，见有几个秽浊的男子似乎在那里吃饭。说这是妓女住的所在，如果无人预先说明，无论谁也不会相信。等到上了楼，紧凑的房间中，耀着明晃晃的电灯。排着紫檀的椅子，竖着大大的镜子，这才像个妓馆。青纸裱糊的壁上，悬着好几幅字画镜框。余君和我们吃着茶，说明种种嫖界里规矩。过了一会，方才的花宝玉，从里间露出形影来。我们和二三个妓女嗑瓜子，吸香烟，一壁作着闲谈。过了一会，我觉得厌倦了，在室中闲步，瞥见隔室中电灯下那可爱的花宝玉正和一个胖娘姨同桌吃着晚饭。桌上只有一只盘子，并且只是一盘青菜。可是花宝玉却似乎吃得很有滋味。我不觉微笑起来。在小有天的花宝玉，也许确是南国的美人，但是，这个花宝玉——咬着菜根的花宝玉，却于任荡儿玩弄的美人以外，还有别种东西。我在这时，才在中国的女子里，感到女性的情味。

沪杭车中

坐在车里，车掌就来检票。车掌穿着橄榄色的洋服，戴着有金线条的黑帽子。比之于日本的车掌，似乎觉得不敏捷些。不用说，这种见解，全由于我们僻见的作祟，我们即对于车掌的丰采，也容易把我们的定规来量度。约翰·勃尔（John Bull 英国人的绰号——译者注）非故意持重，就以为不是绅士，安克尔·撒姆（Uncle Sam 美国人的绰号——译者

注)非有钱,就以为不是绅士,剧伯(Jap 日本人的绰号——译者注)呢,——至少在作纪行上,如果不落旅愁之泪,不流连于风景,不费尽游子的滥词,就以为不是绅士。我们无论在何时候,总不可被这样的僻见所缚。——我当这悠悠的车掌在检票的当儿,就发表了这样的僻见论。自然,这气焰不是向中国的车掌吐放,乃是说给引导我的村田君听的。……

车过嘉兴,偶然去看窗外,见临水的家屋丛中,高高地架着石桥。两岸白壁映在水下,很是清澈。南画里所常有的船二三艘在水边系着。我隔了发了芽的柳枝望那景色时,才真地感到中国的情味。

桥一过,就在桑田的那面,见满是广告的城壁。古色苍然的城壁上,涂抹鲜彩的油漆广告,这时现代中国的流行。无敌牌牙粉,双孩牌香烟——这样的广告,沿路的车站附近,几乎无处不见。中国究竟从那一国学到这样的广告术的?解答这疑问的,就是眼前到处立着的甚么狮子牙粉甚么仁丹等俗恶绝顶的广告。日本即在这点上,似乎实也算尽了邻邦之谊的了。

车窗外仍是菜田桑田和草原。有时于松柏间看见古墓。

"喂,有墓呢!"

村田君似乎不甚稀罕:

"我们在同文书院时,常从那种的破墓里偷取骷髅哩。"

"偷取了作甚么?"

"只是作玩意儿。"

我们一壁啜茶,一壁谈着野蛮的风俗,如人脑髓焙了灰可医肺病,人肉的味道和羊肉相似之类,不知不觉间,夕阳已红红地射在窗外油菜田上了。

西　湖

画舫穿过锦带桥,向右就是孤山,据说十景之一的平湖秋月,就在这一带。可是时间在晚春的午前,有甚么法儿呢。孤山下有不知何处富家的大厦,大而且俗恶的门墙连续蜿蜒着。过了这里,却是优雅的三层楼建筑,临水的门既好,左右的石狮也好看。据说是乾隆帝的行宫旧址,有名的文澜阁就在这里面。阁中说是藏有《四库全书》一部,并且庭园尤美,因登岸想去一观,终于因为是凡人故概被拒绝。不得已随堤行至广化寺,又到俞楼。

俞楼是俞曲园的别庄。规模虽小,却不讨厌。有伴坡亭,说是因了东坡的古址建造的,亭后丛篁中,漾着一多水藻的古池,颇足引起闲寂之趣。从池侧上登到所谓曲曲廊的尽处,有一嵌在壁中的石刻,说是彭玉麟的曲园作的梅花图室中正面悬着长髯的曲园肖像,我一壁啜着住役送来的茶,一壁熟视曲园的相貌。据章炳麟的《俞先生传》说"雅性不好声色,既丧母妻,终身不肴食"或者有些相像,"杂流亦时时至门下,此其所短也"——这样说来,那末也难免有点俗气。或者曲园叨了这俗气的福,才会有造这样别庄给他住的弟子辈,也未可知。试看,一点俗气不带的玲珑如玉的我们,不但没有别庄,并且靠了卖文活着哩。——我把有玫瑰花的茶碗摆在面前,茫然地用手托着腮,不觉对于荫甫先生加以轻蔑起来。

次游苏小小墓,苏小小为钱塘名妓,墓向有名。可是现在看来,这唐代美人之墓,只是个上加亭子用油漆涂粉的土馒头。不是诗的,也不是甚么。并且,因为西泠桥正在修筑,墓旁荒乱得愈形寂寞。少时爱读的孙子潇的诗里有"段家桥外易斜曛,芳草凄迷绿似裙。吊罢岳王来吊汝,胜他多少达官坟"这样的一首,现在无论何处,找不到似裙的草色。只是翻掘过的土块上照着痛眼的白日。加以,西泠桥畔还有几个中学生在唱着甚么排日的歌。我匆匆地和村田君一观了秋瑾女史的墓,就回下画舫去。

"岳庙是好的,很富于古色呢。"

村田君用了昔游的记忆,似乎在安慰我。实在,我对于西湖,已不觉抱了反感了。以为:西湖并没有如所想像的美,至少现在的西湖,并不是"未能抛去"的东西。水既浅,并且西湖的自然,也和嘉庆道光时的诸诗人一样太富于纤细之感。在大自然中厌倦了的中国的文人墨客,或者欢

喜这里也未可知,我们日本人是向在纤细的自然中惯了的,所以一时虽
觉是美,不久就厌憎了。如果只是如上所说,西湖还不失为怯于春寒的
中国美人,无如这中国美人已因了湖畔随处恶俗绝顶的赤灰二色的砖砌
建筑,受了垂死的病根了。不,岂但西湖,这二色的砖砌建筑,竟像大大
的臭虫一样蔓延于江南一带的一切古迹名胜,把风景如数破坏着。我方
才在秋瑾女史墓前见到那砖砌的门时,不特为西湖不平,并且为女史的
灵魂不平。把这当作和"秋风秋雨愁杀人"的诗共殉革命的鉴湖秋女侠
的墓门,总觉得有些对她不起。这样的西湖的俗化,似将无所底止,再过
十年,也许要变成这样光景——湖畔并峙的洋房中,每轩有 Yankee(美
国人)醉哮着,每轩门前有 Yankee 在露天小便(在新新旅馆中曾见有这
样的 Yankee)。从前读苏峰先生的《支那漫游记》时,记得曾有我如果得
以杭州领事了此余生,实为大幸的话。可是,在我,不但领事,就是被任
命为浙江督军,与其守此泥池,宁愿住在日本的东京的。

在我攻击西湖的当儿,画舫已过跨虹桥,向着也是西湖十景之一的
曲院风荷进行。这里不见有砖砌建筑,围绕白壁的杨柳丛中还有开剩的
桃花。左边堤上木荫间苔藓斑斓的玉带桥隐隐地映在水下,颇似南田画
境。我于船驶近时,就把我的西湖论加以增补,冀防村田君的误解:

"虽说西湖可厌,也不是全部可厌啊。"

画舫过了曲院风荷,就在岳王庙前停止。我们上了船(岸)往拜在
《西湖佳话》中所素悉的岳将军之灵。那里知道,庙已十分之八重建,油
涤辉煌,全体在泥土和沙石堆里曝露着改修中的丑象。不用说,曾使村
田君快意的古趣,无一存在的了。村田君才取出了照相机,就惊讶地止
了步:

"不好了。到了这地步,已是不成样了。——还是到坟墓那里
去罢。"

墓也和苏小小的一样,是油漆过的土馒头。不过究竟因为是名将,
比苏家丽人的要大得多。墓前立着苔痕斑烂的墓碑,大书宋鄂王之墓。
墓后竹木荒蔓,这在不是岳飞子孙的我们,只觉得诗趣,并不感到悲意。
我徘徊墓旁,不觉满了怀古之情。

　　墓前铁栅中，有秦桧、张俊等的铁像。像的样子似乎是面缚着的。据说游人因憎彼等奸恶，多把小便浇撒其上而去。现在幸而各像不曾潮湿，只有像旁土上停着许多青蝇，给远来的我们以不洁的暗示而已。

　　古来恶人虽多，可恶如秦桧的不多。上海街上所卖的像棒似的油炸面条，名曰"油炸块"。据宗方山太郎氏说，这本名"油炸桧"，意思是把秦桧来油炸。原来，民众这东西，只能理解单纯的事情。就是在中国，甚么关羽，甚么岳飞，凡是众望集注的英雄，都是单纯的人物。即或不是单纯的人物，定是容易单纯化的人物。如果不具有这特色，那末就是不世出的英雄，也不能聚集众望于一身。譬如井伊直弼的铜像要死后数十年才成，而乃木大将的变为神，却不须一星期之类，都是为此。所以，做仇敌时，如做这样英雄的仇敌，也就最足受人厌憎。秦桧不知犯了何种因果，巧巧落在这陷阱里。结果，你看，到了民国十年还受着残酷的报偿。我在新年《改造》杂志上作了一篇《将军》的小说，幸而生在日本，不被油炸，不用说，也没曾被小便浇淋，只于若干部分被抹去以外，杂志记者受了当局的二次烦言而已。

　　在梅的绿叶中看了放鹤亭，再上了筑在旁边的林逋的巢居阁，又走到后面去看照例大大的土馒头"宋林处士墓"。林逋自是高人，但想必不至像日本小说家的贫乏。据林逋七世孙洪所著的《山家》《清事》；洪的隐遁生活是"舍三：寝一，读书一，治药一，后舍二：一备酒谷列农具，一安仆役，庖厨称是。童一，婢一，园丁二，犬十二足，驴四蹄，牛四角"。如果和靖先生也曾如此，那末较之住五十元月租的房屋的，不能不说是丰裕得多了。倘若有人替我在箱根近旁建造正屋一间，贮藏室一间，——书斋、寝室、女仆室等应有尽有，再许雇佣书生一人，女仆一人，男仆二人，那末林处士的榜样，也不难学。叫鹤在水边梅林作舞，只要鹤答应，也没有甚么不可。并且我即使如此，那"犬十二足，驴四蹄，牛四角"，没有用处，完全给了你，请你随便甚么都可以！——当我游毕了放鹤亭下船去时，就发表了这议论。

苏　州

　　……看了北寺的塔,往游玄妙观。观前空场中摊肆的多,不亚于上海城隍庙。馄饨、馒头、甘蔗、地力——在这许多食物摊外,还有玩具摊、杂货摊等。游人不用说也很多。所与上海不同者,在这样的熙来攘往的人群中,差不多见不到有着洋服的。不但此也,也许是地方太空旷的缘故罢,似乎总不像上海的来得热闹。漂亮的袜子无论怎样地摊着,有葱韭气的热汽无论怎样地腾着,——不,即使有许多年青女子把发梳得光光地,着了桃色或紫色的衣服,故意把屁股摇动了走着,也总觉得有些鄙俗与寂寞。从前,配尔·陆蒂(Pier Roti 法国的文学者,曾居留日本多年——译者注)游浅草观音殿时,必定也曾感到过同样的心情的罢:我想。

　　从群集中走去,当面有一个大大的庙。庙虽大,可是柱上的红漆已经剥蚀,白壁也已满了尘污,并且香客不多见,更使人觉到荒废之感。庙内一边满挂着粗恶的画轴,有石印的,有木版的,也有笔绘的,满眼但见恶劣的色彩。这书画并不是供物,都是新的卖品。卖画的呢,坐在昏黑的壁角里,是一个矮小的老头。除了这些画幅之外,香花不必说,佛像也没有见。

　　从庙后穿出,在一大堆的人群里,有两个赤了膊的人用了双刀和枪在比试。大概锋是没有的罢,那有红流苏的枪和曲了上端略作钩形的刀,闪闪地反射着日光,迸出火花的光景,颇有可观。当那有辫子的大汉被对手打落了枪的时候,间不容发地躲避着刀锋,把对手用脚踢去,对手就握着双刀向后一个筋斗。四围的观众发出一阵哄笑来。像病大虫薛永、打虎将李忠一类的豪杰,也许有在这里面罢。我从庙的阶石上眺望他们的跌扑,心里充满了《水浒传》的气分。

　　《水浒传》的——只说了这几字,或者意味不易明瞭,也未可知。《水浒传》的小说,日本从马琴的《八犬传》以来,已有《神稻水浒传》,《本朝水浒传》等种种的仿作。可是,《水浒传》的气分,都未曾传写出。所谓"《水浒传》的"是甚么？是某种中国思想的显现。天罡地煞，一百八人的豪杰，并不是像马琴等所想像的忠臣义士，从数目上看来，倒是无赖汉的结社。却是，他们的纠合，并不是一定爱恶。记得武松确有过这样的话：豪杰之士所爱的是杀人放火。这话严密地说，就是爱杀人放火的才是豪杰。——不，再说得明白些，就是：既然做了豪杰之士，区区的杀人放火，算不来甚么一回事了。他们心里，毕竟都流着目无善恶的豪杰意识，无论是模范军人的林冲，无论是专门赌徒的白胜，他们只要具着这个心，正可以说是兄弟。这个心——就是一种超道德的思想，不但是他们所具有的心，在古今来中国人的胸中，至少比之日本人，有着深远的根源。是不可轻视的心。"天下非一人之天下，"说虽如此，但在说这话的人们，其意只不过说不是昏君一人之天下，他们的真意，就是要把昏君一人之天下，改作豪杰一人之天下。再举一个证据，中国有"英雄回头即神仙"的话。原来，神仙不是恶人，也不是善人，是超出在善恶的彼岸以烟霞为食的人。杀人放火不以为意的豪杰，在这一点上只要他一回头，的确可以升入仙侣的。试翻开尼采的书来看吧，那用毒药的查拉都司都拉就是凯撒·布尔迦(Caesar Borgia)，《水浒传》并不因了武松打虎，李逵挥斧，燕青打擂，被万人所爱读的。实因为书中充满了磅礴泼剌的豪杰气氛，读了就为所醉的缘故。……我又把注意转到武器的声音上，原来，在我想着《水浒传》的当儿，他们已在开始第二次的比试了，一个用了青龙刀，一个用了阔幅的单刀。

　　到孔庙已傍晚。跨了疲驴，向那砌石缝中生了草的庙前的路行去，从路边的桑丛中望见灰白色的瑞光寺的塔，塔的各层间的蔓芜也望得分明，上面有许多鹊在点点地来去飞巡。我在这瞬，感到一种又哀又喜的情怀，如果形容了说，竟要想说是苍茫万古之意的了。

　　这苍茫万古之意，幸而一直能够持续。把驴系在门外，向路也看不清楚的草中进去，在昏暗的柏或杉中，漾着一个满浮着南京藻的池。一个戴红边帽子的兵士却在池边一面分梳着芦草，一面用提了小网捉着鱼。庙是明治七年重建，据说为宋名臣范仲淹所创立，是江南第一个文庙。想到这上，此庙的荒废，不就是中国的荒废吗？可是，至少在远来的我，却正唯其有这荒废，才生起怀古的情来。究竟叹息好呢？还是喜悦好？——我当怀了这矛盾，渡过有薜苔的石桥时，口里不觉微吟起这样的诗句："休言竟是人家国，我亦书生好感时。"——但这诗的作者不是我，是现居北京的今关天彭氏。

通过了黑色的礼门，在石狮间徘徊，见旁边还有小小的便门。为要请求开这便门，不能不给蓝服妇人以两角的小银元。贫困的妇人携了一个麻面的十岁左右的女孩一同来作向导，这光景真有些悲哀。我们跟在她们的后面踏着石道。石道尽处，大概叫做戟门罢，耸立一大大的门。有名的天文图和中国全图的石刻，就在这里，可是在暮色昏黄中，碑面也不十分能看得明白。门的里面排着钟与鼓。甚矣，礼乐之衰也！——这在以后想来，自是滑稽，却是我在初见到那满了尘埃的古风的乐器时，不知为了甚么，确曾抱了这感慨的。

戟门内的石级，不用说也是莽莽地长着草的。石级的两旁，列着廊也似的屋宇，据说就是以前的试场。面前有许多株的大银杏。我们随了那管门的母女登上石级尽处的大成殿。大成殿是庙的正殿，所以规模很是宏大，石柱的龙，黄色的壁，似乎是御笔的正面的匾额——我把殿外看过，再去窥伺昏暗的内部，忽从那高高的屋顶里，听到飒飒的声音，好像在下雨，同时有一种奇异的臭气冲到鼻间来。

"甚么，那是？"我赶快退却了回头向岛津君问。

"蝙蝠啰，在这屋顶里作着巢——"岛津君微笑了说。

仔细一看，果然磨砖地上满落着黑粪。既听了那羽音又见到这许多的粪，竟不知究有多少的蝙蝠在这梁间昏暗中飞翔？只一想到，也已足令人不快。于是我就从怀古的诗境中被拉落到哥耶（Goya）的画镜里去。到了这里，早已说不到苍茫万古，宛然是怪谈的世界了。

……岛津氏出去了以后，我坐在椅子上悠然地抽起一支"敷岛"（卷烟牌名——译者注）。床二只，椅子二只，茶几一只，还有嵌镜的洗面台一只——此外，窗帏，地毡，什么都没有。只是露白的壁间，关住着油漆过的门。虽然如此，却也并不是预料以外地不洁。也许是多撒了臭虫药粉的缘故罢，幸而也没曾被臭虫咬伤。照这情形，似乎住在中国旅馆里，比之于一面担心茶代（给予旅馆女仆的犒赏，名曰茶代。在日本，犒赏往往有大于房金者。——译者注），住在日本人的旅馆里便宜得多。——我一壁想着这些，把眼转眺窗外。我所在的房子是三楼，窗外眺望所及也颇广。可是在暮色中到眼的只是一片黑色的屋顶。……忽而听到有声音，回头去看，见油漆房门口立着一个蓝衣服的老婆子。婆子堆了笑向我叽咕着甚么，在我这哑旅行家，不用说是不会领悟的。我疑惑之极，只是熟视她的脸孔。忽然瞥见门外又来了一艳服的少女。油晶晶的前刘海发，水晶的耳环，似乎缎子的浅紫色的衣裳。——少女也不来看房内，只是弄着手帕悄悄地向廊下走去。接着婆子又叽咕了一阵，得意地做出笑容来给我看。到这地步，婆子的来意，也不必再待岛津氏的通译了。我把两手攀着婆子的低低的肩上，把她打了一个回旋：

"不要！"

岛津氏恰巧在这当儿回来了。当夜，我和岛津氏同入城外的酒栈。岛津氏曾是"醉了老醉的父亲的侧脸"的自画像似的俳句的作者，不用说是相当的酒豪，我是差不多不能饮的。酒栈一隅一小时有余的滞留，一半是岛津氏的德望之力，一半是缠绵酒家的小说的气氛之力。

酒栈是左右白壁屋顶很高的后街屋。屋的后部是大木栅窗，夜间也可看得见路人的往来。桌椅是剥蚀了的，我一壁咬着甘蔗，一壁时时替岛津氏执壶。我们的对面坐着二三个服装龌龊的酒客，再过去堆着酒坛，高高地几乎要碰到屋顶。门口睡着的犬，瘦得不成样子，并且头上纯是癞皮。路上驴马的铃声，街丐的胡弓声——在这样喧扰中，对面的一座，不知从什么时候已在愉快地赌着拳了。

一个有面疱的汉子肩了一个龌龊的木盘，走近我们桌边来，去看盘内有许多浅紫色的似乎像脏腑的东西浑沌地杂置着。

"甚么，这是？"

"这是猪的心胃等类，下酒是好菜。"

岛津氏拿出二个铜货来。

"请尝尝看，已略微加了盐了的。"

我对着那小块的新闻纸上几片的脏腑，遥遥地想到东京医科大学的解剖学教室来。如果在母夜叉孙二娘的店里,那可不知道,现今明晃晃的电灯光中,卖着这样的食物,究竟是老大国,与众不同的了。不用说我未曾尝食的。

南　京

到了南京那天的午后,我为欲一观城内,由中国人某的引道,依旧作了人力车上之客。夕阳下的街道,在中西杂式的屋宇的背后,有时见到豆麦田,有时见到泛着鹅的池沼。并且,道路颇宽,行人却并不多。讯诸引道的中国人,据说南京城内有五分之三是田和荒地。我对了路边的柳树,将圮的土垣,以及参差的飞燕,不禁起怀古之情,同时又想到如果把这空地买下一定可以发财。

"不拘谁,能趁现在把这些地买了就好。只要浦口一繁盛,地价一定暴涨哩。"

"不行。中国人是都不想到明日的事的。谁来买地面啊。"

"那末,你呢?"

"我也不作此想——第一也不能作此想。家或许被烧,人或许被杀,明日的事谁知道。这就是和日本不同的地方。啊,目前的中国人与其叫他们顾着子孙的将来,宁可沈溺在酒与女色中的。"

芜　湖

和西村贞吉同步芜湖街道。街道是照例的日光也不见的石路,两旁挂着甚么银楼啊酒栈呀的招牌,这些在已经在中国住了一月半以上的我,早已不感到甚么新奇,加以每逢独轮车通过,就有轧轧的声音,骚扰得头痛不堪。我只是蹙着眉头,西村虽有时对我说甚么,也只随便敷衍罢了。

在一稍广阔的街道中,有一处排列着女子照片,门前闲人五六个正熟视着照片在谈说些什么。问这是甚么所在,据说是济良所,所谓济良所并不是养育院,乃是保护自由废业的妓女的。

看毕了街市,西村邀我到了倚陶轩一名大花园的餐馆里。据说这是李鸿章的别庄,可是一入园内,最初感到的印象,和洪水后的向岛附近一样。花木不多,地上荒秽,所谓陶塘,水很混浊,室内是空空的,全体的光景离餐馆很远很远。我们一壁看着檐下的鹦鹉,吃那只能满足味觉的中国菜。我在正吃着的时候,对于中国的恶感就渐渐地发生起来。

当夜,在唐家花园的露台上和西村并着藤椅时,我很猛烈地痛骂现代的中国:现代的中国有甚么? 政治、学问、经济、艺术,不是如数堕落着吗? 尤其是艺术,从嘉庆道光以来,有一可以自豪的作品吗? 而国民却不问老幼,只是唱着太平曲! 不用说,青年之中,也许可看得出有若干的活力,但他们的呼声中,没有感动全国民的猛烈的情热,却是事实。我不爱中国,就是要爱也不能爱。如果目击了中国国民的腐败,还能爱中国,这不是颓唐已极的肉欲主义者(Sensualist),即是浅薄的中国趣味的迷信者。不,就是中国人,只要是心不昏的,对于中国,比之于我一介的旅客,应该更熬不住憎恶罢。

北京雍和宫

中野江汉带了我去游雍和宫。我对了喇嘛寺,原没有甚么兴味,不,并且还有大恶的。因为说是北京名物之一,为了作纪行文,道理上也非去走一遭不可。自己也觉得太委屈了。

乘了不十分清洁的人力车,来到门前,果然不愧为大伽蓝。其中有永佑殿、绥成殿、天王殿、法轮殿等等的地方。黄色的屋顶,赤色的壁,阶段用着大理石,上面还有石狮子,青铜的惜字塔(中国人尊重文字,据说见了有字的纸屑,就投入此中。把这当作有若干艺术味的青铜制的纸屑笼想,也就无大差),以及乾隆帝的御碑,可以说是近于庄严的了。

第六所东配殿中,有木雕的欢喜佛四具。把银货一枚给与那看守者,他就拉开绣幔来让我们观看。所谓佛,皆蓝面赤发背上生着许多手,颈上挂着无数骷髅,真是丑恶无双的怪物。欢喜佛第一号,跨着蒙了人皮的马,在炎口中衔着小孩。第二号把象头人身的女子踏在脚下。第三号正淫着一个直立的女子。第四号——最所敬服的是第四号了。第四号佛立在牛背上,而这牛呢,居然在淫着一仰卧的女子。这许多欢喜佛毫不引起色情,只是给人以一种残酷的好奇心的满足。欢喜佛第四号的旁边,有一匹开着口的木雕的大熊。这熊如果考问起来,定是甚么东西的象征罢。熊的前面有二武夫(蓝面,持有黑毛的枪)后面跟着二匹的小熊。

大概在宁阿殿罢。听到有一种声音,向内张视,有两喇嘛僧吹奏着异样的喇叭。喇嘛僧戴的是有毛的三角帽,有黄的,有紫的,也有赤的。虽也有若干的画趣,但看去总有些像恶党。我只对于那两个吹喇叭的还可有觉到些微的好感而已。

和中野君正在石级上步着,从万福殿前面的一个楼上有一个看守役伸出头来,招手叫我们去。上了狭狭的楼梯去看,这里也有用幔遮蔽着的佛,可是看守役不肯把幔揭开,只是伸了手要小洋二角。后来让价到了一角,去了幔,见都是蓝面、白面、黄面、赤面、马面等的怪物,生着许多的臂(手里于弓呀斧呀以外,有的还擎着人头),左足是鸟脚,右足是兽脚,看去颇似狂人的画。可是,却不是所预期的欢喜佛(不用说,有一个怪物足下踏着两个人的)。中野君怒目了叱那看守役:"你骗我吗?"看守役就大恐缩,连声地说:"有这个,有这个。"所谓"这个",是一蓝色的男根,隆隆的一具,不造儿子,徒然替看守役赚香烟钱。可怜啊,喇嘛佛的男根!

喇嘛寺前有喇嘛画师开设的店七家。画师总数三十余人,据说都是从西藏来的。我们在一家叫做恒丰号的店里购喇嘛佛的画数张。这类的画,说一年可销一万二三千元,喇嘛画师的收入,也不可轻视了。

辜鸿铭先生

访辜鸿铭先生,侍者所引入的,是壁间悬着碑版地上铺着地毡的厅堂,看去虽似乎是有臭虫的地方,却不失为潇洒可爱的屋宇。

不等到一分钟,有一目光炯炯的老人排门而入,用了英语说:"来得很好,请坐。"不用说这就是辜鸿铭先生。灰白色的辫发,白色的长褂子,鼻的尺寸很短,面孔看去像是大的蝙蝠。先生和我谈话时,桌上摆着几张的草稿纸,一壁手执了铅笔写汉字,一壁口若悬河地说英国语。这在如我耳朵靠不大住的人,真是便利的会话法。

先生南则生于福建,西则学于苏格兰的爱丁堡,东则娶于日本,北则居于北京,故自号为东西南北之人。英语不消说了,据说还通法语及德语,可是却与新少年不同,不标榜西洋的文明。他诮骂了基督教,共和政体,以及机械万能等等,见我穿的是中国服,说"你不着洋服,难得。只可惜没有发辫。"和先生谈了约三十分钟,一个八九岁的少女,羞羞地走到厅堂来。这是先生的小姐(夫人已入鬼籍)。先生把手搭在她肩上,用中国语低说了一会,她就开了小口唱起《伊吕波歌》(日本四十七字母集成的歌——译者注)来。这定是夫人生前教她的了。先生虽满足地微笑,我倒颇觉感伤,只是熟视她的脸孔。

小姐进去了以后,先生又为我论段,论吴,论托尔斯泰(据说托尔斯泰曾有书信给先生过)。论来论去,意气愈昂,眼愈如炬,脸孔愈像蝙蝠。当我离上海时,约翰斯握了我的手说:"不去看紫禁城也不要紧,但不可不去一见辜鸿铭啊!"约翰斯真不我欺。我也有感于先生所论,问他既有慨于时事,为甚么不愿问时事。先生虽曾即刻回答,可是我终是不懂。只是无聊地重覆说"再出去试试如何?"先生乃愤愤地在纸上大书着说"老,老,老,老,老,……"。

一小时后,辞了先生的宅,步行回东单牌楼的旅馆去。微风拂着路旁的合欢花,斜阳射着我的中国服。蝙蝠似的先生的脸孔,还如在我的眼前不去。我当要穿出大街时,回顾先生之门:——先生,幸勿见责! 我在代先生叹老之先,还须赞美年少有为的自己的幸福!

十刹海

中野江汉君所引导我去游的,不止像北海、万寿山、天坛等谁都去的地方,文天祥祠,杨椒山故宅、白云观、永乐大钟(大钟已半埋没在土里,事实上已渐渐地成了公共便所了)。也都因了中野君的引导,得以一观。可是最有趣的要算十刹海的游园。

虽说游园,并不是真有完美的园庭,无非是在大荷池边用席棚搭成的茶摊。在这里面坐了二小时之久,中野君饮玫瑰露,我啜中国茶。为甚么这样有趣呢,并没有什么,只是看人。

荷花未开,绕岸的槐柳荫下各茶摊中,有衔着水烟袋的老头,有梳双丫髻的少女,有与兵卒谈着的道士,有卖杏的老妇人,有卖人丹(非仁丹)的,有警察,有洋装的青年绅士,有满洲旗妇,——这样——一说来,真是无限,总之,此身已像在中国浮世绘中了。旗妇头上顶着黑布(也许是黑纸)做成的似髻又似冠的东西,颊上染着圆圆的胭脂块,古风得难以形容。和人招呼时,屈膝而不屈腰,把右手直触到地,其样子可说是奇异,也可说是有幽雅之趣。我感到不可思议的魅力,竟也想用了满洲礼节对这旗妇去打一招呼。可是把这诱惑克制了,这至少是中野君的幸福。原来茶摊中禁止男女同席。我们所坐的茶摊,中间也拦着一支圆木。携了女孩来的父亲,把女孩放在圆木那方,自己坐着圆木这方陪她,喂她果物哩。在这种情形之下,我如果因了敬服之故和旗妇去打招呼,也许会犯风俗坏乱罪,被捉将官里去的。中国人的形式主义,真也可谓澈底的了。

我把这事说给中野君听,中野君把杯中的玫瑰露一饮而尽,才徐徐地说道:"那是了不得啊!有所谓环城铁道者,——就是那环绕城墙的火车。当筑那条铁道时,路线曾有一部通入城内。因为如此就不能说是环城,于是在城中又新筑一段的城墙起来,真是大大的形式主义哩。"

(原载《小说月报》第 17 卷第 4 号,1926 年 4 月)

秋

[日]芥川龙之介著　丏尊译

一

　　信子从在女子大学时，就负才媛之名。差不多谁都认她早晚将成为作家，在文坛里出一头地。有的竟至于随处宣传说她在就学中已作成了三百多页长的自叙传体的小说。可是从学校毕业以后，在抱育了还未从女学校毕业的她妹照子和她，而支撑着门户的寡妇母亲面前，也有不能尽顾自己的地方。于是她在从事创作之前，不得不依了世上的习惯，先定婚姻的事。

　　她有一个名叫俊吉的表兄。他当时还进着大学文科，将来似也抱着投身文坛的志愿的。信子与这表兄一向就亲密来往着，自从谈到所谓文学的共通话题以后，愈增亲密。不过，他与信子不同，对于当世流行的托尔斯泰主义等，向不敬服，无论何时，总是吐嚼着法兰西式的嘲诮或警语。俊吉的这种冷笑的态度，有时很使万事诚实的信子愤怒难堪，可是她虽愤怒，而在俊吉的嘲诮或警语中，觉得也有不能轻蔑的某物在。

　　所以，她即在未毕业时，也常与他一同到展览会或是音乐会去，不消说，这种时候，大抵是她妹照子也同伴的。三人在去时和归时，很自由地一路谈笑，不过照子有时却被置在谈话的圈外。照子尽小孩似地张望着店窗里的洋伞或是绢披肩，自顾自走，对于自己被闲却的事，似乎也不感到甚么不平。可是信子一觉到这，必立把话头转换，依旧和妹攀谈。说虽如此，而忘记照子的，常就是信子自己。俊吉似乎甚么都不在意，总是吐放着伶俐的滑稽语，在熙熙攘攘的人群中，跨大了步慢慢地走。

信子与其表兄的交谊，无论在谁的眼里，都会预想到将来二人的结婚。同窗们对于她的未来，原是羡而且妒，而不认识俊吉的尤甚，（这原不可谓不是滑稽。）信子在一方虽打消她们的推测，而在他方有时却故意装出真有其事的样子来。所以同窗们在未毕业时，早已把她和俊吉的样子，像新郎新妇的照相一样，各在脑子里合做一处明明白白地印着了。

不料，毕业以后，信子竟违反了她们的预期，突然和新近在大阪某商业会社服务的一个富商出身的青年结婚，并且结婚式后只二三日，和新夫同到服务所在的大阪去了。据那时到中央车站送行的人说，信子仍和平常时候一样，现了晴快的微笑，把容易流泪的妹照子多方劝慰着哩。

同窗们都怪异了。这怪异的心里，却杂着高兴的感情，和与从前全然意味不同的妒意。有的信赖她，把一切归责于她母亲的意志；有的怀疑她，说她突变了心。可是，这种解释的结果无非想像，她们自己也并非不知。她为甚么不和俊吉结婚？在这以后的若干期间，她们一有机会，必把这疑问当作大问题来谈论。过了两个月光景，——她们全然把信子忘了，不消说，连她所要作的长篇小说的消息也忘了。

信子在这当儿，已在大阪郊外作了幸福的家庭。她们住的地方，即在附近一带，也算是最闲静的松林里。松脂的香与日光——这两种东西常于丈夫不在时，在新租的楼屋中，管领着泼辣的沈默。信子在这样的午后，每当无端地感到气郁时，必开了藏缝纫器具的小箧抽屉，从底里翻出那叠着的桃色纸的信来看。信上用钢笔细细地写着这样的话：

"——一想到可与姊姊同在一处者只是今日，即在写这信时，眼泪也不绝地进出。姊姊，请宽恕我！照子在姊姊的可怜的牺牲之前，不知要怎样说才好！

"姊姊为了我的缘故，就把这次的婚事决定了。姊姊虽说不是如此，但我是明明知道的。那次，一同到帝国剧场去的晚上，姊姊问我爱俊哥吗？又说如果是爱的，那末姊姊必替你尽力，你可到俊哥那里去。大概，那时姊姊已看上了我想寄给俊哥的信了罢。在那封信初失去的时候，我真恨过姊姊，（请原恕，只这一事，我也不知怎样地对不起你。）所以那晚姊姊的亲切的言语，在我反以为是讥诮，我的动了气不曾作像答复的答复，这情形不消说你也不至于忘记的。过了二三日，姊姊的婚事突然决定了，我那时甚至于想死了来向姊姊谢罪哩。姊姊原也曾爱俊哥，（请勿隐瞒，我是很知道的啊。）如果没有我的障碍，自己必已嫁了俊哥了的。可是，姊姊却屡次反复地向我说不曾想着俊哥，后来终于和向不相识的人结婚了。我的好姊姊！我今日抱了鸡来，说'快和要到大阪去的姊姊行礼，'你记得吗？我是，想叫了所养的鸡，也同来向姊姊谢罪的。那末一来，弄得甚么都不曾知道的母亲也哭了哩。

"姊姊！明日你已要到大阪去了，但无论何时，总请勿弃姊姊的照子，照子每日朝晨一壁饲着鸡，一边记起了姊姊的事，在背了人暗哭着呢……。"

信子每读这小孩口气的信，必要落泪。一忆起从中央车站将上火车时，照子悄悄地把这信递给她的神情，尤觉得说不出的可怜。可是，她的结婚，果如妹子所想像，是全然牺牲性的吗？这样的疑念，在落泪后的她的心里，常扩大为苦闷的心情。信子为欲避这苦闷，大抵一味把自己浸入在快悦的感伤里。一壁凝视这时映在外面松林间的日光，看他渐渐地转成黄的暮色。

二

结婚后不觉已三个月光景，在这里面，她们也如一般的新婚夫妇一样，过着幸福的日子。

丈夫是个带有女性的寡言的人物，每日从会社回来，晚饭后的几小时，总是和信子一块儿过的。信子动着编物的针子，有时也谈近来世间所宣传的小说或戏曲的话，在这谈话中，偶然也有把基督教气的女子大学趣味的人生观羼入的事。丈夫酡着晚酌后的脸，把晚报放在膝间，有趣味地听她，却是可以称作他自己意见的话，一句也不曾有参加过。

他们差不多每逢星期，就到大阪或其附近的游览地去过闲散的一日。信子每于乘火车或电车的时候,对于那随处饮食不以为意的关西人,很是鄙薄,觉得柔和的丈夫的态度,在这点上也已上品可爱。丈夫漂亮的状貌,一杂在那些人们中真觉得自帽子,上衣,以及赤色的靴子,都会放出一种化妆肥皂似的清新的空气来。至于夏季休假中去看舞妓的时候,和在同一场内的丈夫的同事们比较了看,尤不觉要起矜夸的心情。可是,丈夫对于这些卑俗的同事们,却似乎意外的很亲密着。

在这期间,信子记起久已高阁了的创作来,于是拣丈夫不在家时,每日伏案一二小时。丈夫闻知这事,说"真个要成女流作家哩!"在柔和的唇间露出微笑给她看。可是,虽伏着案,笔却意外地不进,她常茫然地手托了头,倾听那炎天松林间的蝉声。

残暑快将转为初秋的时候,有一日,丈夫正预备到会社里去,要想把汗污的领头更换,可是,不凑巧,所有的领头如数在洗衣作里,家里一条也没有存着。丈夫近来正喜修饰,分外不快似地沈下脸来。一壁吊着背带,一壁不觉说出"只做小说是不行的"的厌语。信子只是默然地俯了眼,把上衣的尘堆拂着。

过了二三日,有一晚,丈夫从晚报上所登着的食粮问题,说到每月的费用不能再减省些吗,"你也不是永久做女学的"——这样的话也出之于口了。信子一壁不得要领地回答,一壁正在纱上替丈夫绣着领带。丈夫却意外地执着追究,"就说这领带罢,不还是买现成的便宜吗?"仍是执拗了说。她更不会开口了。丈夫于是苍白了脸,没趣似地只管读商业上的杂志等类。等到寝室的电灯熄了以后,信子把背向丈夫时,用了嗫嚅的声音说"以后永不再做小说了。"可是丈夫仍默着。过了一会,她用了比前还低的声音反复再说同样的话,随后即露出泣声。丈夫叱了她几句,她的啜泣声,在好久以后,还断续不已。可是,不知在甚么时候,信子又全然缒着丈夫了。

第二日,他们依旧变作了要好的夫妻。

却是在这以后,过了十二时丈夫还未从会社回来的晚上也有,而且,等到回来的时候,酒臭扑鼻,至于连雨衣都不能自己脱除。信子皱着眉头,殷勤地替丈夫更换衣服,丈夫却毫不为意,硬了舌头说讥诮话。"今夜我不回来，小说想做了不少了罢。"——这样的话，屡次从他女人样的唇间流出。这晚她上了床，不觉落泪。如果照子见了这光景，不知要怎样地给我一同哭啊！照子，照子，我所心赖的，就只你一人啊！——信子时时在心里呼着妹子，一壁为丈夫的酒臭的睡息所苦，差不多全夜没有合眼，只是辗转反复。

可是，一到了第二日，彼此又自然地和好了。

这类事情反复了好几次，秋渐渐地深了。信子伏案执笔的时候不觉也少起来。丈夫在这时，对于她的文学谈，也不像以前地有兴味。她们每晚在长火钵旁对坐了，只是把时间消磨在琐屑的家庭经济谈里。并且，在晚酌后的丈夫，也似以这种话题为最有兴味。信子有时鄙夷似地偷看丈夫的颜色，可是他却毫不关心，啮咀着新留的髭须，用了平常所没有的快活的态度，把甚么"照这样子，如果有了小孩……"等类的话，来周遍地想了说。

这里面，每月的杂志上，渐渐有表兄的名氏了。信子自结婚后就像忘了似地和俊吉未曾通过信。他的动静——像甚么已由大学文科毕业，新近在组织同人杂志之类，都只是由照子的信里知道的。并且，在这以上，也不想知道关于他的事。可是，一见杂志上载有他的小说，依旧觉得难忘，她翻着纸页，好几次地独自微笑。俊吉在小说里，也仍把冷笑与谐谑两种武器，像宫本武藏（宽永年间有名的二刀流的剑客——译者注）的用着。也许是心理作用罢，在她，觉得这轻快的讽刺的背后，潜藏着表兄从前所没有的寂寞的自弃调子。同时又觉得自己这样想，是在替他瞎操心。

信子从这以后，对于丈夫更加温柔。丈夫在夜寒中隔了长大钵，常可见到她的快活微笑的面庞。脸上也比以前化妆得后生。她一壁做着针线，一面谈到她们在东京结婚当时的记忆。丈夫对于她记忆的细密，既觉得意外，又觉得欢喜。"你竟连这种事都还记得。"——丈夫这样嘲戏她时，她只默然地用眼送过带媚的回答去。至于为甚么如此不忘，她自己内心也常觉得奇怪。

不久，母亲信来，报告信子以妹子已订婚的事。信中并附说，俊吉为娶照子,已在山手的某郊外完了新居了。她即对母亲和妹子写长长的贺信。"此间无人照料,吉期恨不能亲到……"——在写这种文句时,她自己也不知是何缘故,屡次笔滞写不下去。在那时候,她必举眼去凝望屋外的松林,松在初冬的天空中,簇簇地作了苍黑色繁茂着。

当夜,信子夫妇就以照子的结婚作了话题。丈夫露了照例的微笑,把她所学的妹子的口调,有趣地听着。可是在她,觉得竟像自己在和自己说着关于照子的事。"哦,睡罢。"——二三小时以后,丈夫拨着柔弱的胡须,倦怠似地从长火钵前离开了。信子还未曾把送妹子的礼物决定,用了火箸只管在炉灰上划着文字。这时,急抬起头来,说"但是,奇怪呢,一想到我也竟会有一个弟弟——""这不是当然的吗?因会你有妹子。"——她被丈夫这样说了,仍作着沈思的眼光,一语也不回答。

照子与俊吉,在十二月中旬行结婚式。那日将要到午,纷纷地下起雪来。信子独自吃了午餐以后,食时的鱼臭粘在口里只管不去。"东京不知也下雪不下?"——信子一壁这样想,紧紧地靠下那薄暗的吃饭间里的长火钵边去。雪愈下得利害了,可是,口中的鱼腥,还是执拗地不消退。

三

信子于第二年的秋里,和带了社务的丈夫,同到了久别的东京。丈夫是要于短日期内干好许多事的,除了和她同到她母亲那里作过一次形式的探望以外,差不多一日都没有领了她同伴外出的机会。所以她于访她妹子夫妇郊外的新居时,也只好从新辟地冷落的电车尽处,独自在人力车上颠摇着去。

他们的家,在街屋尽头快要到葱田的地方。邻近都是放租的新造房子,窄狭地并了建着。有叩环的门,樫树的篱笆,以及晒衣竿上的洗濯物——无论什么,家家都是划板一样。这平凡的住屋,颇使信子失望。

她打招呼时,应声出迎的,意外是她的表兄。俊吉仍和从前一样,一见了这珍客的面,就"呀"地扬出快活的声来。她见他已不是从前的短发头了。"久违了，请上来，不凑巧，只我一人在此呢。""照子呢？不在家？""买物去了，连女用人也不在。"——信子无端地觉到难为情起来，随把那上着华丽里子的外套在门口脱去。

俊吉导她坐在书斋兼客堂的八铺席室里，室中但见到处乱杂地叠着书，那当着午后阳光的窗边小紫檀桌周围，尤其满散着杂志新闻和原稿用纸，几乎手都放不下。其中可以说明新妻的存在者，只有壁旁立放着的一张新的琴而已。信子对于这四周的光景，新奇似地看了好一会。

"要来呢，是从信上早知道了的，今日来却不知道。"——俊吉燃着了纸烟，用了一向的亲爱的眼色。"怎么样？大阪的生活？""倒要问俊哥怎样？幸福？"——信子在那三言两语的当儿，觉得从前的亲昵，仍苏醒了过来了。信都不通地忽忽二年来的不快的记忆，却意外地不使她难过。

他们在同一火钵上烤着手，谈起种种的事来。俊吉的小说呀，共通友人的消息呀，东京与大阪的比较呀，话题的多，至于说也说不尽。可是，两人好像曾经约过的样子，全然不触到生活方面的问题。这使信子更加觉得像个在和表兄谈话。

可是，沈默也时时到二人间来，在那时候，她总是微笑着，把眼光落在火钵的灰上。这其中，有不能说是期待而在微妙地期待着甚么的心情。不知是故意或是偶然，俊吉总常立刻别觅了话题，来把这心情打破。她去偷看表兄的面孔时，见他仍泰然地吸着纸烟，也并看不出有什么不自然的表情来。

不久，照子回来了，她一见了姊的面，几乎喜得连握手都不能。信子也从唇间现出微笑，而眼里不觉已湿了泪。两人暂时把俊吉丢在一边，相互道问着去年以来的生活。特别地是照子，她红润着两颊，连关于所养的鸡的事，也不忘对姊姊说。俊吉衔着纸烟，有趣似地看了她们两个，仍是嘻嘻笑着。

这当儿，女仆也回来了。俊吉从女仆手里接得几枚邮片，就立刻在旁边桌上伏了飒飒地走着钢笔。照子知女仆也不在家，露出惊异的神色："那么，姊姊来的时候，谁都不在吗？""呃，就只俊哥。"——信子回答时，自己也觉得在装作坦然。同时，俊吉背向着那方也说："要谢谢丈夫啊,这茶也是我冲的呢。"照子和姊面面相觑了狡猾地"嘻"地一笑,而对于丈夫却一语都不回答。

暂时以后,信子和妹子夫妻共围晚餐的食桌了。据照子的说明,菜里所用的鸡蛋,都是家里的鸡生的。俊吉一壁给信子斟葡萄酒,一壁嚼说"人间的生活,都是由掠夺成立的啰,小之从这蛋起——"等社会主义样的理论。其实,在这三人中,最喜吃蛋的,不消说就是俊吉自己。照子说这是可笑,发出了小孩似的笑声。信子在这食桌的空气中,禁不住记起那在远方松林中寂寞的吃饭间的黄昏来了。

谈话在饭后的果物吃完以后,还未完结。带着微醺的俊吉,胡坐在秋夜的悠闲电灯下,大弄其他一流的诡辩。那议论风生的光景,使信子重恢复了一回当年的心情。她放了热烈的眼光说,"如果我作起小说来……"表兄即借了古尔蒙(Gourment)的警语来作回答,就是那"缪斯(Muses)们是女子,能把她们自由捕虏的只是男子"的话。信子和照子同盟着不认古尔蒙的权威,"那末,不是女子,就不成音乐家?阿朴洛(Apollo)不是男子吗?"——照子至于认真地说这样的话。

不觉夜深了,信子终于留宿在那里。

在睡以前,俊吉开了廊下的板门,只穿了寝衣,走下狭小的庭间去。既而也不知在呼谁,高声地喊"来看哪,好月亮呢。"信子独自跟在他后面,把足伸到阶石上的下驮去。在已去了袜的她的足上,感到露水的寒冷。

月亮正在庭隅瘦弱的桧树梢间,表兄立在这桧下眺望着薄明的夜空。"长得很多的草呢"——信子从荒芜的地上怯怯地踏近他那里去。他仍望着天空,只唧咕了说"十三夜哪。"

沈默了好一会以后,俊吉静静地回过眼来,说"去看看鸡舍吗?"信子默然点头。鸡舍恰在和桧树正反对的那隅,二人并了肩缓步到了那里。芦席栏以外,只有带鸡气息的朦胧的光与影而已。俊吉张望着那小舍,差不多好像在独自说的样子,嗫向她道:"正睡着,""被人取去了蛋的鸡,"——信子立在草中,不禁这样想。

二人从庭间回到屋内时,见照子正独坐在丈夫书案前茫然地凝视着电灯，——那倾斜了装置着的嵌在绿色罩里的电灯。

四

翌晨，俊吉着了那在他算是最考究的洋服，食毕匆匆地出门，说是为亡友一周忌日参墓去的。"好吗，等我的哩，到午必定回来。"——他一壁着外套，一壁嘱咐信子。她只在纤细的手上替他携着呢帽子，默然地微笑。

照子送了丈夫出门以后，请姊对坐在长火钵的那方，殷勤地荐茶。杂谈关于邻家主妇的话，访问记者的话，以及和俊吉同去往观过的某外国的歌剧团的话，——此外似乎还有许多愉快的话题，可是信子却无兴致，她虽在勉强敷衍作答，自觉已是心不在焉，这态度后来似乎连照子都觉到了。"为甚么？"——妹子凝视了她不放心地探问，可是信子自己也不明白是为了甚么。

挂壁钟打过了十时，信子举起倦怠的眼来说，"俊哥还似乎不会就回来呢。"照子被姊引动了，也把钟望了一眼，却意外冷淡，只答说一声"还——。"信子在这言语里，觉到那厌饱了丈夫的爱的新妻的心情。她一想到这，不禁愈加倾于忧郁起来。

"照姑儿幸福啊！"——信子把头埋入领内去，一边取笑似地这样说。那所潜存着的真正的羡望的神情，总不能流露出来。照子却天真烂漫，仍快活微笑了故意眼睛一白，说"记着，"接着又讨好似地加说"就是姊姊自己也幸福。"这话却把信子打动了。

她微举了眼眶，回问"你忖是这样？"问了即自后悔。照子一壁也露出怪异的神情，和姊面面相觑着，那脸上现出后悔之色。信子勉作了微笑说，"至少能被人这样忖，也是幸福啊。"

沈默来到二人之间了。她们不觉都倾耳于在滴答的时钟之下的长火钵中开水壶的沸声。

"但是，哥哥难道不温和？"——过了一会，照子低声恐惧似地问。那声音里，显含着怜悯的调子。信子对于这怜悯的态度，很是不快。她只把新闻展在膝上,俯伏了眼,故意默然不答。新闻上也和大阪一样地载着米价问题。

不久,静静的吃饭间中,微微地闻到有泣声,信子把眼离开新闻,见妹正在长火钵的那面用袖掩着脸孔。"何必哭呢。"——照子虽经姊这样劝慰,仍是哭泣不已。信子一壁感着残酷的喜悦,一壁把无言的视线,注在妹子的震动着的肩部。过了一会,似乎怕女仆听见,将脸凑近了照子,低声地说,"如果我有对你不起的地方,就向你赔罪。只要照姑儿幸福,就比什么都欢喜。真的啰,如果俊哥替我爱着照姑儿——"说时,她的声音也为自己的言语所感动,渐渐地带感伤起来了。这样一来,照子突然放下了袖子,把泪湿的脸抬起。在信子的眼中,竟看不出她有悲哀与愤怒的样子,只觉有勃不可遏的嫉妒之情,燃烧似地在瞳中放射着。"那么,姊姊——姊姊为什么昨夜又——"照子没有说完,又把袖掩了脸发作地大哭起来了。

二三小时以后,信子在有帷的人力车上摇着到电车的终站去。她眼所见到的世界,只是前面车帷上的一个小明角窗。市外式的家屋,以及变了色的树梢,都不绝地徐徐向后流去,如果要在这里面寻一个不动的东西,那末只有那浮着白云的寒冷的秋空了。

她的心是沈静的。可是支配着这沈静的东西,无非就是寂寞的觉悟。照子发作完了以后,和解与新的眼泪,很容易地使二人依旧做好的姊妹。可是事实却仍作了事实,留在信子的心内,到现在也不消去。她不待表兄回来,将身坐到车上去的时候,心中早如压了一块冰,觉得和妹子已是路人了。

信子忽然一举目,从车帷明角窗中,见表兄正携了行杖从尘杂的街路上来。她心动了,停车呢,还是让他逗出呢:她努力把悸动抑住了,在车上踌躇了好一会。俊吉和她的距离,渐渐近来了。他正浴着淡薄的日光,在水洼潭很多的路上慢慢地动着靴子。

"俊哥"——这声音在一瞬间几欲从信子的唇间流出,实际,俊吉这时已就在她的车旁了。可是,她仍是踌躇。这当儿,甚么都不知道的他,终于逗出到车后去了。阴沈的天空,稀疏的街屋,黄褐色的高高的树梢，——接着依然只有行人稀少的郊外的街道。

"秋——"

信子在微寒的车帷中，全身感到了寂寞，不禁只管这样想。

（原载《东方杂志》第 23 卷第 14 号，1926 年 7 月）

疲　劳

〔日〕国木田独步著　　丏尊译

京桥区三十间堀有一个名叫大来馆的旅馆。总算是属上等部类的，住客都是绅商，电话也备店用与客用二种，常年住客，少时十二三人，多时至三十人。

五月中旬的有一天，坐在帐台前的一个伙计，把从他前面通过的侍女叫住：

"阿清姐，把这拿给大森先生，只说方才这人来过，已对他说人不在，把他回复了……"

说着递给一张小名刺，阿清接了上梯子去。

正当午后二时的时分，住客大概实际不在，馆内很是寂静。中庭青桐新叶的影，映在揩净的走廊的地板上闪闪地发光。

把北首八号房间的纸格一拉开，房中有着二人。一是这室的主人大森龟之助，一是从午前一直留到现在的客人。大森伏了案正在用自来水笔拟电报稿，客则脱却上衣，只着了一件衬衫在匆忙地查阅函件。烟草盆中杂乱地注满了埃及卷烟的残蒂。

大森接了名刺，不待阿清说完：

"喂！中西来了！"

"那末怎么了！"

"不听见吗？说回复他不在，已回去了。"

"这倒糟了！"

"因为那家伙信来说非一星期以后不能来京，所以没有关照账房里。但是，不要紧，来了，就最好没有了。停会同出去罢。"

头已微秃的肥胖的客人，只应了一声"唔，"把金边眼镜里边的眼睛瞠了，右手捻着鼻下的黑须，只是沈思。大森见这神情，一壁移拢烟草盆，把烟蒂注入，一壁低声地：

"或者还是去叫他来罢。"

"呃，还是这样好。否则在他要以为我们一味迁就他，反而不妙哩！"

大森说了一声"且等一等，"把才吸了一口的烟卷，注入灰盆里，伏了案迅速地把电稿写好，交给茫然等了许久的阿清：

"立刻给我发出去！"

阿清走出房间，大森又取了烟卷：

"这确不错。他这家伙像聪明而实呆笨，如果这边一着急，就会了不得起来，原来爽爽快快可以答应的事情，也会故意刁难的。"

"话虽如此，但这边如果太像煞有介事，他就要动气。真是难对付他。"客说着打了一个大哈欠："姑且叫了他来再看罢。"

"甚么时候去叫他来？"主人说着也打了一个由对方传染来的呵欠。

"今夜如何？现在就是去叫他，他也不会在旅馆里的。"

大森望着案上的金时计：

"二时四十分。此刻是一定不在的。但是，"又望着时针略微想了一想："明天清早不好吗？中西既来了，我想停会还是先去会一会骏河基的那角色为妙。"

"不错，这样较好。"

"并且，今夜先须叫了泽田来，叫他把样本的说明顺序，好好地预备妥当。"

"对了，这更要紧。如果像中西那样的对手，结构说明等类的事，我们也能对付。但究不及泽田。那末就这样决定罢。停会送一封信去，电话是靠不住的啰，和他说明日午前八时以前候他罢。"

"好，信就发去罢。"大森取出信纸，迅速地书写。客人则把散乱着的函件丁宁整理了装入大皮包里。

"中西的旅馆很醒醒,那家伙竟能久住不换哩。"大森在写信封的时候说。

"一住得长久,也就甚么都惯了啊。"客人笑着,一壁提起上衣一手通进袖管去:

"你如果遇见那角色,请和他说一声:那件事如果没甚么一个决定,我很为难。那角色也许正在想法,所以延宕着,但这样下去,你是知道的,我真要不得。向了同乡人托事情的时候,很似着急,一等到事情快弄好,就睬也不睬。真是把人作呆子看,所以请你代对那角色说:可以末可以,不可以末不可以,无论成功与否,赶快给我决定。那角色太糊涂,只要托他,甚么都会敷衍答应,反使从中的人为难。"

说着穿好上衣。大森不知在甚么当儿按了铃的,侍女走进门来。

"这真奇妙极了,要想发信给中西,阿蝶姐就来,别人真转不来念头哩!"大森把信递给一个十七八岁的少女。

"呀哟,又说那样的话。我和中西先生是毫没有相干哩。我真不甘心,大家都来欺弄我!"夺也似地接了信:"好的,要说这种话,我会把这信丢掉的!"

"呀,讨饶讨饶。这是要紧的信,丢掉了还了得?请叫源老头子立刻送去。阿蝶姐好孩子。"

"阿蝶姐好孩子,顺便叫辆人力车。"客人把身上整顿了附和着说。

"田浦先生,不要倚老卖老地像煞有介事。"说着自去。

不久车到田浦去了。大森也就坐了馆中的美丽的包车,威势俨然地出去。

午后四时半光景,大森从外回来,一进房间,就把那五尺六寸的长身,横倒在席上,成了一个"大"字,把眼注视着天花板好一会,那四角方方的脸上,显出不可堪的疲劳的神色,似乎连脱换洋服也不耐烦了。

不久,阿清进来,说"从江上先生那里有电话。"

大森跳起身来,把那倦睒睒的眼睛张大了直立起来的时候,脸上已带土色了。

可是,在电话筒上仍用了威势堂堂的声气谈话,回答了说:"那末请就来。"

回到房里,又颓然把身横倾了闭着眼,忽而举起右手,用指唱着数目,似乎在想甚么。过了一会,手"拍"地自然放下,发出大酣声来,那脸色宛如死人。

《疲劳》收在一九〇八年出版的《第二独步集》里。从前一年出第一集中的《正直者》、《女难》等篇已露出自然主义倾向的作者,至此似已达到了自然主义的顶点。独步的小说,都是短篇,而此篇尤是短篇中之最短者。试看,他就某旅馆的一室,仅少的时间,仅少的人物,写不到二千字,而现社会的紧张的生活状态,已被表现得逼真十足。这是何等手腕。读了这一短篇,效力就不下于读那马克斯·诺尔陶(Max Nordau)的洋洋大著的《变质论》。我相信。译者附识

(原载《一般》第 1 卷第 2 号,1926 年 10 月)

1927

第三者

［日］国木田独步著　丏尊译

一

大井君足下，

你，我，都是这问题的第三者。

第三者这东西，是可以下得冷静的判断的。故在结婚或离婚等感情的问题上，最不可少的就是这第三者。你与我只好先把这层认定然后着手一切了。

所扮的角色，我是鹤姑的代表者，你是江间君的代表者。代表者这名词，也许不很妥当，但在目下，我是鹤姑的义兄，你是江间君的朋友，也就不妨这样说罢。原来，所谓什么叔父什么义兄，老是要负担奇怪的职务的东西。

单刀直入地说罢，鹤姑已心死了。完了，她的血管里，甚么爱或恋等类有热的汁水，早已毫不流着了啊。只是坦然平气着啊。请首先把这事实转告江间君。

女人这东西！和这个所谓"机会"同样，只是前额有发，没有后发的。一经朝向别处，就完结了。愈捕捉愈逃得快速。请和江间君说："断然离婚罢。"

二

武岛君足下，

前额的高论，已领教了。但江间似很不能断念哩。他自己还以为握着前额的发，所以为难。他苍白了脸死挣着。似乎在说，这难道可放掉的吗？

当时，我照了你的话，把鹤姑已坦然平气的情形告诉他，可怜，他口里虽说"这我也相信，她原早已没有爱了的"，但心里似很不能作这样想："但是，妻虽不爱我，我是爱妻的。所以不能离婚。"语声几乎要哭了。

武岛君！这要赖你的力了。不设法再和鹤姑说一说吗？姑且请她再回来一次。如果如此，江间君因了自己的力，也许会有使她回心的方法罢。但是要声明一句：我是赞成离婚的。

三

大井君足下，

再重复一遍罢，鹤姑心早死了。昨天也曾说这样的话，"以后如果结婚，总要拣和气的人。像我这样由自的人如果不是富于忍耐力的，究竟合伙不来的。"

总之，她对于江间君是厌了的。既已露出第二次结婚的话来，那末，虽劝她再回到江间君那里去，也究竟是无益的事了。

话虽如此，昨天傍晚，她曾立在檐侧，似乎在沈思甚么，近去一看，在哭哩！大概是追忆起了当时，不觉悲哀起来了罢。但是，忆起的爱，只如因记起面炸鳗（Kabayaki）而流唾液的光景，现在所吃的鳗，已不是从前的鳗了。

在这里附加声明：我也是主张离婚说的。

四

武岛君足下，

鳗的比喻，佩服之至。照此说来，鹤姑是把江间吃厌了的。这在被吃厌的一方，实是惭愧。不凑巧，江间似乎还未曾吃厌鹤姑，既然吃了，最好连骨头都吃光才是。江间瘦了哩！

今朝我去看他，他还卧着。我催他："喂，甚么了！已九点钟了哩！""管他甚么时候！"他把脸藏入被去。枕畔摆着二三封鹤姑在恋爱时代给他的信。"你不是在哭吗？"我不觉叱问起来。"胡说！"他伸出头来，当真没有哭。泪痕是看不出，只是脸色苍苍的，两颊也确瘦损了。"老婆这东西，难道竟是这样了不得吗？"我这样说。

"你在侮辱我吗！"

"呃，就侮辱你！"

"不是岂有此理吗，岂有此理！"

"不管岂有此理与不岂有此理，我侮辱你，大井德五郎侮辱你，非侮辱不可！"

"为甚么非侮辱不可，请说出这所谓不可的理由！这不是戏言哩！"他半抬起身来了。武岛君足下！你也要发笑了罢，我那时实禁不住要笑出来，但见了江间神气的认真，就勉强装作严重的样子："请卧下罢，还是不起来好啊，因为你是病人。"这样一说，他也就睡下身去，眼睛只是望着屋顶。

"江间君，你不必这样动气，且听我说。我是你的好友哩，不是一朝一夕的交谊哩，但是我敢侮辱你，非侮辱你不可，……"

"请任意尽量侮辱！"

"请静听我说。要两方有爱才是夫妇罢。这样的事，在你是应该早已知道了的。你平常嗤笑着呼我为野蛮人，好汉，我要对你作爱的解释，似乎有些近于班门弄斧，但像只一方有爱不能为真心的夫妇光景的事，是知道了的啊！鹤姑如何？不是抛弃了你逃去了吗？尚可说鹤姑有爱吗？没有爱，就不是你的妻，就是路人，对于路人硬去加上妻子的名义，这想来也不像你平日的议论罢。为甚么只是粘缠不休哩！拿点丈夫气出来！丈夫气！我见了你那苍白的面孔，初则觉得可怜，终则要把你来侮辱了！"

"所以，你是野蛮人。所谓丈夫气，是甚么话？你们所说的是假撇清。我自信不至于堕落到了为爱而假撇清啊！"

"不错，你是了不得的新人物。但是，你无论怎样爱鹤姑，鹤姑如果毫不爱你，将如何？"

"没有法子。"

"法子是有的啰！"

"是的，用我的爱去唤醒她的爱。"

"瞎说！离婚罢。"

"这不能，因为无论怎样，我是爱鹤姑的。"

"这可笑了。你这样爱着的女子，为甚么要逃走呢？"

"所以，我在苦痛。"

"或者你要苦痛也未可知，道理是如此：你的爱这样燃烧着，而女子还是逃走，那末即使把那逃走了的女子唤了回来，你的爱也不会有唤醒女子的爱的力了。道理是如此，请你冷静地加以判断！"

"那不然。在这以前，我的爱未曾十分被鹤姑知道，我虽十分爱她，而她却不替我觉知。一想到此，我总是难过得很！为甚么？为甚么不知道我的爱呢？"

"那可不知道。不过我以为如果是这样的女子，只有离婚的一法。"

武岛君足下，谈话大略如上面的样子，我说到了这里，也有点倦了。一时是不会断念的。可怜，他总是恋着鹤姑，鹤姑原是你的义妹，想必有了不得的好的处所罢。再没有不可思议的动物像女子的。

目下暂且大家作旁观罢，大家把第三者的尊严维持着罢。

五

　　大井君足下，

　　来信快读了。你竟是了不得的文学家，还是把会社的事务辞去加入了文人的团体罢。谨赠你以"大井蛮骨"的雅号。

　　从信上得悉江间君的近状，我很为动心。你说鹤姑有了不得的好的处所，我看也不见得，或者这就是所谓"情人眼里出西施，"也未可知。大概，在江间君的眼里，有着甚么了不得的处所罢。我曾把你的信给鹤姑看了。哭了哩。

　　"甚么样？ 有回去的意思了么？"我禁不住问她。

　　"怎样好呢？"

　　"把这样爱你的丈夫抛掉，是丧良心的，再仔细想想看！"

　　"但是，哥哥，一回去就觉得无味啊。"

　　"但是，你总也不觉得江间君是可憎的罢。"

　　"是的，也并不可憎。但是，像从前的样子，觉得全然无趣啊。"

　　"这次如果回去，江间君也不会再有像从前样的乱暴举动了罢。因为他现在那么难过着。"

　　"哥哥是这样想？"

　　"是的。人的性质，原不是一朝一夕所能变过的，生来的气质，差不多可以说是一生不变的东西，江间君也不见得因了这次的事，把老脾气如数改变，但多少是会变点的罢。"

　　"终究不行，哥哥。我早已仔细想过了，他的脾气是无论如何不会改的。如果会改，那么这许多日子早该改了若干的了。两人间的吵闹，并不从这次才开始，上月初，不是也曾连累过哥哥了么？ 那时候哥哥说是不幸的爱，真的，江间，我，都真不幸呢。"

　　鹤姑泪潜潜下了。大井君足下，鹤姑并不全然否定江间的爱，不但如此，并且对于江间君的不幸也似很抱着同情，但是她自己却已早不爱江间君了。她的逃走，是因为江间君逞了自己的性质，把爱向她头上狂注,而柔弱的她受不起这爱的缘故。

一月前,他们起了争闹,我被叫唤了去的时候,我就看出江间君的爱决不浅弱,而同时感到江间君的性格和鹤姑的性格究不一致,曾向江间君说:你的爱是不幸的爱,并且忠告他说:再略把心情放平静些,不要激昂,两人用了携手散步春风飘拂的田野的态度过日,如何?

但是,性格的冲突,即在本人也无方法可想,他人的忠告,能有甚么效力呢? 我在一月前早就确信早晚会有破裂的事的了。

加之,他们两人从四五月前,似已互把对手的人物用心研究了的。江间君对于鹤姑,鹤姑对于江间君,如其说是研究,宁可说是猜疑。两人虽当作了夫妇同居一家,却似彼此是敌人的样子,彼此防备着。如果是敌人,尚有忘怀的时候,正唯为爱的魔力所束缚,彼此不能忘怀,二六时中,两人的问题,似乎只在其中的一人身上。这样的夫妇之间,那里会有平和的道理?

他们的不幸,不是因为他们两人爱的如何,乃是因为两人都把爱的表示方法错误,而使方法错误的就是他们的性质。

所以,足下,即使把这两人仍合在一处,也决不会幸福的。鹤姑现在才把这感到了。所以,不会再回江间君那边去,江间君比鹤姑更抱着深的爱,所以不能像鹤姑的能冷静地把这结果看清爽。

旁观,大赞成! 暂时请你也从旁冷观罢:江间君不久也就会冷静下来的。冷静了以后,就会和鹤姑抱同样的心情的。

六

武岛君足下,

我们虽豫备旁观着,但当局者究竟比第三者热心。江间送了下面像信又像随笔的东西来了。特附录了以供参考。

鹤子现在不爱我了,但曾经爱过我的。我曾爱鹤子现在也爱着,实在爱着。她弃我而走了,但我的爱因此有加无减,愈激扬而不销沉。

我自己也不知道我的爱着之念竟会深到如此，现在她弃了我了，寒风一阵，吹入心头，回转着使我苦恼。这苦恼的难堪啊！

我永久爱鹤子，我的心一刻都不能忘怀鹤子。鹤子如果已成了恋爱的坟墓，那末我就埋在里面！

诸君如果叫我对于鹤子断念，这就是在劝我死，是不知道我现在的苦恼比死还深。真是不思之甚。

此外还写着许多的话。但我们是第三者，何从知道江间君的苦恼深到如此呢？不，知道是知道的，但知道与感到完全是两件事。医生知道病人的苦痛，但不会感到，只投药待其热退而已。武岛君足下，我们的病人，是还不容易退热哩！

他的母亲姊妹见了这病人，很是痛心。但母亲和姊妹对于鹤姑并不表示着何等的尊敬，倒反抱着不少的恶感，这原因实归着于鹤姑的人格问题。总算是不幸中之幸，离婚罢：这似乎是我们病人周围的舆论。同是第三者之中，像这样的第三者，是多少发着热的，凡只一味帮助当局者的苦痛的，原是讨厌的家伙。

七

大井君足下，

江间君的信，真能把恋爱的苦恼完全表出，我读了也很抱同情。但同情这东西，说来虽好听，其实并无了不得的价值，到底所感得的不及本人的百分之一。这是人类的组织如此，无论怎样，也没有方法的。要沈陷在第三者或第二者所到底不能想像的苦恼里，这只说是本人的不幸。但在一方，本人能感到他人所到底不能感得的快乐，并且碰得好，有时也能叫别人起百分之一的同感，全盘平均结算，也不吃亏的。

幸而，我也只和普通人一样，但到同情的地步就止步了。如果把信给鹤姑看，或者会突过同情以上，所以我守着第三者的态度，不把信给她看。这大概你也赞成的罢。

鹤姑也是女子中的一个，也是感情的奴隶。感情的奴隶所常陷的恶德,就是自欺而不自知。故最没有善于自欺像女子的。一壁自欺了,一壁还自以为做了甚么善行似的样子。所以,如果把江间的信给鹤姑看,也许就忽然自以为了不得,忽然以节妇自命(就是自欺)。他既然如此恋着我,我为他牺牲了也不要紧:这样的念头也许就会起来哩。这是何等危险的事啊! 如果立时可变为节妇,那末早就不应弃了同居一年的男子逃走的。

在这浮动派的女子当中,鹤姑尤其是一个激烈分子,并且胆子很小,所以稍和她说几句柔和的话,立刻会流泪。优柔脆弱,在恋爱上真是最适当的女子,江间君的恋爱的魂灵,所以全然被她魔摄,大概就在这一点罢。但在一方面,她却会演出大骚动,会出乎意外地因些微细故发狂,哭泣,激白了脸,眼中充满了恶毒的光睨人,怨恨,扭扑,凶啮,还有牛头不对马嘴地恶意附会。这样一来,差不多就成了一个无法对付的女子了。据我的鉴定,与江间君的冲突,原因大概多在鹤姑方面的。

鹤姑这个女子,大概不适宜于做妻,在恋爱上是最好没有的。她自己似乎也觉悟到这个,昨日我和她滨边散步。

“阿哥,像我这种人,实在做不来人妻的啊!”她叹息了说。

“也许是的吧。”

“是的啰。像我这样由自的人,谁都难忍耐的啊! 江间君也亏他忍耐得一年哩!”

“既然如此,不逃来不好吗?”

“但是,我这面忍耐不住啊!”

“这就是由自哩。”

“也许是的。可是事已如此,也无法想,我将来如果要嫁人,想嫁个四十或五十岁的。因为他会得把我看作孩子,我虽自由,他也会娇养我呢。”

“古川市兵卫君如何? 此外我想不出人来。或者还是平沼专三罢。”

“说出这样话来,真刻毒啊! 或者还是独身到底好也未可知。”

“一味恋爱?”

“哪里的话。”鹤姑笑说,脸有些红了。又像记起似地:“但是,阿哥,结婚结定了就全无趣味，好像一生已被限定，希望以及甚么都没有了似的。人在恋爱的当儿最是幸福啊！"

谈话大概如此。真是捉摸不定的女子。江间君如果也不结婚，倒反不致陷入今日的地位，彼此都幸福也未可知的。

昨夜九时光景，我走到妻的房间里去，见鹤姑坐在妻的针线桌旁，手托了腮在读什么。脸孔很正经，似乎正被感动不堪的样子。

"阿哥，你的朋友里面，有没有做基督教的牧师的？"这样问我。

"很多，甚么了？"

"我想到那种地方去。"

"去作新娘吗？"

"不，只想请他指导。如果在乡下，更好。但是……"

"那末，将怎样？"

"阿哥，我想一生独身了传道呢。住在质朴的乡村里，就是引导一个村人向神之道，就是救援一个人的灵魂也好。"

我一听到这话，几乎要笑出来了。你也恐怕要熬不住发笑了罢。这不是靠不住的空想吗？可以名之曰"小美感"罢。"乡村的传道"确足为清新派的小说题目。可是，今日鲜活着的基督徒之中，鹤姑似的男子似乎不少哩。

要之，女子是这样的东西啰。一没有了恋爱的对手，就会不安心，悲哀，像煞有介事地感激与兴奋起来。"就是救援一个人的灵魂也好，"至高明也不过如此罢。

八

武岛君足下：

不是很酷地攻击鹤姑吗？但，读到传道的一节，我也禁不住笑了。话虽如此，现在却有一件叫我不能笑的事情。早晨江间苍白了脸来：

"我无论怎样，总不能忘情于鹤姑，我所写的东西，你看见过了罢。真的，我已苦痛得不堪了。总算是你帮助我，替我想想甚么方法看！"只听了他的言语,也真可怜。

"所以,我不是不断地在运动着吗?"我也有些窘了,就这样说。

"咿呀,你们的尽力,是破坏方面的尽力,决不是以回复我们夫妻的原状为目的的。你们真会做残忍刻薄的事。"

"但是这是第三者的义务。如果也同你一样地热狂起来,那末就失了第三者的功效了。"

"这样的义务,请不必替我尽罢。"

"那就最好没有,老实说,我也正为难着哩。"

"喂! 这是你真实的话吗?"

"你真实吗?"

"在尝着生死关头的苦的人,还有不真实的吗?"

"至少是病,你是热病患者啊!"

"好,热病患者也不要紧! 你们在看我死哩!"

"不,在等你热退。喂! 一不小心,病就会复发的啊!"

"别取笑了!"患者稍把态度改好了一下:"我的热到底冷不去,只会加高,不会冷却的。像你们的样子做去,鹤姑就要愈加冷却了。"

"亏你还说这样的话。鹤姑不是因为冷却了才逃走的吗?"

"这也许是的。但鹤姑究也是个人,如果闻知我在这样苦痛,多少是会动心的罢,究竟她也不以我为可憎的。只要能如此,我就满足了。喂! 请你替我和武岛君商量商量,设法叫她回来! 对不住! 总算你帮助我!"

"我且问你,这样的女人住在你旁边,你会觉得幸福吗?你受了鹤姑的魔弄了。不是我攻击曾做过你的夫人的人,那个女人不是平常的女人,是个无可措手的女人哩。武岛君来信中也说她恋爱上也许适合,决不是配做妻的女人呢。你应该早已尝着她的苦头了。"

"我也原知道着鹤姑的性质,也很觉得难对付。但爱仍不少变。将来也许不幸,但决不顾惜的。"

"总之,逃去的鱼是大的。"

"决不如此想。"

"那里,这是人情啰。因为鹤姑逃了,所以就更觉她好了。钓得了看,仍是一条小鱼,并且还是一条要刺你的危险的鱼呢。海是广大的啊,将来也许会钓着大大的鲷鱼哩,再另外钓钓看罢。"

"小也不要紧,要刺人也不要紧,我总想得那逃走的鱼。"

"可惜,前途却如重新拾得了性命,正在快活自在东西游行着罢。"

"你说刻毒话!"他悄然了默下,我也觉得可怜起来了,我想把你的鹤姑的人物评给他读了,也许多少会觉悟过来的,就把你昨日的来信给他看。

江间热心地读,读毕以后,暂把目闭住,既而长叹了说:

"原来,第三者是冷酷的东西。"

"你在说可笑的话哩。"

鹤姑的人物,也许确如武岛君所说。无论怎样都不要紧,但何必一定要使鹤姑不想起我呢?我所写的东西如果武岛君看了也同情,那末转给鹤姑看看,不也可以吗?你们说鹤姑冷却了,冷却了,其实都是你们弄她冷却的。好! 不再托赖你们了! 我直接和鹤姑说去! 我要亲口向鹤姑诉说我的苦痛!

"想见见面吗? 和那逃走了的妻。"

"不要管我! 我不愿专靠第三者了。你们为我的将来计,叫我断念,我原是感激的。但必定要把我那爱尚未冷却的妻弄得愈加冷却,实在残酷了。我写信给武岛君,请他令鹤姑和我会面罢。"

"这自是你的自由,但恐怕鹤姑不会和你会面呢。"我因为觉得他太愚了,所以痛快地冲人说。

"没有的事,我一定要和她会面!"他说了就回去。大概他将有信到你那里罢,关于这事,我甚么话都不想说,一听你去处置。

我仍旧回到旁观的地位罢。

九

大井君足下,

来了哩,信是。长长地写了许多,大意是要求答应他和鹤姑会面。

会面断然于双方无益的,我原想保持第三者的冷酷(江间君所说的)到底,但不知鹤姑的意见究竟怎样,就去试问她。

"阿哥以为怎样好?"她这样问。

"我觉得还是不会面的好。你难道还预备看了他的来意,重新回去不成?"

"回去的意思原丝毫没有,只是要看看他的神情如何,所以想见他一面。"

"如果这样,还是不见面的好。"

"是的,那末就不见面罢。"

你看,女人是这样的! 结果,我就断然地去信答复他,说相见也无益,反有损于你的面子。

姑且请你去探察探察他的情形罢。真是可怜的人啊!

十

武岛君足下,

江间来了罢。我见到你的信,当夜就去看他,他已出门了。我吃了一惊,去问他的母亲,据说:你的信是确似接到了的,他对母亲说要到逗子去一趟,母亲曾阻止他,他终于不听而走了。

前后只差了一步,江间的体面,就完全丧失了。但我总料不到他会不顾你的阻止执意仍去的。

十一

大井君足下,

戏剧就快到结末了。晚上十时,江间君突然到来。这在我冷静的第三者,顿时不禁为之一惊。摩搓了朦胧的睡眼仔细认看,一些不错,来的确是那脸色苍白双目炯炯的江间君本人。

"你怎么来了?"

"来会鹤姑。"

"鹤姑早已睡了哩。"我说了这话不觉自己也好笑起来了。同时补足着说："但是，我回你的信中原说还是不会面的好。"

"你的信我原见到。可是我并不是计较了利害来会面的。想当了面，由我直接探问探问鹤姑的心意看。"

"无非反而动气罢咧！"

"咿呀，我决不动气。我是，要动气也不会动的。让我一见！我有一句话要对她说。"

"那末请见。"我对了他那脸色，听了那声音，不能不这样说了。我遂去叫醒鹤姑，把情形和她讲，她非常吃惊恐怖。

"请阿哥也在旁陪着我，我很怕呢！"她战战地起来。女的对于男的恐缩如此，当然没有什么爱或恋可说了。

在八铺席的一室里，我和鹤姑相隔数尺与江间君对面坐下。鹤姑的不敢抬起头来，正无足怪，原来江间君正昂然对着这方。他似乎想维持男子的尊严，用眼角来瞟着鹤姑。

"鹤姑！你打算此后不回到我那里去了吗？"江间君先开口。鹤姑略微把头抬了一抬仍即俯下，一句话也不说。

"你怀疑着我的爱哩！"

"并不是啰。"鹤姑勉强开口。那样子宛如被鹰睨视着的小雀，局促不宁。我见了这光景，早就预测到这会见的结果了。即使开了胸襟商谈，江间君的希望，也很难有把握，像这样棱棱角角，全然似外交谈判的样子，大家钩心斗角起来，当然不会有好的结果，徒使女的畏缩了愈和男的远开而已。

"那么，为什么弃舍我？"

"因为觉得似乎两方都不幸福的缘故。"

"这可笑了。如果我爱你，你也爱我，不就是无上的幸福吗？或者你早已不爱我了罢？"

鹤姑的对于这问语一言不答，实是当然的事。

"甚么？如果不爱，那末就不爱？要明白地说！"

江间君的声音愤激了。大井君足下,江间君大概在平日曾好几次地用了这样的声音,发过这样的问的啊! 我这推想,似非无理。如果像这样子,即使会萌芽的爱,也要缩进头去的。

"不回答吗?"江间君怒喝。如果在二人接近的时候,恐会演出挥拳的武剧了罢。鹤姑几乎要哭了出来,用眼向我求救。

"咿呀,你这样说,却使鹤姑为难罢。鹤姑并非不爱你,只是以为性情不合的人,就使结为夫妇,将来大家都难得幸福罢咧。"我插言了。

"不,我并不在和你讲话。但求鹤姑亲口回答我。"

"要求政务委员的答复吗?"我几乎要这样冷语打诨哩。大井君足下,我于是愈确定江间君不是配被女子眷恋的人了。

"我的意思,也和方才阿哥所说的话一样啊。"

"那么,性情在那里有不合? 如果不合,只要使他合了,不是就好了吗? 性情不合,只是口实,你没有爱是真的!"

"如果你以为是这样,那也没有法子!"鹤姑忽然发出脾气来,放了一支嘲笑的冷箭。

"唔,我认定是这样。但是我,无论如何爱你的!"

"你的是爱吗?"

"当然是爱,不是爱是甚么?"

"啊! 难得有这样奇怪的爱哩!"

"奇怪的爱? 甚么话? 岂有此理……"

"但是,不奇怪吗? 殴呀,打呀,都是爱吗? 如果是这样的爱,我真不敢领情!"

"那是另一问题,因为你说话岂有此理,所以打你的。和爱是另一问题。"

"所以,我说,如果是这样的爱,我不敢领情哩。"

"咿呀,大家这样说也无益。江间君,还是商量商量本问题罢。"我终于不得不再插嘴了。大井君,我羡你幸福,未曾目睹这种无谓的场面。他们厌"爱"用不尽,遂把他团成圆子,江间君将这向不喜吃的鹤姑的口中硬塞着。并且,这圆子似乎太难吃,大概的女子,才一入口就要吐弃的。

"所谓本问题是甚么呢？"

"离婚问题啰。"

"不，我决不离婚，即使鹤姑弃我，我终是爱着鹤姑的，断不离婚。"

"但是，鹤姑的意思，不是很明白了吗？即使不离婚，于你也不会幸福罢。你既然这样地爱鹤姑，那末依照鹤姑的希望离了婚，不就是所以爱鹤姑了吗？请你仔细想一想！第一还要顾顾你自己的面子哩。"

"面子，幸福，我早已不管了。并且，离了婚来爱鹤姑，像这样的圣人，我也不愿做！"

"那么你打算怎样？"

"请鹤姑回去啰。"

"但是，鹤姑不是说不回去吗？"

"鹤姑！你无论如何不回去吗？我这样地恳求你，你也不回去吗？"江间君，钉视着鹤姑这样说。

"这请问我阿哥，我是由他作主的。"

"不，要你直接回答我咧。"

"阿哥，请你替我回话，我怕了，要到里面去了。"鹤姑小语了就逃。江间君虽出意外，也无法阻止，只是目送她去，一时说不出话来。

"好的！知道了！离婚的一节，一切由大井君再来回话罢，再会。"

"咿呀，今晚就请在这里宿。"

"不，已定了旅馆的，再会。"

江间君愤然地去了。会面的情形如此，恐也不是江间君所豫料的罢。

十二

武岛君足下，

今晨去访他，他还未回来。做母亲的据说就心得昨夜没有睡着哩。过了一会，他回来了。一见那面色，几乎使我下泪。对于他母亲和我一句话也不说，就蒙被而睡。我觉得还是让他睡着的好，就管自到公司里去了。午后四时回到家里，收到了一封信。信里说，我也断念了，但不愿就离婚。如果连登记都取消，觉得全然绝了望，无论如何是难堪的。所以，实际上离婚也可以，至少登记希望不要取消。我真是不幸的男子，这样地爱了不爱我的女子，并且竟至照自己的意思，把这爱来表示：大意是这样。

他们会面的情形，你总会有报告的信来的，我只通知我这一边的情形。我也别无方法了。鹤姑在目前想也不是就要再婚的人，姑且暂依了江间君的话，如何？

我今日突受公司之命，要转到北海道的支店里去，三四日内非出发不可了。很想会你一次，但这里实在不能分身，如你能来京，那是很欢幸的。

总之，希望一晤。

十三

大井君足下，

与你别后，约有两星期光景是极安静地过了的。鹤姑也无甚么异常，只是照了素性行动着：有时无聊地唱赞美歌，有时尖着嘴装腔，有时轻狂得叫人吃惊，有时沈郁得像要哭，有时略不如意就自暴自弃似地拿我妻来泄怒，有时说话却又天真得像十四五岁的少女。表面上丝毫看不出她有甚么异样，但不知在甚么地方似乎总有些不满足，有些难耐的神情。有一天，突然问我：

"阿哥，江间不知怎样了？"

"也没有甚么罢，病似乎也渐渐愈了。"

"啊，那没好哩。"

"你还记念着他吗？"

"但是同居到了一年以上哩，当然不能全然忘怀的啰。"

"真难得！索性你依了他的话回去了，他的病就会立刻全愈呢。"

"阿哥一开口就要说这样嘲笑的话,所以不行。请好好地听我讲,我昨夜曾做了一个可怕的梦呢。"

"梦见江间君追逐你罢?"

"情死的梦!我现在一想起还觉恐怖,那里是未和江间结婚的时候,曾和江间同到大宫去过……"

"呀,干得好事!我一回没知道呢。"

"现在不是在告诉你吗?……昨夜的梦,就在那大宫。我正从树林间外望,忽见有一个男子茫然地在池边来往踯躅呢。月光下望去,很像江间,以为或许是他,出去一看,果然是江间。我问他:你为甚么在这里,病已好了吗?他现出悲哀的神情,说:我因为不能忘情于你,正在豫备自杀。但是鹤姑!我决不恨你,不但不恨你,你做了狂人同样的我的妻,长长地忍耐到了一年,我真感激!说着注视着我簌簌地落下泪来哩。我也难堪起来,说:江间君,都是我不好,请原恕!我从此无论怎样不再离开你了。说时靠近他去,两人就相抱大哭了一场。江间说:两人即使回到东京重为夫妇,也仍如大井武岛所说,决非幸福。两人的脾气断非就会更改的。倒不如趁这样大家抱着的时候死了的好。我也说:是啊,我也觉得还是与你一淘死了好。于是,两人就抱着投入池去了。这以后的事如果说出来,阿哥一定要笑的,还是不说了罢。"

"为何要笑呢?只管请说。"

"这以后妙了,死的时候毫不觉苦的。我问江间,这已算死了吗?他说,已是死了罢。于是两人携手闲步空野,很是快活。江间非常温柔,不复是以前的江间了,这必是彼此性情已经改善,大家都成了天使样的东西了,我一想到此,欢喜得了不得呢。立刻想将心爱的赞美歌来唱,可是却发不出声来,正在竭力想发声的当儿,就醒过来了。"

我听了这梦话,只是微笑,别没有说甚么。鹤姑也似乎不曾关心这梦。不料,过了二三日,江间君突然寄来了这样的信。

"我病尚未痊愈。屡次承你慰问,感谢是感谢的,但我毫不望病的全愈。

你也许已要厌我太无丈夫气了罢,我也自己不解自己的心呢。前次深夜来府惊扰,原意只想把我的真心向你和鹤姑剖白,不料,结果反成了如你所目观的情形。要之,我在家庭里是这样的:我的性质中,无论怎样,没有把外面的东西来静加拥抱的趣味,换句话说,我不是一个能容贮爱的器,不能使爱人安心静气地来掬收我的爱之泉的。

一想到这,只有自叹命薄。我决不恨鹤姑,不但不恨,而且还感谢。感谢她跟随了我这样不具者,忍耐到长长的一年。

我想起鹤姑也真觉可怜不堪。鹤姑也和我同样是个不具者,其心清正,其性质实不冲浑,有时还用了燃烧也似的爱情来烧自己的心。唉,可怜的少女啊!我们两人都是天造成的薄命者!我们两人因为知道了普通的所谓恋爱,因为其中有一个燃着数倍于人的热烈的情火,因为不幸这两人曾一度相抱,遂致两人都陷入千万人中仅见一二的不幸。

我在这世上,早已不存何等希望。即使我的病全愈了,我也仍如死灰一样。

我也是男子,也曾好几次地使用过可以掀起我心的杠杆。曾试用了‘正义’‘真理’‘事业’‘名誉’以及其他平日可以兴奋我的题目,想使我再为这世的人。可是意外脆弱的是这些题目,向了已经为爱而碎了的心,竟甚么力都没有。我好似一个人立在茫茫的天地之间,寂寞不堪!

可恋的鹤姑啊!快来救我!快来救我这薄命的孤独者,啊!我不知已这样地叫了多少次了!

但是,我早已断念了,不,似乎断念了。好像决死的人分外沈静的样子,我也大大地沈静起来了。

以前所暂留住的户籍登记,现拟归还。请将此意转告鹤姑。自结婚至今日,正好一年又十五日。”

我们虽是第三者,读了这信也不能不下泪。最可怪的是鹤姑梦中听到的江间君的话,和这信中有有全然相同的处所。这样看来,鹤姑的心底里,也许还宿着江间君的心哩。恋爱真是最奇妙的把戏,而女子实是最怪异的动物。到了这里,第三者的冷静,也很不得当的了。

因为江间君说愿归还户籍,我乃于接信后的第四日,清晨赴东京。午后四时许往访江间君,从庭间绕进到他的书斋外扬声叫他,不应,以为他不在家,改去问他母亲,说方才在家里的。然遍寻也找不着他的影儿,我以为他暂时在散步罢,就和母亲闲谈了一会。母亲的谈话中,今晨鹤姑似乎有信来,据说信面上名氏原没有署,确是鹤姑的笔迹。我怪了,声明说:"恐怕不是吧,鹤姑不应有来信。"母亲却一口咬定是鹤姑的笔迹,我也无法强辩,只敷衍地说了一句"真想不到,"就归宅了。

翌朝,我正要出门去再访江间君,忽接妻从逗子发来的电报,说"速回来。"别不写着原因,我就觉到一定是关于鹤姑的事,回到逗子一看,果然。

江间君和鹤姑的尸体,已陈列在里面的八铺席一室了。探闻情形,据说:前夜八时光景,鹤姑说月色好,出去散步,一去不归,我妻耽心等待了一个整夜,第二日早晨,外间喧传小坪与镰仓材木座之间的崖下有男女情死。其中女人的状貌,说来有些可疑,急赶去看,两人的尸体已被捞起到矶上了。

我要声明,我对于这事变,实未曾豫想到。事情来得太小说的,大突然,到底不是像我这种人的头脑所能豫捉其前兆的。

但是,鹤姑和江间君也都未曾遗留遗书等类的东西。只江间君怀中怀着鹤姑寄给他的信。依据这信,江间君所寄给我的最后的信,鹤姑似曾见到了的。我曾把那信藏入书案的抽屉里,鹤姑在平日也不是不得许可乱翻函件的女子,不知这次是故意还是偶然。总之,这我所藏着的信被她看见,是这次事变的重大原因。

又,她读了这信,似乎曾大哭,似乎哭了以后写信给江间君的。信中曾述及先夜的梦境,但却丝毫未曾说及要想实行梦境的话,并且也没有想把江间君诱出的文句。

综合了前后事情来看,似江间君的出门,并未曾决心情死,鹤姑的外出散步,也未豫期到与江间君相遇的。在这以上,到底不是我们第三者所能判断推测的了。

大井君足下,我现在还能历历想像到这一对可怜的男女,立在那断崖上,望着月色茫茫的相模滩,愿把其薄命的肉体,还给冷酷的自然,永久保其刹那间所燃着的爱情,相抱而哭的光景。

东京的新闻纸,用了照例的笔法,写着痴情云云的话。痴情吗?痴情吗?如果那自杀的人,反问生在这世有何意味,谁能给可使他满足的答复呢?第三者的说明和答辩,对于当局者,能有怎样的力啊?

如果依我说,江间君与鹤姑现正携手在散步鹤姑梦中所见过的原野罢。鹤姑呢正在神往地唱那心爱的赞美歌罢。

(原载《一般》第 2 卷第 4 号、第 3 卷第 1 号,1927 年 4 月、9 月)

湖南的扇子

[日]芥川龙之介著

除了生在广东的孙逸仙等，著名的中国革命家——黄兴、蔡锷、宋教仁等都产生于湖南。不用说，这也许是由于曾国藩张之洞的感化罢。但要说明这感化，仍不能不还考湖南人民气魄的倔强。我旅行湖南时，曾偶然遭遇过像下面样的小说似的小事件。这小事件，在某一意义上，也许就可以看出富于情热的湖南人民的面目的。

大正十年五月十六日的下午四时许，我所乘的沅江丸在长沙码头靠拢。

我在这以前的数分钟就凭了甲板上的栏杆，望那渐渐向左舷逼近来的长沙府城。白壁及瓦屋顶形的长沙，在雲天之下，比我所预想的还要不体面，特别的是狭窄的埠头近旁，只见新的赤砖瓦的洋房与大叶柳，宛如饭田河岸光景一样。我那时对于长江沿岸的大概的都会，早已把幻想消灭了，不用说，对于长沙，也早就觉悟除了猪猡，并无可看的东西的。但那种不体面的光景，仍给与我以近于失望的感情。

沅江丸好像服从运命似地一步一步逼近埠头去，同时绿色的湘江的水幅，也一步一步地缩狭起来。忽然一个醒踶的中国人，提了提篮等类的东西，从我眼睛直下的地方跳上埠头去。那种快捷的样子与其说是人，不如说是近于蚱蜢。正惊讶间，一个横了担棒的又巧捷地跳过水去，接着又是两个，五个，八个——转瞬我眼睛直下满了向埠头跳跃的中国人。不知不觉中，船也已在并着赤砖瓦洋房和大叶柳的地方平靠了。

我乃离开栏杆，开始去找同社的 B 君。在长沙住过六年的 B 君，约定今日到沅江丸来招待我的。可是，总找不到像 B 君样的人，在舷梯上落的都只是或老或少的中国人。他们互相拥挤，口里不知嚷着些甚么。其中有一个老绅士，一壁下舷梯去，一壁回过头来，打那在他后面的苦力。这在曾溯过长江的我，原非罕见的光景，可是也非值得把见惯向长江感谢的光景。

我渐觉焦急了，再凭了栏杆，仍去望那人波扰攘的埠头附近。要紧的B君不必说，连一个日本人也不见。可是，我在埠头的那面，——密密的柳枝下，却发现了一个中国美人。她在那水色的夏衣的胸上挂着金锁片等类的东西，很是个小孩似的女子。也许我的眼睛已惹起她的注意了罢，她仰望这高高的甲板，在红唇上浮了微笑，障着半开的扇，好像在和谁打招呼。

"喂，朋友！"

我惊异地回过头去，不知在甚么时候后面来着一个穿鼠色长袍的中国人，脸上充满着和蔼之气。我一时不知道他是谁，既而在他的相貌中——特别在他那稀薄的眉毛中，记起旧友中的一个人来。

"呀！你吗？是的，是的，你是湖南人。"

"唔，在这里开业哩。"

谭永年曾和我同期从一高入东大医科，是留学生中的才子。

"今天来接甚么客的吗？"

"唔，接什么客。——你以为是接谁？"

"不见得来接我吧。"

谭略噘了口，滑稽地微笑：

"可是，真是来接你的啰。B君不凑巧，五六日来患着疟疾哩。"

"那末你是受B君的委托的吗？"

"就是他不委托，我也豫备来的。"

我记起他一向的和蔼来，谭在我们的寄宿舍生活中，无论对谁，都不曾给予恶感过，如果对于他要加坏批评，那末就是同室菊池宽所说过的，他太不给任何人以恶感的一端了。

"但是，累你，是对不起的。我原是连宿所都曾托了B君了的。"

"宿所已与日本人俱乐部接洽好了。半月一月，都不要紧。"

"一月？那里的话！我只要住三夜就够了。"

谭与其说是吃惊，不如说是立刻扫兴的样子：

"只住三夜吗？"

"呃，如果遇到有土匪斩首等类可看，也许……"

我这样回答，心想，长沙人谭永年听了必定会蹙额了。谁知他自从回复了快活的神情，毫不介意地回答我说：

"呀，早一星期来了就好。那里不是看见有些空地吗——"

那就是赤砖瓦的洋房前面——有着丛密的柳枝的地方。却是，方才的中国美人，已不在那里了。

"新近，在那地方，同时杀了五个。喏，就在狗走着的处所……"

"这倒可惜了。"

"杀头在日本是没得看的。"

谭大声地笑了以后，似乎想认真讲甚么话了，无端把话头一转。

"那末！就上去罢？车也已在那里豫备着了。"

我于第三天的十八日午后，从了谭的邀请，到那湘江隔岸的岳麓去游麓山寺和爱晚亭。

二时前后，我们所乘的汽机船，沿在留日本人称为中岛的三角洲右边，在湘江中行驶，朗晴的五月天气，映得两岸风景分外新鲜，右望长沙，白壁屋瓦都袭受了日光，已不像日昨的忧郁，柑树繁茂，石砌回绕的三角洲中，好几处耸着西洋式的小建筑，在西洋建筑间，又闪着吊在绳上的洗涤物，小洲望去好像活了横着似的。

谭为要命令船夫，踞坐在船头，可是他目的虽在指导船夫，却不断地对我杂谈。

"那是日本领事馆——请用了这眺望镜——在右边的是日清汽船会社。"

我衔着雪茄，把只手伸在船外，玩那时时触上指尖来的湘江的水势。谭的话在我好比一串的噪音。可是，依了他手所指示去看两岸的风景，当然也并非不快的事。

"这三角洲叫做橘洲……"

“啊,有鹰在叫着哩。”

“鹰吗?……唔,鹰也不少。对了,有一次,张敬尧与谭延闿打仗的时候,张部下的尸首,有好几个流到这江中来,鹰竟飞下来停在尸上,一个尸上两只或是三只……”

谭正说时,另有一只汽机船在离我们所乘的二三丈的地方掠过。船中除了穿中国服的青年以外,还坐着两三个美人。我的眼倒不注向那些美人而注视在那船掠过的大缕的波浪上。可是,谭话尚未完,一见了她们,恰如寻到了仇人的样子,仓忙地把眺远镜递给我。

“请看那个女子,那坐在船头的。”

我有一种父母遗传下来的执拗脾气,别人如果催我甚么,偏要故意不理。并且,这时正那船的浪打冲过来洗着我们的船侧,连我的袖口都透湿了。

“为甚么?”

“啊,姑且不管为甚么,请看那女子。”

“美人吗?”

“呃,美人啰,美人啰。”

她们的船已驶远十多丈了,我才扭转身去,调节眺远镜,同时又感到那船突向后去的错觉。那女子在圆形的风景中略侧了脸,似乎正在听谁说话,时时露出微笑。方腮的脸上,除了眼睛较大的一点外,并不觉得有特别美的处所,却是她那前发以及浅黄色的夏衣的被江风飘拂的光景,远眼看去确是美丽的。

“看得见吗?”

“唔,连睫毛都见到。可是,不甚美哩。”

我重把脸向着那似乎正在有甚么了不起的谭去。

“那女子有过甚么事吗?”

谭不似平日快嘴,先徐徐地燃着了雪茄,反来问我:

“昨天不曾这样说过的吗?——在那埠头前面的空地上斩了五个土匪。”

“唔,这是记得的。”

"这里面的头目,名叫黄六一,——这家伙也被斩了——据说他能右手执了小铳左手拿了手枪,同时射杀两个人。即在湖南,也算得有名的乱党哩……"

谭忽然叙起黄六一平生的恶业来,他的叙述,大部分似盲从着新闻记事,幸而含有浪漫色彩的比带血腥气的处所来得多。甚么黄平日在密输入者中被尊称为黄老爷啦,甚么从湘潭一商人强劫过三千元啦,甚么腿上中了弹,还负了名叫樊阿七的副头目泅过芦林潭啦,甚么在岳州的某山道,射杀过十二个步兵啦。——谭差不多像黄六一的崇拜者的样子,热心地把这种事说个不休。

"你想,据说这家伙杀人掳人的案子共有一百十七件哩。"

他在谈话的段落间,还时时加以这类的注解。不消说只要自己不受损害,土匪在我原决不厌憎的。可是,一味听了那大同小异的武勇谈,究觉得有些厌倦起来了。

"那末,那女子甚么了?"

谭这才转了微笑,答出和我内心的推测差不多的话来:

"那女子是黄的情妇啊。"

我实不能依他的预期来加以惊叹,但是一味沈了脸衔着雪茄,也觉得有些对他不起:

"唔,土匪也写意哩。"

"那里! 黄还不算甚么呢。像前清末年的强盗姓蔡的,是月收一万元以上,在上海租界上造了堂堂的洋房住着哩,老婆不消说了,连小老婆都……"

"那女子是妓女或是甚么吧。"

"唔,是个名叫玉兰的妓女。她在黄活着的时候,了不得地阔绰过的啰……"

谭似乎想起了甚么,暂时噤了口,浮出微笑来。既而,把雪茄丢了,认真地提出这样的商量:

"岳麓有一个湖南工业学校呢,先去参观了那里不好吗?"

"唔,去看看也不要紧。"

　　我给了他一个勉强的答复。这因为昨晨参观某女学校时,意外感到排日的空气,使我不快的缘故。可是,我所乘的船,不管我的气分怎样,绕过"中岛"的鼻,在晴朗的水上直驶近到岳麓去了。

　　就在当天晚上,我与谭同上了某妓馆的楼梯。

　　我们走到楼上的房间,摆在中央的台子不必说了,椅子,痰盂,以及衣柜,都和在上海或汉口的妓馆中所见的几毫无两样,只是这房中于天花板的一角吊着一铜丝的鸟笼,其中养有两只栗鼠,全然无声地在木杆上跳上跳下。这和那窗口及门上垂着的红洋布,同是到此才见的东西。可是,在我眼中,却是不起快感的。

　　房中最初来迎待我们的是个小胖的鸨妇,谭一见了她,就滔滔地谈说甚么。她也充满了笑容圆滑地和他应对着。可是,他们的谈话中的言语,在我一句都不懂。(这不消说是我不通中国话的缘故,但长沙的言语即在懂得北京话的耳里,也似乎决不易懂得的。)

　　谭与鸨妇谈毕,和我对坐在大大的红木台边,在她拿来的印好的局票上,开起妓女的名字来。张湘娥,王巧云,含芳,醉玉楼,爱媛媛——这些在旅行者的我的眼中,都是中国小说里恰好的女主人公的名字。

　　"把玉兰也叫了罢。"

　　我虽要想回答,不凑巧,鸨妇划着火柴来替我点香烟了。谭隔着台子看了我一眼,就随手把笔挥下去了。

　　这当儿,泰然进来的,是个戴细金丝边眼镜的血色很好的圆脸妓女。她在夏衣上闪着好几颗的钻石,且有着庭球选手或游泳选手似的体格。我见她那样儿,美丑好坏且不管,奇妙地觉到矛盾,实际,她和这房内的空气——尤其和笼中的栗鼠,是个不调和的存在。

　　她略施目礼,即跳也似地走近谭那里去。既坐在他的膝头,又把一只手加在他的膝上,宛啭地絮说甚么话。谭也——谭当然很得意地"是了是了"地回答她。

　　"这是这家的妓女,名叫林大娇。"

　　谭这样说时,我不觉记起他在长沙也是大富家的儿子的事来。

　　过了十分钟光景,我们仍相向了开始吃那种用木耳鸡和白菜的四川菜的晚餐。妓女除了林大娇,已有许多围绕我们。她们的后面还列着五六个戴打鸟帽的男子,都控着胡琴。妓女们恰如被那胡琴音吊起的样子,顺次地坐了唱出高吭的歌曲来。这在我亦非全然不感趣味,但比之于京调的卖马和西皮调的汾河湾,我所远感得兴味的还是坐在我左边的妓女。

坐在我左边的,就是那我大昨日在沅江丸上仅经一瞥的中国美人。她在水色的夏衣胸前仍挂着金锁片。接近了看,虽有些病的纤弱,却意外没有小家气的处所。我对了她的侧颜,不觉联想到生长在日荫的小球根来。

"喂,坐在你旁边的是——"

谭在被老酒酡红的脸上,浮出可爱的微笑,突然隔了盛虾的盆子向我扬声。

"那就是名叫含芳的。"

我对着谭的面,不知为了甚么,终于忘把大昨日的事情告诉他。

"这人的言语漂亮哩,像 R 的发音,竟像法兰西人。"

"唔,因为她是北京人。"

含芳自己似乎毫不知道我们在以她为话题,她时时用眼瞟视我,一面快速地和谭问答。可是,与哑子无异的我,在这时也只有照例地打量两人的脸色而已。

"她问你几时到长沙的呢,我告诉她大昨日才到,她说那天为了去接人,也曾到埠头去过的。"

谭这样地翻译了以后,再去和含芳讲谈。可是,她却只含了笑像小儿似地摇头。

"唔,无论怎样,总是不肯招。方才在问她那天接谁哩……"

忽然,林大娇用手中拿着的香烟指了含芳,嘲笑似地说了不知甚么话,含芳似乎羞恼了,急要想来靠住我的膝头,既而却微笑着回答了一句话。对于这戏剧的——或藏在戏剧背后的意外深远的她们的敌意,我不禁感到好奇心了。

"喂,在说甚么?"

"她说，并不接谁，是去接母亲的。那里，方才据这位先生说，大概是去接名叫×××的长沙戏子的哩。"（可惜我未曾把名字记在笔记簿里）

"母亲？"

"所谓母亲，也是假母罢咧。就是买养着她和玉兰的鸨妇啊。"

谭答毕我的话，豪饮了一杯老酒，重新滔滔地谈说起来了。除了"这个这个"以外，都是我所不懂的话。但见妓女和鸨妇都热心地听着，似乎所谈的是很有兴味的事。并且，她们把眼来瞟我，又似乎所谈的事与我有关。我原只管当了许多人面前坦然地衔着雪茄的，至此不觉有些感到不快起来了。

"不行！在说甚么？"

"那里，我在说今天到岳麓去的船上，遇见玉兰，还有……"

谭尝着上唇，更提高了兴致：

"还有，说你想看看斩头。"

"这没有甚么稀罕！"

我虽听了这说明，尚未到场的玉兰不必说了，对于她的姊妹行的含芳，也不觉得可怜悯。可是，我去看含芳时，已理智地了解了她的心情了。她震着耳环，只是在台下膝头把手帕绞紧了放松，放松了绞紧。

"那末这也没甚么稀罕吗？"

谭从背后鸨妇的手中，取过一个小小的纸包，郑重地把他打开，包里有包，其中是一块煎饼大小的朱古力色的奇怪的东西。

"甚么，这是？"

"这吗？这原只是平常的饼干……呀，日间不是和你谈起过土匪头目黄六一的话吗？里面渗得有黄的头血哩，这才是在日本所不得见的东西。"

"这有甚么用？"

"有甚么用呢？吃罢了。这里的人尚相信吃了可以免病的。"

谭快活地含了笑，去和恰在这时要离席而去的两三个妓女招呼。及见含芳立起身来，他差不多像乞怜的样子，有笑有说，末了，又举起一手指着对面的我。含芳略踌躇了一会，浮了微笑仍靠台子坐下。我觉得她太可爱了，就不给人看见，暗地里去握住她的手。

"像这样的迷信，真是国耻。我从医生的职业上，严重地加以反对，可是……"

"这只因为有斩罪的缘故罢了。像脑髓的燉灰，在日本也有吃的。"

"真的吗？"

"咿呀，怎么不真！我也吃过的。不消说这原是幼时的事……"

正说间，玉兰来了，她和鸨妇立谈了一会，在含芳之旁坐下。

谭见玉兰来，又撇弃了我向她卖起风情来。她比在外光中所见确美了几分，至少她笑起来的时候，那像釉磁也似的光亮的齿，是可爱的。可是，我对了她的齿，不禁联想起栗鼠来了。栗鼠呢，这时仍在那红洋纱幕的玻璃窗边的笼中双双地滑跳着。

"那末略微把这尝尝如何？"

谭把饼干折断了给我看，那折断处的颜色也与表面一样。

"胡说。"

我不消说是摇头的。谭大声笑了以后，又去将饼干的一角叫在旁的林大娇吃，林大娇微蹙了额，斜侧地阻挡他的手。同样他又把这送到好几个妓女前面，既而那褐色的一片，轮到了凝妆安坐着的玉兰面前来。

我忽然感到一种诱惑，想一嗅这饼干的气味。

"喂，也请给我看看。"

"唔，这里还有一半。"

谭用了左手把那残余的半块投了过来，我从小碟与箸间把这小片拾起，可是拾虽拾起了，忽而不想去嗅，于是就默然地把他丢在台子底下。

但见玉兰注视了谭，作了两言三语的问答，受取了那饼干，复很快地向了看着的许多人谈说起来。

"翻译给你听，如何？"

谭在台上手托了头，用了醉后的笨重地舌音向我说。

"唔，请翻译。"

"逐语译呢，好吗？我愿尝我所爱的——黄老爷的血……"

我觉得身上震动了。原来那按着我膝的含芳的手在震动。

"请你们也像我的样子……将你们所爱的人……"

玉兰于谭谈说时,已在那美的齿间衔着那饼干的一片了。

我依了三宿的预定,五月十九日午后五时许,依然在沅江丸甲板的栏干上凭着了。白壁和瓦屋顶积成的长沙,在我殊不足引眼,这确也是受了次第迫来的暝色的影响。我衔了雪茄,好几次地回忆那谭永年的快活的面貌。不知为了甚么,谭未曾来送我。

沅江丸的离开长沙埠头,确在七时或七时半。我完了食事,在薄暗的船室的电灯下,计算我在长沙的旅费。我的眼前有一把扇子,在不满二尺的桌外,垂着桃色的流苏。这扇子不知是谁在我未到这里以前遗留着的。我一边动着铅笔,时时又记起谭的面貌来,他的要使玉兰受苦的理由,我总不能明白知道。可是,我在长沙的旅费——我还记得,改算为日本金,恰好是十二圆五十钱。

芥川龙之介氏自杀消息传到上海的那一日,我就跑到一家日本书店,看看有无可购的他的近著,当作他的自杀纪念。结果得了一册《湖南之扇》。书是今年六月才出版的,氏两年来在杂志上发表过的小品,差不多尽在于此。《湖南之扇》只是书中的第一篇。

芥川氏是以富于中国趣味出名的,喜收藏中国的骨董,有"澄江堂"的雅号,书册在装制上也都有中国风味。可是他的中国观却很是辛辣,他的《中国游记》,可谓讥诮不留余他,我在去年曾介绍其一部分过了。本篇仍是游记性质,多少仍带讥刺口气,所以续为译出。

芥川的讥刺态度,不特对中国为然,对于日本,亦常在作品中加以针砭。如《将军》的讥刺乃木大将,《手巾》的讥刺日本传统思想。氏虽性好讽刺嘲笑,但在日本文坛中,却公认他是个知识丰富学有根柢的饱学者。厨川白村死后,一时有举他为继任教授者,认他是继厨川的唯一的人物。他虽以小说名,但读书方面很广,马克斯的《资本论》,据说他平日曾用了德文原本在读的。

十六年八月十五日译者附志

南京的基督

[日]芥川龙之介著　丏尊译

一

一个秋天的夜半，南京奇望街某屋的一室里，有一个面色苍白的中国少女，在旧桌子上托了颐，倦怠地磕着盆中的瓜子。

桌上的摆灯放着薄暗的光，那光与其说是使室中明亮，不如说反有增进阴郁之力。在壁纸驳损了的室之一隅里，拖着毛毡的藤棚床，垂着尘秽了的帷帐，桌子的那面，一张旧椅子几乎似被忘了地摆着。此外，室中别无可作为装饰的家具之类的东西了。

少女全不想到这些，有时停了嗑瓜子，举起了那澄静的眼，去注视对方的壁间。原来就在那壁间的钩钉上郑重地挂得有小的铜制十字架，十字架之上，朦胧如影地浮出着高展两臂被钉着的制作稚拙的受难的基督浮雕像。少女当看这耶稣时，那在长睫毛后的寂寞的眼色，似乎立刻消去，同时活活地苏醒出天真烂漫的希望的光来。可是，及视线一移动，她就漏出叹息，颓然无力地降低了那褪了光泽的黑缎的上衣肩部重去滴笃滴笃地磕盆中的瓜子。

少女名叫宋金花，为了要补助贫困的家计，夜夜在这室中接客，是一个现年十五岁的私娼。秦淮许多的私娼中，容貌像金花的当然很多，可是，要找一个金花样好情性的少女，究竟有没有第二个，至少是疑问。她不像别的卖笑女子，不说谎，也不崛强，每夜总是浮了微笑，和来访这阴郁的室中的各种客人戏狎。遇到客人有照约束多给了钱的,她就拿去供给父亲,叫他多喝一碗欢喜喝的酒,这是她的快乐。

金花的如斯的性行,不用说出她的天性,如果要是尚有其他的理由,那末就是,像壁间的十字架所示的样子,金花自幼从了亡母的教育,坚持着罗马加特力教的信仰一事了。

却说,今年春天,有一个来看上海赛马带探中国南部风光的年青日本旅行家,曾在金花房中过过好奇的一夜。那夜,他衔了雪茄,曾在洋服的膝上轻轻地抱着金花,忽而瞥见了壁上的十字架,露出诧异的神情:

"你是耶稣教徒吗?"用了半三不四的中国话问。

"呃,五岁的时候受了洗礼的。"

"来做这样的买卖?"

这时他的声音似乎带着嘲笑了。可是,金花却把鸦鬓的头靠在他的腕里,快活如常地洩着露出了齿的笑容。

"因为不做这买卖,父亲与我都要饿死的缘故。"

"你的父亲老了吗?"

"呃,——已经不能起动了。"

"但是,——但是你不想到做了这行业是不能入天国的吗?"

"不会的。"

金花看了十字架一眼,呈出深思的眼色:

"我想在天国的基督,必会鉴察我的心的。——否则,基督也就与那姚家巷警察署的老爷一样了呢。"

年青的日本旅行家微笑了。同时在衣袋里探出一双翡翠的耳环来,亲手给她戴在耳上:

"这是方才买了豫备回到日本去送人的,给了你,当作今夜的记念吧。"

实际,金花从最初接客的那一夜起,就自安这样的确信了的。

不料,从一个月光景以前,这敬虔的私娼,竟不幸成了患着恶性杨梅疮的身体了。伙伴里的陈山茶知道了,教她饮亚片酒,说可以止痛的,后来,也是伙伴的毛迎春很亲切地特为把自己服剩的汞蓝丸迦路米等送来给她。可是，不知什么缘故，虽不接客，专心静养，金花的病，总没有好起来。

于是，有一天，陈山茶到金花那里来玩的时候，真实可靠似地告诉她这样迷信的疗法。

"你的病是从客人传来的，赶快去传还给别人啊。只要如此，二三日里就会好了哩。"

金花托着颐，仍不改其愁容，可是，在山茶的话里，似乎多少感到了好奇心的样子。

"真的？"轻轻地反问。

"呃，真的啰。我的姊姊也曾像你的样子病了不肯好，后来传给了客人，立刻就好了哩。"

"这客人怎样了？"

"这客人吗，那真可怜啰，据说还连眼都瞎了呢。"

山茶去后，金花独自跪向了挂在壁间的十字架仰望着受难的基督，热心地这样祈祷：

"在天国的基督啊！我为了养父亲，作着这样龌龊的买卖。但我的买卖，除污了我自己一个人以外，并不加害于任何人们。所以，我想，我就是这样死了，必仍可入天国的。可是，现在的我，如果要不把这病传给客人，就不能继续作从前样的买卖。这样看来，觉得非这样存心不可：即使饿死了——如果如此，这病原也会好的——也不与客人睡在一床。因为否则，就是为了我们的幸福，把无怨无仇的别人陷到不幸的地方去了。不过，无论怎样说，我终究是女流之辈，保不住在甚么时候，要陷入甚么诱惑中去。在天国的基督啊！请监护我！因为我是个除了你以外，别无可靠的女子！"

这样决心了的宋金花，以后虽被山茶迎春怎样地劝做买卖，总是执拗地不接客。有时熟客到她房中来，除了相对吸烟以外，也决不允从客人的要求。

"我生着可怕的病，一来近我，就会传染给你的啊。"

有时客人醉了，无理地要她顺从，金花老是这样说，甚至于不惮把病着证据给他看。因此,客人渐渐不到她房里来了,同时,她的家计也一日苦一日了。

今夜她仍凭了这桌子,只管茫然地坐着。可是,仍不像有客人会到她房里来。夜不觉深了,她耳中所听到的,只是在不知何处叫着蟋蟀声。并且,室中无火,寒气从地上水也似地次第袭到她那灰色缎的鞋,——鞋中瘦生生的脚上来。

金花茫然地注视那薄暗的灯光长久了,既而打了个寒噤,搔着那戴着翡翠环的耳,把小呵欠忍住。这时,白漆门猛然开启,一个陌生的外国人,跟跄地进来了。因为那势头猛了的缘故吧,桌上的灯火一时透了起来,狭室中满涨着红红的带煤的光。客人满浴了这光,一度靠近桌子来,既而又立直了退到后方,把背靠住了才关上的白漆门。

金花不觉立起身来,呆呆地把视线投在这陌生的外国人身上。客人年龄大概三十五六吧,穿了似乎像有条纹的茶色洋服,戴了和衣服同材料的打鸟帽,大眼,有髯,是个面色褐色的男子。最不可解的是,虽然是外国人,但竟分不出是东洋人抑是西洋人来。他把黑色的头发蓬出在帽外,衔了火已熄了的烟斗,挡住着门,那样儿无论怎样看,总要以为是醉汉闯错了人家了的。

"有甚么事?"

金花略感到惊恐,仍立在桌子前,硬了舌头这样问。客人摇头表示是不懂中国话的。既而,离去了横衔着的烟斗,流出一句不知何意的圆滑的外国话来。这样一来,金花也除了在灯光中闪动那耳环的翡翠把头摇给他看以外没有别法了。

客人见她惊惑似地蹙着美秀的眉,忽而大声笑着胡乱地把打鸟帽脱去,跟跄走近她来,在桌子那方的椅上,重重地坐下。这时,金花觉得:这外国人的相貌,虽记不起何时何处,确曾见到过的,感到一种亲切来了。客毫不客气地抓着盆中的瓜子——并不去吃——注视金花了一会,既而一壁装出怪异的手势,一壁说出外国话来。她虽不懂这话的意义,但这外国人的对于她的买卖有着若干的理解的事,是约略推测到了的。

和不懂中国话的外国人过长长的一夜,这在金花不是希罕的事。于是,她一坐椅子,就表出那差不多成了习惯的媚人的微笑,说起对手全然不懂的戏谑来。客人竟像是懂得这戏谑的,答说了一二句,发出快活的笑声,比前更注目地作出各种各样的手势。

客人的吹息有酒臭。可是,他那陶然的酡颜,充满了男性的活力,觉得这落寞的室中的空气为之一旺。至少在金花的眼里,日常见惯南京人不必说了,就是一向所见过的外国人,无论那个东洋人西洋人,都没有他的漂亮。可是,说虽如此,那觉得这"相貌曾经见过的"这方才的感情,无论如何总是不去。金花即当在眺着那客人额上垂着黑色卷发,轻狂地送着媚态的时候,仍拼命地想唤起最初见过这相貌的记忆。

"也许就是前次和一个胖胖的妇人同乘过画舫的人?不,不,那个人头发的颜色,还要赤得多。不要是带了摄影机向秦淮的孔子庙摄影的人?但是那个人比他年纪觉得还要大些。对了,对了,有一次,在利济桥畔领事馆门前去兜客人的时候,恰好有一个像这客人的人拿了粗粗的藤杖,在抽打车夫的背呢。或者就是——,却是,那人的眼,似乎还要比他青些……"

当金花在这样想的时候,那愉快的外国人早已装烟于烟斗,喷着好闻的烟味了。忽然说了些甚么话,接着和蔼地笑了,伸出两个指头,突送到金花的眼前,神情上装出"?"的样子。两个指头的表示两元,原是谁都明白的,可是,誓不留宿客人了的金花,却巧捷地嗑着瓜子,把笑颜摇了二次,表示不可。客人于是横靠了两臂,在薄暗的灯光,伸长了醉颜,注视了她一会,既而又伸出三指,那眼色似乎在等待回答。

金花略靠着椅子,含了瓜仁,现出为难的神气。客人总还以为两块钱不够作夜度资呢,但对于不通言语的他,要令其明白这其中的一切,觉得也到底是不能够的事。于是金花重新后悔自己不该轻率,把冷静的视线转向别处,不得已再断然地摇一次头给他看。

可是,对方的外国人却微笑着表出踌躇的气色来,接着就伸出四指,和她讲外国话了。穷于对付的金花,已连微笑的气力都没有,就这样地决了心:事已如此,除了一味摇头,待他自己断念以外,别无方法的。正在这样想的时候,客人的手已像在空中捉摸甚么似地,终于把五指都张开了。

这以后,两人杂用了手势和身段,作着许多时候的问答,客人方面只管踊跃地把手指一个一个增加,终于表示出就是十块钱也不惜的豪气来。可是,普通私娼眼中所认为巨款的十元,仍不能摇动金花的决心。她在这以前已离了椅子,斜立在桌旁了。见了对方的两手的十指,焦急地顿着脚,只管摇头。不知为了甚么缘故,悬在钉上的十字架,忽然在这时脱下,发着轻脆的金属音,落到脚下地上来了。

她慌忙地伸手把珍重的十字架拾了起来。无心中看那受难的基督时,奇怪绝了,那相貌竟是和桌子那面的外国人毫忽无二的。

"总觉得是在甚么地方见过的,原来就是这基督的相貌。"

金花把铜的十字架当住了在黑缎上衣的胸部,不觉把惊奇的视线投到在桌的那一面的客人面上去。客人仍在灯光中映着带有酒意的脸面,时时吐出烟斗中的烟,浮着有意味的微笑。他的眼似不绝地在她身上——大概从白的粉颈起首到戴着翡翠环的耳朵周围——徘徊。可是,他虽样儿如此,而在金花却感到有一种和善的威严充满着似的。

既而,客人离去烟斗,略斜倾了头用笑声说出不知是甚么话来。这在金花心里,差不多像那巧妙的催眠术家说话给被术者的样子,起了暗示的作用。她那坚强的决心似已全忘了,略伏下了含笑的眼,手弄着铜的十字架,就羞答答地走近这奇怪的外国人旁边去。

客人探手入裤袋中,作出锵亮锵亮的银货的声音,依然用了微笑的眼光,快悦地凝视立着的金花。既而,他那眼中的浅笑,变了好像有热的光,立刻从椅上跳起身来,拼命地将金花抱住在有酒气的袖腕中了,金花全似失了神的样子,把那悬着翡翠耳环的头后仰了,在苍白的脸皮下,晕出了新鲜的血色,恍惚地注视他那向自己鼻端逼近来的脸孔。委身于这怪异的外国人呢? 还是不要把病传给他,拒绝了他的接吻呢? 这种费思索的余裕,不用说已是全然没有了的。金花将自己的唇,放任给那客人的满长着胡的唇时,只觉得一种燃烧似的恋爱的欢喜,——初次尝到的恋爱的欢喜,猛冲上胸来。

二

几个时以后,熄了灯的室中,唯有悠微的蟋蟀声杂在床中二人的鼾息里,加增了寂寥的秋意。可是,这时金花的梦魂却从尘污的床帐,烟也似地高高升上到屋顶星月的夜空去了。

——金花坐在紫檀椅上,下箸于陈在桌上的各种珍馐。燕窝,鱼翅,蒸蛋,熏鱼,整只的烧猪,海参的羹,——数也数不尽。并且,所有的食皿,全是满画着青的莲花或是金的凤凰的贵重的磁器。

她的背后,有一个垂着绛纱的窗,窗外似乎还有一条河,幽静的水声和橹音,不绝地传到耳里来。这很使她重新引起自幼见惯的秦淮的情味。可是她现在所居的,确是那在天国街上的基督的屋里。

金花时时停了箸去观看桌子的周围。可是广大的屋中,除了雕得有龙的柱子,开着大大的菊花的花盆,薰受着肴饮的热气以外,连一个人影也没有。

说虽如此,桌上的食器一个空了,新的肴饮不知从何处来的,就会冒了热蓬蓬的香气摆到她的面前。忽而,那未曾动过箸的整只的烤雉鸡等,竟会鼓起翼子,打翻了绍兴酒瓶,勃达勃达地飞上天花板去。

这当儿金花觉得有人无声地走进她椅子后面来了。拿了箸回头去看,不知是甚么缘故,方才觉得有窗的地方已没有了窗,那铺着缎子坐垫的紫檀椅上,有一个陌生的外国人衔了铜的水烟袋悠悠地坐在那里。

金花一见这人,就辨别出即是今夜宿在她房里的男子。惟有一点不同的地方,这外国人的头上,在空中尺许罩着一道新月似的光环。

这时,金花的眼前宛如从桌子中涌出似地,又运来了一大盘热气蓬蓬的美肴。她立刻举起了箸,想去尝那盘中的珍味,忽然想到她背后的外国人,就回过头去:

"你不一淘到此地来吗?"局促似地说。

"呀,你只管请吃,吃了这,你的病今夜就会好了。"

顶着圆光的外国人衔了水烟袋,露出含有无限之爱的微笑。

"那末,你不吃吗?"

"我吗? 我不欢喜吃中国菜。你还不知道我吗? 耶稣基督是,一次都不曾吃过中国菜哩。"

南京的基督这样说了,就徐徐地离了紫檀椅子,从背后在金花的正出着神的颊上,接了一个温柔的吻。

天国的梦消醒,已是秋天的曙光清寒地充斥狭室的时候了。可是,垂着尘污的帷帐的小船也似的床中,还留有温暖的薄暗。金花在这薄暗中半仰着天,把圆腮埋在褪色了的毛毡里,还未曾睁开睡眼。因为被昨夜出了汗的缘故吧,油腻的发乱粘在那血色不良的颊上。微启着的唇缝间,白屑屑地露出着糯米粒似的细齿。

金花虽醒了以后,心尚徘徊于菊花,水音,整只的烧雉,耶稣基督等种种的记忆。可是,不久床内渐渐明亮起来,无情的现实——昨夜曾和奇怪的外国人同睡在这床上的事实,历历地闯入了她的快乐的梦魂中了。

"万一把病传给了他——"

金花想到这,就心里起了昏暗,似乎觉得今晨难见他的面了。可是,既醒了以后,要永不去看他的被日晒黑的可爱的面貌,尤为她所难堪。她踌躇了一会以后,她就偷偷地开了眼去向已经明亮的床内四看,谁知床中除了盖着毛毡的她以外,像十字架上的耶稣的他不必说了,简直不见有一个人影。

"那末,或许这也是梦哩。"

金花掀了毛毡,坐起身来,用两手揉一揉眼睛,把那垂着的帐子揭开,将朦胧的视线向空中四射。

室中的一切在寒冷的清景的空气中几乎残酷似地历历地画着轮廓。旧桌子,熄了火的洋灯,还有一张倒在地上,一张向着墙壁的椅子——一切都如昨夜的样子。并且,小的铜十字架,也在桌上瓜子壳堆中,放着昏钝的光。金花睡的松惺眼,茫然四顾,在凌乱的床上,忘了冷坐了一会:

"仍不是梦。"

金花一壁叽咕着,一壁只管想那外国人的奇怪的去路。不消说,她也想到他必是乘她睡着的时候偷偷地回去了的。但是，那样爱她的他，竟不别而行独自离去，这与其说是不可相信，宁说是不忍相信。况且她还忘了未曾向那奇怪的外国人取得所承认的十块钱呢。

"莫非真回去了不成。"

她抱了不安的心，正想去提引盖在毛毡上的黑缎上衣。才伸手过去，她的脸上就现出生气泼刺的血色来了。这是因为听到了油漆门外的那个奇怪的外国人的足音的缘故吗？或是因了留在枕上毛毡上的酒气，忽然唤起了昨夜羞耻的记忆吗？不，金花这瞬间身体上的奇迹，就是他自己感觉到那非常恶性的杨梅疮，已在一夜之中消到不知何处去了。

"那么他就是基督了。"

她不禁滚也似地下床来，只穿着衬衣跪在冷冷的地上，和再生之主交谈，像抹大拉的玛利亚似地作热心的祈祷。

三

第二年春天的一夜，那曾访过宋金花的年青的日本旅行家，又在薄暗的洋灯光下和她围着桌子了。

"不是仍旧挂着十字架吗？"

那夜他偶然嘲诮似地这样说，金花立即肃然地，把有一夜基督降临南京治愈她病的不可思议的话，告诉他听。

年青的日本旅行家一壁听她说，一壁独自这样想——

"我知道这外国人。那是日本人与美国人的混血儿。名字确记得叫George Murry。他曾得意扬扬地对我那做路透电报局的通信员的朋友，谈过他在南京一个信耶稣教的私娼那里嫖过一夜，乘那女子熟睡着的时候私自逃走的话。我前次来的时候，他恰和我同往在上海同一的旅馆里，所以脸孔至今还记得。据说他也是英字新闻的通信员，可是样子却不大像，似乎不是个好人。他后来因恶性杨梅毒致于发狂，也许就因为传染了这女子身上的病的缘故。这女子到了现在，还把这无赖的混血儿当作耶稣基督哩！

我应该替她把这蒙启了呢,还是一声不响,让她永久做那古来西洋传说的梦呢?……"

金花的话说完以后,他好像一时忘了重新记起的样子划着火柴,喷起芳香的雪茄来。又故意热心似地发这样无谓的质问:

"嗄?这真奇了!但是——你以后一次都不曾发吗?"

"呃,一次都……"

金花嗑着瓜子,意气扬扬,毫不踌躇地回答。

(原载《一般》第 3 卷第 2 号,1927 年 10 月)

1932

歌德的少年时代

——抄译歌德自叙传《诗与真实》第一部

[德]歌德著　默之译

我于一七四九年八月二十八日正午诞生于麦因河畔的法兰克福。据星命者说，我诞生时所占的星位很好，这也许是实在的。原来我诞生时因产婆的糊涂，堕地已无气息，经过了种种救治，才复活的。我的外祖父是个市长，鉴于我的诞生的危险，就办起产科学校来养成有知识的产婆。我这最初的受难，结果就给予全市民以大大的福利。

家里的房屋古而且大，我和我的妹妹平时常和祖母在一处。我们常把玩具搬到她的椅子旁去玩耍，她病着的时候则到她的病床边去。在整所房子中，我所最喜欢的是后园三层楼中的一室，那里可以眺望远近的一切，每当夏季，我在这里习功课，看雨景，或望夕阳。我在这里自幼就收得寂寞的感情及漠然的憧憬。阴郁空旷的古屋，在儿童的心中是容易引起恐怖之念的。当时教育上盛行着一种主义，以为儿童应自幼锻炼，使能耐一切无谓的恐怖。因此我们就自幼被强迫独睡。有时耐不住恐怖了，偷偷地跳出卧床想跑到女仆那里去，谁知总被父亲拦住，把我们仍复逐回到自己床上。这一来，结果就成了二重的恐怖，恐怖当然愈无法解除。母亲是个天性快活而希望别人也快乐的人，她于是想出了一个很好的教育法，她曾对我们悬赏，那时正是桃子熟的时候，她与我们约：晚间能独睡到天明的，就给许多桃子，这方法居然成功，我们也觉满足。

在全家的陈设中我所最注目的是悬在父亲客室中的一组的罗马的绘画。那些绘画出自名手，画材有大演技场，有古寺院，有大街市。我从那些画上得到很深的印象。天性爱沈默的父亲,曾屡次为我作关于那些绘画的说明,父亲爱意大利语及意大利的一切的东西,他曾把从意大利带来的大理石及其他各种器物给我们看。他曾用意大利语写旅行记,叫母亲弹琴伴着自己唱意大利的歌。名歌《寂暗的森林》,在我未了解歌意的时候,已听熟了。

我们一遇闲空,就到祖母房间里去。祖母的房间宽大,甚么游戏都可做。她又善于处理小孩,引起我们高兴。在她亲切的许多行为中,最令我们快乐的是那年圣诞节的晚上演傀儡戏给我们看的一事。这在我们无异于在古旧的家屋中添了一个新世界。排着不会说话的傀儡的小舞台,最初我们只是看,后来就允许我们自去操演。祖母不久死去了,这小舞台就成了最后的她的纪念物。

父亲对于古旧的家屋早有改造的意思,碍于祖母,迄未实现。祖母死后,家里就大兴土木了。照理,改造房屋全家先应该暂时迁居的,父亲因为自己对于建筑有知识,想亲自指挥,又不忍与家人暂时别离,故全家仍留着不走。这期间,我们发生了不少意外的感动。眼见自己复习功课的房间,平常行走的廊檐,和多年来费了心血装饰着的墙壁,都被木工泥工用斧凿破坏,一壁还须立在露天里或倚了颓垣复习功课。诸如此类的混乱,都是小孩所难耐的。父亲原想固执己见,不把家人他徙,直等到屋顶除去,雨下到我们卧床来了,才答应了亲戚的要求,把我们小孩暂寄到亲戚家里,从那里去入学校。

这迁移很不愉快,因为我们在家里,都受惯了高贵纯洁的教养的,一旦投入粗野的小孩群中,突然与下贱蛮野的周围相接触,当然有许多不方便的地方。可是,我的认识故乡的街路,却自这时始。我常独自或和朋友巡行街市,有名的河桥,寺院,船埠,无处不到,最对于我有兴味的地方要算市中的议事堂。我在那里听到许多历史上的故事,见到历代帝王的半身像,和古代的壁画,还见到皇帝的戴冠式盛典及热狂的祭礼。

房屋改造完竣,我们仍旧回到家里去,新屋甚么都舒服。可是住了不久,就有一个大事变,把我们少年的心搅乱了。一七五五年十一月一日里斯庞地方起了大地震,商港而兼首都中心区域,突然遭遇地折天崩的灾祸，住民伤亡者约六万人，消息传来，恐怖万状，至使我们少年不得不怀疑神之存在。翌年的夏季，又遭遇雹灾，忽然雷电交作，冰雹大降，把新屋的门窗损毁了许多，父亲所收藏的高贵的书册与绘画，也损坏不少。当雨雹凶猛的时候，婢仆们至于跪下地去呼神乞宥，这情形使我们看了更感到悚动。

父亲对我们所施的教育计划，并不因这些灾祸而阻滞。父亲于其专门的法律知识以外，富有各种的知识，他不信任当时的教师，除若干科目叫我们随专门的教师学习外，其余都自己来教我们。父亲的意思，要使我们实现他所未至的境地，故很尊重我们的天分。我的学习颇能按步进展，往往超过父亲教师所授的范围以上。修辞与作文，同辈的人差不多谁都不及我，对于这，父亲曾屡次给我以很多的奖金。

父亲教妹妹学意大利语，每当我功课修毕的时候，我也不能就出来，非对书默坐不可。在这时候，我就乘便学意大利语，不久，就把意大利语修习成功了。我把意大利语当作拉丁语的一种变形来研究，非常感到兴味。关于记忆力与联想力，我颇显出早熟性。父亲因此就预先替我筹划入大学事。他曾屡次和我说，他日也到他所爱好的拉伊普契西去，研究法律，然后再到别的大学去得学位。他又对我说，意大利非去不可，到意大利之先，可先到巴黎一行。我每听到他的话，对于自己未来的生活，非常憧憬。尤其是关于意大利的一切，使我神往。

我们的功课数目次第加多，不久，我就和附近的儿童共同受业。这共同受业差不多对于我可以说没有益处。教师只是呆板地讲授，学友们又多胡闹者。古典的讲述，于我毫不感兴趣，我所感兴趣的只是诗的诵读与制作。每逢星期日，我们小朋友就集会把所作的诗来交换观看。这集会发生了一种奇妙的现象，使我感到许多时候的不安。我对于自己所作的诗，总自信是最好的，别的朋友的诗，大半不像样子，可是也各自以为他的诗最好。有一个与我比较知己的朋友，他的诗明明是家庭教师代作的，他不但认为最好，而且像煞有介事地认为自己的写作。我对了这现象，最初颇以为怪，几乎怀疑到我自身了，以为我也许是靠不住的。有一天，我的父母与教师知道我们每星期有此游戏，乃即兴地令我试作，我得了奖赞,这才把我对于诗的自信力证实。

　　当时尚没有为儿童而作的书物,大人们除了想把自己的教养照样传给其后辈以外,甚么都不曾想到。我所翻读的只是有图的圣书和若干故事书而已。后来有所谓"万人文库"者在法兰克福发行,那是用粗劣的纸印成的廉价小册子,每册只要花几个铜子,就可买得。我节省了零用小钱一册一册地买来耽读。不久又在姨母家里,得到荷马的《托洛伊战记》,其中的故事使我感到很大的兴味。

　　太平的法兰克福,至一七五六年的八月,就发生变动了。全世界有影响的战争,就在这时勃发,普鲁士王腓特烈第二率了六万的军队侵入寨克森地方。腓特烈第二曾发宣言,声叙其出兵的理由,世人对于这事意见分为两派,连我的亲族中也发生意见不一致的情形。我的外祖父是曾在戴冠式中替勿兰兹第一加冠,且从皇后得到金炼的赏赐的,他与其他的女婿与女儿们是奥国偏袒者,我的父亲是帝室顾问,又是不幸的君主的同情者,他与其余的亲族都是普鲁士党。向来很是亲睦的亲族,至此无端搅乱,论争,沈默,倾轧,嫉恨,发生于两家之间,彼此都但希望己党的胜利,敌党的战败。偶然途上相遇,俨然像《洛弥阿与朱列叶》的故事中所说的情形一样,非争论冲突一次不可。我当然是普鲁士党。我与父亲齐祝我军的胜利,曾用了拙劣的韵文,写战胜的歌辞,又写嘲笑对方的诗。

　　从前每逢星期日我必到外祖父家午餐,并且把这认作一星期中最幸福的时间。自分派以后,就食不下咽了。外祖父家的空气,与我家全然两样,我对于外祖父母的爱敬,也因而顿形淡薄。但在我父母面前,却绝不提及,这一半由我的感情使然,一半是服从母亲的警戒。我六岁的时候曾因大地震而怀疑上帝,现在则因了腓特烈第二事件而怀疑到公众的正义了。勇敢的行为,伟大的功绩,理应受称扬,而实际常被毁谤攻击,并且这毁谤攻击,不料竟于我所崇信的外祖父等见之,这是何等可怪的事。我当时不知自身为党见所缚,只管这样私忖。后来才知道少年时代就染党派的色彩,是一件大不利的事。

　　战争连绵至数年不息,党派的冲突也无已时,我们只在意气的争论与倾轧的胜负中去寻求不正的快意，而自己乃愈陷入于不幸。及至法兰西加入战争，占领法兰克福，我家遂益不自由了。大多数的人民，最初对于这远远发生的重大事件，只作感情的议题来议论，有些人则恐不久附近一带也沦为战区。我们做儿童的益被拘束在家里，家里的人想种种方法叫我们不到外面去。他们的方法之一，就是把祖母留下的傀儡舞台来复兴，且轮流地招待附近的小朋友来共观。傀儡是限于特定的戏剧的，不久，我们厌倦了。我乃考想别的新剧来试演，衣服，武器都亲自制作。那时我已在几何学中学得了两脚规与直线规的应用法，对于厚纸细工尤有兴味，柱子，阶级，小屋都制造得应有尽有。小朋友们也从各方面尽力协作。可惜这小小的剧团，不久因了意见与党派的争论，就解散了。

　　法国兵的来往，市民已见惯了的，一七五九年的新年，有大队的法兵到来，驻扎于法兰克福，我家就被指定为军官的驻宿所。这在父亲当然是大大的不快，苦心经营而成的崭新的屋宇，半生搜罗所得的高贵的书画，都要拱手让人处置，他又是普鲁士党，现在竟像受法兰西人包围住了。幸而驻在我家的军官还好，他叫杜伦伯爵，名为军官，其实只是处理兵队与市民间的纷争的。他是一个瘦长麻面的人，气宇高尚，初来时就给家人以好感。他很谦恭地和我家商量，那几间房子让给他住，那几间房子仍留给我们。及说到藏画室，他不管天色已晚，点了蜡烛要求进去细看。原来他是很爱画的，因了画的缘故，对于父亲表示莫大的殷勤。可是父亲的不快并不因此稍解。日趋懊恨的主人与万事公正严肃的军人住客之间，格不相入，幸有一个作翻译的本地人从中周旋，免去许多冲突。有一次父亲因为公然表示憎恶法人，至受军事审判，也赖那作翻译的救助得免。

　　在这个当儿，我和母亲却都学会了法国语。母亲原已略知意大利语的，因为有与杜伦伯爵谈话的必要，赖那作翻译的人择要教授，居然成功极速。我对于拉丁语与意大利语也早有门径，因了日常与在家的法人接触，也就渐通法语，但最有力的学习机会，是在剧场的时候。当时法国的演剧，盛行于法兰克福，我从外祖父那里得到了免费观剧券，每日往观，初则注意于其科白与表情，后来则预先熟读剧语，与实际演唱时互相印证。不久又获得了一个与舞台有关系的少年朋友,从他那里得到许多的利益。

自从全市被占领之日起,儿童们的娱乐机会,反而增多。演剧咧,舞蹈会咧,阅兵式咧,军队的通过咧,都足吸引我们的注意。家里则伯爵依然住着,法国有名的将军公卿们在我家出入的很多,我们时有看见的机会。全家虽在法兵占领之下,却仍能快适地过活。我的观剧热愈弄愈高,虽屡受父亲的谴责,总不能中止。父亲见我法兰西语进步奇速,也就听任我了。

无论何事,看了他人在做,不问自己有无做的能力,也会技痒的。我既看了许多法国的戏剧,也想自己试作。曾作了寓言风的一首小剧,誊清了去给那个与舞台有关系的朋友看,意思要请他给我上演。被他大大地批评了一阵,这才扫兴携了原稿回来。从此我愈留心观剧,愈刻苦读剧。

数年来住在我家的杜伦伯爵,因事忽然与上官不合,父亲对于法军的驻宿,始终不平,用尽了种种方法请求迁让。结果伯爵就奉命调迁他处了,法军因我家数年来已经受了许多负担,允许以后永免驻宿。父亲为防万一起见,乃招亲友来寄住,使房屋不空,以免他日再被占驻。法军的驻宿,在我家原是一件不便的事,但过长久了,也觉彼此相安,去了倒感到寂寞。尤其在我们儿童,觉得家里反荒凉了许多的样子。不久,约定的亲友陆续搬进来了,家中平和的空气,也跟了回复。我仍旧回到三层楼的房间里去用功。在这时我又加习两种功课,就是绘画与音乐。

我对于自然物自幼即有研究的兴味。曾记得幼时好行种种的破坏:为了要看花的构造,就残忍地把花朵撕碎,为了要观察鸟羽的组织,就生生地从鸟身上拔取羽毛。有一次,一条用红布扎得很整齐的磁石,也供我研究的牺牲。有一个朋友常出入我家,他告诉我他曾利用纺车及药瓶数只,制过发电机,且告诉我许多关于电气的原理。我依样试作,也未成功。

这时,市中来了一位英国的语学教师,他声称能在四星期中教毕英语的大概,只要学了四星期,以后就可自修。他不希望得丰富的报酬,也不限定学生的人数。父亲希望我对于各种功课周遍学习,就叫我去试学。我与妹妹同去从这位英语教师受业。教师的教授很使我们满足,我们把别的功课放弃了,四星期专心学习英语,别离时师弟双方都感到满意的快乐。

父亲把英语也列入我的语学研究之中,我的语学的种类实在太多了,这文典,那文典,这文例,那文例,弄得我兴味纷乱。我想把许多语学并作一起练习,乃创作了一篇小说,中叙一家有兄弟姊妹六七人散在世界各处,以各人的职业为经家庭事件为纬,各人用了各种国语往来通讯。长兄是修神学的,用拉丁语写信给各地的弟妹。次兄是经商的,用英语把自己的状况报告兄妹。此外住在马赛的就用法语,在意大利学音乐的就用意大利语。普通的外国语已经分配舒齐,幼子无法分配了,乃叫他说犹太语。我这小说,颇使家人绝倒。我又考查地理把各处的地方充分织入作品之中,篇幅因之愈加浩瀚。父亲对于我这工作很加赞许。我因了犹太语的使用,感到自己对于犹太语能力的缺乏,乃进而修犹太语。曾从教师学习,我为了研究圣书费了三年工夫。在这长久的期间,我于语学以外收得了宗教的知识与教养。

父亲又教我以法律,有令我习骑马与击剑。在我家往来的父执中,有数学者,有画家,有法律家,有官吏。我从他们得到各方面的知识,他们对于我的将来,各希望我走和他们自己相同的路。我自己也想将来有特殊的成就,但想成就的是甚么,原很漠然。但当时最引动我的,是诗人头上的月桂冠。

为了作诗,我曾受到过意外的祸难。事情是这样:有一个名叫辟拉代斯的少年,曾是我傀儡戏时代的朋友,因为两家父母素不亲密,相见的机会很少。每次相见,就分外感到旧雨的情分。他是一向称赞我的诗才的。有一次,偶然碰到,彼此且谈且散步,忽然来了一个他的朋友,他就对那朋友称扬我的诗,把我介绍给那朋友。据说,那位朋友曾从他那里见到我的诗,却不信是出自我手的。经过介绍之后,他叫那位朋友临时命题,叫我当面作诗,以证明他的称扬不虚。我对于这办法,为自负心所驱使,也同意了。那位朋友所出的题目是情诗,题目的内容是用韵文代一妙龄少女写给某青年表示爱忱的信。我不曾带纸，那朋友拿出笔记来叫我写在册上。我立刻写成，体裁在俚谣与恋歌之间。我把写成的诗朗读给他们听，怀疑者折服，我的朋友更欢喜。那位要求把诗给了他，那诗本来是写在他的笔记册上的，我也不便拒绝。并且也思借此留一个才能的证券于怀疑我的人。彼此约了后会的日期而别。

过了数日再见，那一位朋友告诉我，我的那首恋爱诗已作了恶戏的工具，送给进来恼着恋爱的某青年了。署的不消说是青年所单恋的少女的名。这位青年得书以后，狂喜之至，以为好事将成，也想作书与少女，可是无此才能，很希望我能替他代作。我觉得这种恶戏无关大要，又答应了。他们又指定出信中须具备许多的条件，我一一笔记了回来。

又过了几天，我因辟拉代斯之邀，到他家里去参与他们俦伴间的晚餐会。据说，这晚餐会由那恋爱的少年出资，来谢我作恋诗的秘书的。肴馔很质素，一壁饮葡萄酒一壁谈话。那位作主人的青年竟把那篇恋爱文得意地讽诵，好像是自己写作的样子。我对于这种卑劣的欺瞒，原不能久耐，尤其是同一话题的反复，使我嫌恶，豫备即时离席。恰好酒瓶空了，席间有人呼女仆取酒，女仆已睡，出来招呼的是一个绝漂亮的少女。她代我们去买了酒来，于是大家叫她也一同列席。她举杯祝我们的健康，且说一家人已入睡，劝我们不可饮到更深，不可太喧哗。她的美艳，把我的心灵整个捉住了。她名叫格莱德宣，是辟拉代斯的从妹，寄居在辟拉代斯家里的。

我忘不了她，但又无法凭空到她那里去和她接近。为了她的缘故我到教会去做礼拜，找寻她的座位。她的座位立刻找到了，可是又怯于对她开谈，出教会时也不敢跟在她后面走。只以彼此点头为快慰而已。不久，机会来了。那些朋友们又去作弄那位恋爱的青年，用了种种凭据，使他相信他署名送出的情书，确已到对手的少女之手，使他渴望复书到来。一面呢，又托我预备少女致青年的复书。他们要我尽了机智与技巧，写得格外幽婉。这无异给了我与那少女接近的机会，我立刻着手。我执笔时就以格莱德宣为寄书者的模特尔，以我自己为受信人的模特尔，一字一句，都极想象的全力。我自作自吟，感到无限的愉悦。本来是戏弄他人的把戏，结果反欺瞒我自己了。

约定的缴稿期一到，我即携稿前往。格莱德宣坐在窗畔纺纱，青年们未到，只辟拉代斯一人在那里。他叫我把稿朗读，我一壁读，一壁从纸缝中暗觑少女的芳容，及见她面上发生红晕了，我就把想象中她对我所说的警句，格外起劲地读。辟拉代斯屡次指出须修正的处所，来妨碍我的朗读。原来这寄信的少女境遇与格莱德宣不同，是市中有名的贵家小姐，我的稿子，却太适合于格莱德宣了。我依了她的话，一一再加修改。辟拉代斯在我改稿的当儿，不知那里去了。我凝思于修改，觉得太麻烦。"何苦干这种无聊的事，把这废弃不用吧！"不禁自己这样叫喊出来。格莱德宣停了纺车走近我，赞成我的意见，且劝我不要再参与这种恶戏。她劝我与其修改了交给他们去恶用，不如就此藏在衣袋中不拿出来，她的态度诚挚，使我悦服。既而她又把稿子拿在手里，低声吟读，随读随称赞，且说这样的好文字可惜不用之于正当的目的。我问她："假定你有一个敬爱的青年，你对于他愿写这样的信吗？"她默然了一会，忽而把稿移过去用笔在笺末把自己的名字签上了。我狂喜之极，想去吻她。她拒绝我，叫我速去。我急急走出，在我的生涯中，第一次感到感情的激动。

在纯洁的青年时代，恋爱的冲动常是超绝肉欲的。我因了格莱德宣展开了美与善的新世界。我几百遍地反复把那韵文的信稿诵读，吻她的署名。却是不敢去访她，因为怕辟拉代斯等人的责难与追索。第二个星期，那些朋友在野外集会又来招我去。他们对于我携稿逃走，不甚加责难，又托我撰婚礼诗与送葬诗，且说这次都作正用，不再玩架空的把戏了。他们且许我以丰厚的润笔。我亦不推却，藉此机会又得和格莱德宣晤面了几次。青年朋友聚会既频，关系愈深，人数也逐渐加多。其中有一个比我年纪较长的青年乘机托我向市政府介绍职业，别的诸友也请给那青年帮忙。我最初原曾以向无介绍的经验推谢，他们老是向我纠缠请求。不得已乃把青年的履历书收下，乘机去向外祖父请托。外祖父答应看那人的才能怎样，再设法。

约瑟大公爵当选为罗马王了，全国都充满了欢腾的空气，戴冠式咧，祭典咧，弄得举国若狂。我的心灵一面为国家大事所吸引，一面又为格莱德宣所牵绕,时与那些青年朋友们聚会,或巡行街市,或游览郊外,造成与格莱德宣情话的机会。不料意外灾难,不久就发生了。

有一天,我尚在房中睡着,母亲匆忙地进来,叫我速起,说我近来交友非人,已闹出祸事来了,父亲正大怒。她叫我不要出去,说参事官立刻就到来,事件已闹到官厅里,非同小可哩。我听了全然莫名其妙。

参事官是个我父亲的朋友,他走进房来执了我的手,声明来意,他问我曾否荐某青年给市长,曾否屡到某街,曾否替人写情书。我一一照实回答,且辩明自己的无罪。他却以为我的行为在法律上等于文书伪造,虽本身无心作恶,实际已犯了法。我从他的口中,得悉那些青年朋友们已被认为恶党,开始侦查了。我把一切经过告白了他,他才回去。临行的时候,叫我暂时不准外出,守在屋子里。

那些青年朋友究竟犯了甚么罪?如果被逮到法庭,将受何等的苦楚?我的格莱德宣能否不受连累?种种的疑惧使我焦灼不能自解,终于倒在地板上哭泣起来。到了第三日,母亲告诉我,说事已大白,我并不犯罪,可以自由了。这消息我听了当然欢喜,但是忘不了我的朋友与恋人,希望他们也得不受刑罚。为了过度的心的不安,竟至病倒。家人忙于延医觅药。据他们告诉我,官厅对于那些犯罪的青年,已作极宽大的处置,案情已告结束。格莱德宣已离本市回到自己的故乡去了。这消息仍不能使我宽慰,因为在我看来,她的走不是自发的移转,乃是屈辱的放逐。这悲剧的"罗曼斯",永远把苦闷留给我。

(原载《中学生》第 27 号,1932 年 9 月)

1934

新教师的第一堂课

[日]田山花袋著

在要上课的时间以前，校长把学生召集到第一教室里，立在讲桌旁介绍新教员给学生：

"这回，新请了这位 X 先生到学校里来教你们的课，X 先生是 XX 地方人，中学校出身，是个很好的先生，大家要好好地听从了学习啊！"

学生们见新先生立在校长旁边微低了头，红着脸，颇有些难以为情的样子。大家只是静听校长的介绍辞。

下一点钟，新先生就在第三教室的教桌前面出现了。教室中很整齐地排坐着十二三岁的高级部学生，正在喊喊喳喳地说着甚么，等先生进来，就一齐把眼光移到他的身上，寂然无声了。

新先生走到教桌旁，坐下椅子去，脸孔仍是红红的。他带着一册读本，在桌上俯了头只管把书翻来翻去。

讲台下这里那里地发出微细的说话声。

教室门上的玻璃因尘埃已呈灰色，太阳黄黄地射着，喜鹊在门外反复啭叫，笨重的车声轧轧传来。

贴邻的教室里开始传出女教员的细而且尖的声音。

过了一会，新先生似乎已起了决心，把头抬起了。他那头发蓬松，阔额浓眉的脸孔上，似乎现出着一种努力。

"从第几课起？"

这声音全教室的学生都听见。

"从第几课起?"他反复地说,"教到什么地方了?"

他这样说时,红色已从脸上褪去了。

回答声这里那里地起来。他依了学生的话把读本的某一页翻开。这时初上讲台的苦痛,好像已大部消去;"反正已非教书不可,除了在这上尽力以外更无别法,人家怎样说,怎样想,那里管得许多,"他这样思忖,心里宽松起来了。

"那末,就从此开始吧。"

新先生开始把第六课来读。

学生们听到快速而流畅的声音,比起那个前任老年教师的低微的像蜂叫的毫无活气的读音来,差得很远。可是那声音毕竟太快,学生们的耳朵里有许多来不及留住。学生们不看书,只管看着先生。

"怎样?听得懂吗?"

"请读得慢些。"

许多声音从许多地方起来。第二次读的时候,他注意了慢慢地读。

"怎样?这样读可懂得吗?"他露出了笑容,毫不生疏地说。

"先生! 这回懂得了。"

"再比这快些也不要紧。"

学生们有的这样说,有的那样说。

"从前的先生读几次? 两次? 三次?"

"两次。"

"读两次。"

这样的回答声纷纷地起来。

"那末已经可以了。"他因学生天真烂漫的光景引起了兴致:"可是,第一次读得太快了,再补读一次吧。请大家好好地听着。"

这次读得更明白,不快也不慢。

他叫会读的学生举手,叫坐在前列的白面可爱的孩子试读。学生有会读的,也有不会读的。他把文章中的难字摘写在黑板上,一步一步地叫学生懂。遇到较难的字,特加圈点,在旁边给加上注音符号。初上讲台的痛苦,不知不觉消除得如拭去一样,"只要干,就干得来。"他心中涌起了这样的快感。

时间已到,钟声响了。

——译自田山花袋的《乡村教师》

（原载《太白》第 1 卷第 2 期,1934 年 10 月）

1943

弘一律师

〔日〕内山完造著

夏丏尊先生来，这已是十年前某天的事了。他"呀"地打过招呼，就坐下来，加入到漫谈群中。

"想介绍一个人和你相见，如果我有电话来，请就到……"我就道谢约定。隔了数天，电话果然来了，地点是北京路的功德林。我到那里的时候，客已全部到齐，只在等待我了。我道了迟到之歉，加入座中去。

一张长方形的桌子，两边并坐着十来个人。右排上首有一个和尚和夏先生相向坐着，其他列席的大半是在我书店中常进出的熟人，可谓是一个无拘束的集合。夏先生先将这位和尚向我介绍，我才知道他是弘一律师，清癯如鹤，语音如银铃，此外，我就无话可表达当时的印象了。

午餐当然是素席。老实说，我的知道功德林，这是第一次。餐毕以后，又谈了好多时候，听到了许多的事情。

据说，弘一律师俗姓李，名岸，又名哀，字叔同，曾留学东京，学洋画于上野之美术学校，又在音乐学校学洋琴。在留学时生活曾大大改变，早浴，和服，长火钵，诸如此类的江户趣味，也曾道地地尝过呢。

又据说，他曾是中国戏剧革命先驱——春柳剧社之主干，在东京公演过《茶花女遗事》等剧。直至今日为止，油画的造诣尚无出他之右者。留学回国以后，在浙江杭州师范学校任教绘画音乐，后来以种种因缘出家为僧，多年来行云流水，居无定所，这次是从温州到久别的上海来的。

我用日本话谈讲，看他神情，似乎一一都懂得，但他自己却像个全把日本话忘记了的样子。

　　夏先生拿出一本律师所著的善本名叫《四分律比丘戒相表记》的书来，说要将此书三十册交给我，代为分赠希望者。我于此道一无所知，只好道着谢答应下来，这时律师说："还有一种叫《华严经疏论纂要》的书，正在印刷中。这书只印二十五部，想把十二部送给日本方面，将来出书以后，也送到尊处，拜托你。"

　　他这样说，我也只好答应照办。我虽门外汉，听到印数只有二十五部，就知道是相当巨大的书籍。二十五部之中有半数送给日本，那末送给那一个机关呢，我问他。他说："一切托你。"在继续谈话之中，他说："在中国恐不能长久保存，不如送到日本去。"

　　据说，律师曾在福建鼓山发现这古刻的板子。这板子在现存的经典中，是很古的东西，日本的《大正大藏经》里也没有收入的，由此可见这经典的珍贵了。

　　我谈到傍晚才回去。次日，弘一律师与夏先生及另外二三个朋友同到我店中来，内人也见到他，于他去后曾说："听到他的话声，见到那峥嵘的额角，就知道是一位高僧。"

　　数日以后，从夏先生那里送来了《四分律比丘戒相表记》三十五部。我就把它挂号分别寄赠到东西京两大学以及大谷、龙谷、大正、东洋、高野山等各大学的图书馆去。西京大学图书馆里有一个僧籍的司书，写信来，称这书是贵重的文献，希望能得到一部，于是又寄了一部去，以后各方面常有来索取的，合计共送去了一百七十余部。

　　此后由夏先生居间，弘一律师和我通过好几次信，赠过我好几张法书，可是现在我连明信片都没有一张，因为全被朋友讨去了，他送给我的字幅也被内地的拿走了。

　　光阴如箭，不觉过了两年。一天，友人高岩勘次郎和一个画家同到我店中来。这画家叫武井猗兰子，在日本俱乐部创有画社，是一个从西洋画转向到日本画的人。

　　从前上海有一家武井洋行，经营杂粮输出，规模颇大，后来老板死了，就此停业。这位画家，正是武井洋行的小主人。他性情相当特别，至今还未娶妻，在上野宽永寺中借屋一间，营着独身生活。其所作之画也不同凡俗，饶有枯涩之趣。

　　事有凑巧，这位武井画家在上野美术学校和弘一律师是同学，他听到我谈起弘一律师的事，说：

　　"记得的，那时有一个中国留学生和我邻席，大家描着同一的模特尔，所谓弘一律师者一定就是他。"

　　我因此奇缘，就以快将送到的《华严经疏论纂要》十二部的分配问题和他商量，请他指导。他回东京以后，和田中文求堂主人及宽永寺管长共同协议，替我决定了赠送的范围，记得是下列十五处：

东京帝国大学	京都帝国大学	大正大学
东洋大学	大谷大学	龙谷大学
京都东福寺	黄檗山万福寺	比叡山延历寺
高野山大学	大和法隆寺	上野宽永寺
京都妙心寺	（失记）	（失记）

　　在其中选定十二处，把书册用箱装了，乘友人王君往大阪之便托带至神户装火车运去。后来东福寺挽了我的老友中原氏托设法取得一部，我就写信给弘一律师代为请求，他叫厦门南普陀寺某居士补送了一部来，由我用小包邮便发送至东福寺。妙心寺也挽友人藤井和尚来托求一部，我于是再写信向弘一律师商量。好久以后，出于意外地由天津某居士寄来了一部，声明是受弘一律师的委托代寄的。受人委托，总算有以应付，我也很欢喜。

　　以后，弘一律师又寄来了一部。信上说，留在手头恐不能永久保存，叫我代为放在适当的地方。翻开来看，这是他自己阅读的一部，仔细地加着朱笔的圈点，这确是很好的纪念品，因为没有人来要，就暂时留了下来。

　　不久，九一八事变发生了。我抛了商品与财产，避难到本国去。西京市外小仓村，是个产茶的地方。记得有一天，我散步到了黄檗山万福寺，作闲寂的清游，在挂有大木鱼的接待处与一个好像是值日师的和尚闲谈，无意中谈到那部华严经疏论纂要的事，且和他作约，如果回沪时书还存在，就赠给寺中。那和尚听到我如此说，就急急走进去，过了一会，恭敬地著了法衣捧出茶来,那种前倨后恭的样子,当时曾叫我苦笑难禁呢。

事变一经终结,我仍回上海,幸而店中无恙(第二次上海事变时我也曾抛弃了一切避难到本国,后来也幸而没有遭受甚么损失),我就依约把那部书用小包寄赠给黄蘗山,寺中收到后有谢信寄来。我把各处的谢信集在一起转给弘一律师,这段赠书的公案总算就此结束。

后来《中外日报》上曾有关于这事的记载,因之又有一处想得此书,托人来请求,我毅然拒绝了。

此后,我与弘一律师老没相会之机会,只替他代向日本购求过几次经典,可是第二次事变一起,连这点都不可能了。

不知他近来住在何处,一定仍在苦修吧。每一想起,他的面貌仿佛在我眼前,但愿他平安无恙,但愿久别重逢的日子快些到来。

我草此文的机前,挂着弘一律师写给我的直幅。直幅上这样的写着:

　　一切有为法如梦幻泡影

　　如露亦如电应作如是观

　　金刚般若波罗密经偈

　　完造居士供养　沙门一音

我对这字幅注视,窗外但闻瑟瑟的寒雨。

(原载《觉有情》第 4 卷第 11—12 号"弘一大师纪念号(其二)",1943 年 2 月)

读《缘缘堂随笔》

〔日〕谷崎润一郎著

　　八一三以来，藏书尽付劫火，生活困苦，购书无资，与日本刊物更乏接触之机会。日昨友人某君以谷崎氏新著随笔集《昨今》见示，中有著者之中国文艺评，对胡适丰子恺林语堂诸氏之作品各有所论述。其中论子恺最详，于全书百余页中竟占十页，所论尚允当，故译之以示各地之知子恺者。余不见子恺逾倏六年，音讯久疏，相思颇苦。子恺已由黔入川，任教以外，赖卖画以自活。此异国人士之评论，或因余之移译有缘得见，不知作何感想也。三十二年五月，译者，在上海。

一

　　《缘缘堂随笔》著者丰子恺的名字，在我国差不多没有人知道，我也还是于接到这本书的时候初听到的。这随笔是《中国丛书》中的一册，译者是吉川幸次郎。在"译者的话"之中，有这样的话："我觉得，著者丰子恺，是现代中国最像艺术家的艺术家，这并不是因为他多才多艺，会弹钢琴，作漫画，写随笔的缘故，我所喜欢的，乃是他的像艺术家的真率，对于万物的丰富的爱，和他的气品，气骨。如果在现代要想找寻陶渊明王维那样的人物，那末，就是他了吧。他在庞杂诈伪的海派文人之中，有鹤立鸡群之感。"关于这位著者的经历，吉川氏也谓不甚详细，只知道他生于杭州湾附近的石门湾，家中上代是开染坊的。曾留学东京，归国后在上海任音乐教师，现在隐居于故乡，最近皈依佛法，已茹素，著述有随笔数册,及音乐绘画的理论若干种而已。又,在吉川氏的"译者的话"中,有值得注意的一节,说"现代中国文学之中,最可观的是随笔;小说戏曲,比起随笔来都差。这从中国文学的历史上说来,是很有兴趣的事。在过去的中国文学中,可以认作散文文学的正统而最发达的是随笔,《文选》里所收的以及唐宋八大家的文章,都是随笔类的东西。民国的文学革命,曾反抗这个传统,希望中国出沙士比亚,出歌德,出左拉,但结果似乎仍流入了随笔的方向去。(中略)这尊重实际的民族,于叙述身边杂事,是有热心的,擅长的,可是对于小说的构成,却不内行,非其所长"。所以"随笔在中国文化的考察上是重要的资料,过去的随笔如此,现在的随笔也如此。我觉得这部书对于理解中国,不是无用的东西,至少比那些肤浅的政治论有用些"。《文选》和唐宋八大家的文章,都可认作一种的随笔,这判断容可怀疑,但"中国文人长于叙述身边杂事,不善于小说的构成",这批评如果是对的,那末也可包括到我们自己。吉川氏虽说"这现象乃中国民族的性癖使然",也许东方人全体的性癖都如此呢。

二

《缘缘堂随笔》,仅仅读了译本一百七十页的小册子,著者的可爱的气禀与才能,已可窥见,足以证明吉川氏的介绍不曾欺骗读者。如果说胡适氏的《四十自述》是学者的著作,那末这本随笔可以说是艺术家的著作。他所取的题材,原并不是甚么有实用或深奥的东西,任何琐屑的,轻微的事物,一到他的笔端,就有一种风韵,殊不可思议。求之于现在的日本,内田百间氏一流人差可比拟。(在通晓音乐一点上亦相共通)在这部译本里面,第一篇写磕西瓜子,有十五页光景,我希望大家能一读。因为题材是中国式,能把这种些微的题材写得那样有趣,正是随笔的上乘。(吉川氏的译文也很好)这恐怕是他最得意的一篇吧。可是著者的境地,决不仅限于这种方面,各篇都有情味与特色。我所欢喜的是下面的《山中避雨》。著者带了两个女儿游西湖,在山间遇雨,避雨茶肆,雨老是不止,为想解除女儿们的厌倦,借了茶博士所拉的胡琴,拉奏各种的小曲。

全篇所记只五页，于短篇之中，富有余韵。"我用胡琴从容地（因为快了要拉错）拉了种种西洋小曲，两个女孩和着了歌唱，好像是西湖上卖唱的，引得三家村里的人都来看。一个女孩唱着《渔光曲》，要我用胡琴去和她。我和着她拉，三家村里的青年们也齐唱起来，一时把这苦雨荒山闹得十分温暖。（中略）我有生以来，没有尝过今日般的音乐的趣味。"我读了这风流的一节，不禁想到从前盲乐师葛原氏乘船上京，在明石浦弹琴一夜，全浦的人皆大欢喜的故事来。著者又说，"钢琴笨重如棺材，梵和铃要数十百元一具，制造虽精，世间有几人能够享用呢。胡琴只要两三角钱一把，虽然音域没有梵和铃之广，也尽够演奏寻常小曲。（中略）这乐器在我国民间很流行，剃头店里有之，裁缝店里有之，江北船上有之，三家村里有之。倘能多造几个简易而高尚的胡琴曲，使像《渔光曲》一般地流行于民间，其艺术陶冶的效果，恐比学校的音乐课广大得多呢。我离去三家村时，村里的青年都送我上车，表示惜别"。还有一篇叫《做父亲》，比《山中避雨》长两三页，诗趣横溢，非常地好。大概著者是个非常喜欢孩子的人，这二篇以外，如《华瞻的日记》《陪考》等，都写着儿女的事情。

三

丰子恺氏是曾在日本留学的，随笔中时有关于日本的记忆，如《记音乐研究会中所见》就是。丰氏留学东京，是专修音乐，抑是别有所修而把音乐当做业余的消遣，文中没有说及，无从知道。又，他的留学东京的正确年代，也不明白。据其文尾附注"廿五年一月九日作"，及文中"已是十五年前的旧事"，"我归国后就为生活所迫放弃提琴至今已十五年寒暑"推之，大概在民国八九年与十年——大正八九年与昭和元年之间。著者先借引向愚氏所作《东京帝大学生生活》的话记述当时的东京学生间的风气说，"上课的时候，并没有查堂或点名的事情，而从没有看见学生缺课，因为他们深切地明瞭他们目前所为的是何事。（中略）整天的工夫或半天的工夫，一双眼睛注视在书上没有倦容。他们这种勤学苦干的精神,令人觉得明治维新到今日,不过几十年,把一个国家弄到这种地步,并非偶然。"再把自己当时所观察到的情形来加以证明,"日本学生的勤学苦干的精神,真是可以使人叹服的。而我在某音乐研究会中所见医科老学生的勤学苦干的精神,尤可使我叹佩到不能忘却。他的相貌和态度,他的说话和行为,我到现在还能清楚详细地回忆起来"。这个老医学生是个生来毫无音乐天分的音痴,"为了生平缺乏艺术修养,因此利用课余的时间来这里选习提琴。他告诉我,他将来还想到德国去,德国是音乐最发达的地方,所以他决心研究音乐。说到"决决"两字,他的态度十分认真,把头点一点,表示他是一个有志者。我觉得这是日本青年所特有的毅力与真率的表示,在中国是见不到的"。著者最初见这个"全然没有音程观念,没有手指技巧,没有乐谱知识"的医学生不自量力,竟加入音乐研究会来作提琴的练习,很觉可笑,认为是"一个可怜的无自觉的妄人"。不料这医学生自知才能在常人以下,比常人加工练习,结果上了轨道。"拍子和音程固然相当地正确了,拉的手法也相当地纯熟了。(中略)这个可怜的不自量力的妄人,我最初曾经断定他是永远不能入音乐之门的,不料他的毅力的奋斗果然帮他入了音乐之门"。著者又引胡适氏《敬告日本国民》中的一段,"日本国民在过去六十年中的伟大成绩,不但是日本民族的光荣,无疑的也是人类史上的一桩灵迹。任何人读日本国维新以来六十年的光荣历史,无不感觉惊叹兴奋的"。又说,"这个灵迹,大约是我在东京某音乐会中所见的医科老学生及向愚先生所述的帝大学生之类的人所合力造成的"。中国人士对于我们日本人的精神力如此赞美,颇足令人惶恐,但著者并非是无条件地赞扬,他在文章末尾有这样的一段话:"但我的所见,已是十五年前的旧事,不足为凭。据向愚先生所说,现在(指民国二十五年昭和十一年)东京帝大学生的思想'萎靡不振,太令人失望了'。(中略)据说现在日本学生的思想已由'唯物史观'转向到'就职史观',唯物史观不论是否,总是一种人生观,就职史观就是只求有饭吃,不讲人生观了。这是何等的萎靡不振。若果如此,那种毅力和勤学苦干的精神,今后对日本非徒无益而又害之了。"民国二十五年,就是事变勃发的前一年,是抗日思想正激烈的时代。著者写文章时多少受着当时对日诽谤的抗日宣传的影响,也未可知。但从别一方面说,当时正是英美文化在我国烂熟的时代,确曾有这样毛病,有隙可乘,就被中国方面指摘到了的。帝都风气的变化,传到邻国会如此之速。一想到此,我们不得不有戒心。以上老医学生的话是著者的《所见之一》,还有《所见之二》。《所见之二》一篇中,写着著者所从受教的一位林先生的事。——咿呀,我把《缘缘堂随笔》写得太多了,就此打住吧。我因了著者的文章知道了许多事;那时小石川春日町电车站附近的弄堂里曾住过一位名叫林先生的仙人样的人。先生从音乐学校毕业后留学德国,回国以后,就在这小衙里挂起个人教授的招牌,教授音乐,到那时,已有十年。先生是独身者,连女仆也不用,只有那房东的老婆婆相帮他照料杂务。房子只小小的三间,平日所着的老是和服,头发是蓬蓬的,一年四季。从朝到晚关在楼上,不出门一步,把一生都贡献于钢琴提琴大提琴的教授上,自己承认以音乐为生活。原来在大正八九年间,东京小石川地方曾住过这样一个特别的人物,我们不曾注意到,这在我很感到兴味。这东洋的奇人的风貌,用著者的笔致传出,尤觉得非常地适宜。(下略)

(原载《中学生》复刊后第 67 期,1943 年 9 月)